OS SETE LOUCOS

ROBERTO ARLT

OS SETE LOUCOS

TRADUÇÃO E APRESENTAÇÃO
MARIA PAULA GURGEL RIBEIRO
PREFÁCIO **MANUEL DA COSTA PINTO**

ILUMINURAS

Título original
Los siete locos

Capa e projeto gráfico
Eder Cardoso / Iluminuras
sobre fragmentos de Pupo, aquarela sobre papel, [21,5 x 15,5 cm],
Xul Solar, Buenos Aires, 1920, cortesia Museo Nacional de Bellas Artes, Argentina

Revisão
Jane Pessoa

Este livro segue as novas regras do Acordo Ortográfico da Língua Portuguesa.

CIP-BRASIL. CATALOGAÇÃO NA PUBLICAÇÃO
SINDICATO NACIONAL DOS EDITORES DE LIVROS, RJ

A755s
2. ed.

Arlt, Roberto, 1900-1942
Os sete loucos / Roberto Arlt ; tradução, apresentação e cronologia Maria Paula Gurgel Ribeiro ; prefácio Manuel da Costa Pinto. - 2. ed. - São Paulo : Iluminuras, 2020.
248 p. ; 22 cm.

Tradução de: Los Siete Locos
ISBN 978-65-5519-000-7

1. Romance argentino. I. Ribeiro, Maria Paula Gurgel. II. Pinto, Manuel da Costa. III. Título.

20-62742 CDD: 868.99323
CDU: 82-31(82)

2020
EDITORA ILUMINURAS LTDA.
Rua Inácio Pereira da Rocha, 389 - 05432-011 - São Paulo - SP - Brasil
Tel./Fax: 55 11 3031-6161
iluminuras@iluminuras.com.br
www.iluminuras.com.br

SUMÁRIO

PREFÁCIO

Manuel da Costa Pinto

Quando Os sete loucos *foi lançado pela editora Iluminuras em 2000 — pela primeira vez no Brasil com sua imprescindível sequência,* Os lança-chamas *—, foi preciso "explicar" quem era Roberto Arlt. Não apenas o "esplendor do padecimento, do agravo e do espanto" que recende destas páginas, conforme a magnífica expressão de Horacio González, mas o lugar de Arlt numa tradição literária demasiado filtrada, no Brasil, pelo cerebralismo livresco de Borges, Bioy Casares e Cortázar (uma visão certamente parcial de Borges, Bioy e Cortázar, mas que ficou impregnada na recepção brasileira da literatura argentina).*

Então havia, nos arrabaldes bonaerenses, algo mais do que aquele fervor gaucho *que assombrava e assolava, como uma nostalgia, o mundo mental de uma metrópole deslocada para as* orillas *— com seus labirintos, suas bibliotecas e suas estações de metrô dando acesso a realidades paralelas, fornecendo, num plano fantástico ou metafísico, uma "resposta racionalista à desordem" da história e das ruas (como sintetizou Beatriz Sarlo no livro* Jorge Luis Borges, um escritor na periferia, *cujas formulações podem valer para uma ficção em boa parte caracterizada pelo viés especulativo).*

Nas últimas décadas, a fortuna crítica desses autores retificou, especialmente no que diz respeito a Borges, a imagem solidificada e pacificadora (porque "universalizante") de uma literatura expurgada de suas raízes históricas — um movimento de revisão que se deu com a própria Beatriz Sarlo e com Daniel Balderston, Davi Arrigucci Jr., Jorge Schwartz e Júlio Pimentel Pinto (os três últimos no Brasil).

O fato, porém, é que Roberto Arlt permaneceu, além de um enigma, um desconhecido. Sabia-se da admiração compartilhada pelos leitores e escritores argentinos, mas a falta de traduções — lacuna que veio sendo preenchida nos últimos anos, com a publicação pela Iluminuras de As feras, Viagem terrível, O brinquedo raivoso *e* Águas-fortes portenhas *(acrescidas das* Águas-fortes cariocas, *até então inéditas mesmo na Argentina) — reduzia Arlt à dicotomia que, para fins didáticos, dividia duas tendências na literatura argentina: a dos "estetas" da revista* Martín Fierro, *reunidos na elegante* calle *Florida (como Ricardo Güiraldes, Oliverio Girondo, Borges, tendo Macedonio Fernández como um misto de patrono e precursor), e a dos escritores "sociais" da revista* Claridad, *reunidos na suburbana* calle *Boedo (como Leónidas Barletta, Elías Castelnuovo e Arlt).*

Hoje, nem mesmo os compêndios de literatura latino-americana levam muito a sério a antítese Florida-Boedo, já que muitos autores (cita-se por exemplo Nicolás Olivari) transitavam entre um grupo e outro. Mas o fato de termos, no primeiro, nomes familiares e com obras traduzidas, ao passo que no segundo grupo estão nomes obscuros, em geral citados a partir dos verbetes de dicionários de autores, indica até que ponto toda uma linhagem de escritores argentinos permaneceu e permanece oculta. Ocorre que se Arlt pertencia ao grupo Boedo, como ele mesmo reivindicou em entrevista de 1929, a imagem de escritor atravessado por questões políticas e sociais, aberto ao dialeto de praças e fábricas, é um retrato parcial para o universo visionário e apocalíptico de Os sete loucos & Os lança-chamas.

Afinal, Arlt é "excêntrico demais para os esquemas do realismo social e realista demais para os cânones do esteticismo", nas palavras de Ricardo Piglia, em entrevista reproduzida em dossiê da revista Cult *de abril de 2000 organizado por Samuel Leon — dossiê que, composto quase exclusivamente de ensaios de autores argentinos (as exceções são textos da jornalista Renata Albuquerque e de Maria Paula Gurgel Ribeiro, tradutora e estudiosa de Arlt), denotava a ausência de estudos brasileiros sobre o escritor portenho.*

Não mudou muito o estado dessa recepção, em geral restrita a resenhas de jornal — sendo que ao menos uma delas ("O mundo selvagem de Roberto Arlt", de Arthur Nestrovski, sobre As feras, *publicada na* Folha de S.Paulo *em 12 jan. 1997) deveria constar em qualquer antologia de textos críticos sobre o autor de* Os sete loucos. *Na esteira de Piglia — incluindo a entrevista acima citada e o diálogo sobre Arlt que percorre algumas páginas do romance* Respiração artificial —, *Nestrovski compara a Buenos Aires de Arlt a um "grande tango polifônico, no qual se escutam de hinos do Exército da Salvação a más traduções castelhanas de Dostoiévski, de manuais de ciências ocultas a lições de anarquismo e lembranças de Nietzsche, de sexologia a espiritismo, teologia e gíria popular (lunfardo)". Se acrescentarmos, a esse alarido de vozes, as descrições feéricas (ou infernais) de Buenos Aires que encontramos na literatura arltiana — com um* skyline *feito de galvanoplastia, chapas de estanho e arcos voltaicos —, veremos que a cidade, ali, pode corresponder a qualquer coisa, menos aos "esquemas do realismo social".*

Pois, no caso de Os sete loucos, *a cidade corresponde às interrupções laterais da consciência de Erdosain, o protagonista que, logo nas primeiras linhas, é acusado de ter desfalcado a empresa em que trabalha e sai à cata de dinheiro, para reparar seu delito, entrando em contato com a fauna humana descortinada pelo título do romance: o Astrólogo de cartola e com "rosto romboidal", o Rufião Melancólico, o Buscador de Ouro, o Homem de Cabeça de Javali, a Coxa, a Vesga, personagens com epítetos e nomes estranhos ou estrangeiros (Barsut, Ergueta, Haffner), que imediatamente lançam o leitor numa atmosfera sinistra de filme B ou de cinema expressionista em que, à maneira de* O gabinete do Dr. Caligari *(Robert Wiene), o cenário urbano pode ser percebido geometricamente, já que a escrita de Arlt é pródiga em imagens quase futuristas de Buenos Aires, mas de um futurismo fuliginoso, que abriga o pesadelo — a exemplo do "silêncio circular" que Erdosain sente penetrar "como um cilindro de aço na massa do seu crânio", ou do "oblíquo paralelogramo de luz" que esbofeteia seus olhos logo após sua mulher, Elsa, abandoná-lo com um capitão (não sem antes provocar um mergulho em lembranças traumáticas de criança "horrivelmente ofendida... horrivelmente magoada").*

Erdosain está a todo momento mergulhado numa "zona de angústia", numa "consciência forasteira", que é uma atualização portenha do mito tão caracteristicamente moderno do herói (ou anti-herói) como "consciência infeliz" de seu tempo (Hegel) ou como "consciência desterrada" (Barthes). Ou ainda, considerando sua filiação mais explícita, Erdosain é como o anônimo "camundongo de consciência hipertrofiada" que rumina seus ressentimentos nas Memórias do subsolo, *de Dostoiévski. A exemplo deste, Erdosain busca uma espécie de redenção pelo negativo: se quer saldar sua dívida, não é para se reconciliar com o mundo normalizado do trabalho e da família, mas para se safar e poder, aí sim, "perfurar a vida espessa".*

Assim como o "homem do subsolo", que se recusa a ser reduzido ao bem-estar material ou a se refugiar na esfera abstrata "do belo e do sublime" (pragmatismo positivista e idealismo são, em Dostoiévski, lenitivos para a verticalidade humana que o camundongo subterrâneo ostenta com gozo tão clarividente quanto masoquista, ou masoquista porque *clarividente), Erdosain percebe a si mesmo como um "homem-sombra", alguém que "é e não é", que vê os acontecimentos mas não os contém, optando por* "Ser" através de um crime *(um dos subtítulos do primeiro capítulo de* Os sete loucos*) para então adquirir aquela espessura que irá ao mesmo tempo afirmar sua essência e aniquilá-lo. Para isso, associa-se à legião dos loucos que, com base numa exegese delirante da Bíblia, planejam promover uma revolução mundial cujas conspirações combinam elementos de fascismo, bolchevismo e sociedades secretas do tipo Ku Klux Klan — uma revolução que será atingida com o uso de bacilos da peste e gases asfixiantes e sustentada por uma rede de prostituição.*

As raízes dessa "teologia bufa" (Horacio González) e suas fontes dostoievskianas estão exemplarmente decifradas por Luis Gusmán no posfácio "O Deus vivo", estampado na primeira edição brasileira de Os sete loucos & Os lança-chamas *e agora, com a reedição simultânea das obras em volumes separados, reproduzido como posfácio de* Os lança-chamas*: Erdosain como um Raskólnikov que vaga com suas alucinações por Buenos Aires, após cometer seu delito, e os messiânicos piromaníacos de Arlt como descendentes diretos dos anarquistas de opereta de* Os demônios *— sem prejuízo da tragicidade de delações e traições seguidas de assassinato e suicídio (que nos respectivos romances funcionam como pontos de iluminação).*

Seria possível acrescentar, às afinidades apontadas por Gusmán, o tema da morte de Deus (de Os irmãos Karamázov*), que reaparece no "misticismo industrial" com o qual o Astrólogo celebra o reencantamento maligno de um mundo destroçado pela catástrofe do deicídio e que deveria repor a divindade na forma do fetiche do dinheiro (com seu poder demiúrgico) e de um saber alquímico fraudulento (a "rosa de cobre" concebida por Erdosain para deslumbrar os homens e angariar proventos para as manobras do Astrólogo). Há ainda a compressão de tempo da narrativa que, a exemplo de* O idiota*, concentra um número inverossímil de encontros e ações em poucas horas ou dias; as "cenas de conclave", expressão cunhada por Leonid Grossman para descrever as passagens em que, nos romances de Dostoiévski, as discussões de ideias ganham a viscosidade das paixões, desencadeando tumultos de confissão e humilhação; ou mesmo o ponto de vista do narrador, que em Arlt aparece muitas vezes na forma de notas de rodapé de um "comentador", mas,* *à parte tal recurso, é bastante semelhante ao de* Os demônios*: uma espécie de presença invisível em cena, que supre as lacunas da narrativa e da vida interior das personagens referindo-se a depoimentos e conversas que nunca aparecem (em Arlt, o narrador parece também expor a trapaça embutida na onisciência narrativa).*

*Enfim, essas referências a um autor estranho à tradição argentina são incontornáveis, reaparecem (como aqui) em praticamente todo texto sobre Roberto Arlt e são importantes tanto para afirmar aquela perturbadora singularidade que nos impede de congelá-lo na condição de clássico (como disse Piglia na entrevista citada) quanto para propor novas conexões. Nesse sentido, a recepção brasileira de Arlt produziu algumas pontes inesperadas, embora ainda pontuais e sobretudo no âmbito acadêmico — onde até pouco tempo atrás constava, de modo isolado, a tese pioneira de Leandro Konder (*A obra de Roberto Arlt e o mal-estar na cidade*, apresentada na Universidade de Bonn, Alemanha, em 1979). É o caso do artigo assinado por Eleonora Frenkel Barretto e Walter Carlos Costa que — após recensear as traduções de Arlt, os textos aparecidos na imprensa brasileira e os trabalhos universitários — estabelece um breve, embora agudo, paralelo entre a dicotomia portenha Borges-Arlt e o modo como outro* outsider*, Lima Barreto, também tardou a sair da sombra de Machado de Assis.*[1]

E naquela que talvez seja a mais pertinente das aproximações entre um escritor brasileiro e Arlt, Ângela Maria Dias encontra uma confluência com Nelson Rodrigues no uso que ambos fazem de situações hiperbólicas e grotescas, filtrando de diferentes maneiras o discurso folhetinesco, o jornalismo e o teatro, para produzir um olhar cruel — mais exaltado e melancólico em Arlt, mais coloquial e trágico em Nelson.[2]

Mas, para além do autor de A vida como ela é*, não seria possível encontrar afinidades eletivas entre Arlt e outros escritores brasileiros? Quando, logo após ser abandonado por Elsa, Erdosain se lança em mais uma de suas "cavilações" (esse termo tão arltiano para os devaneios que corrigem a realidade e são o contraponto interior das cavilações messiânicas que percorrem o romance), ele*

[1] Eleonora Frenkel Barretto e Walter Carlos Costa, "Roberto Arlt, do arrabal porteño à academia brasileira", Fragmentos, Florianópolis, n. 32, pp. 33-8, jan.-jun. 2007. Disponível em: <https://periodicos.ufsc.br/index.php/fragmentos/article/viewFile/1713/7884>.

[2] Ângela Maria Dias. "Cidades cruéis de Nelson Rodrigues e Roberto Arlt", Estudos de Literatura Brasileira Contemporânea, Brasília, n. 22, pp. 157-72, jan.-jun. 2003. Disponível em: <http://periodicos.unb.br/index.php/estudos/article/view/8951>.

se vê dentro de um bordel imaginário e tira da alcova uma mulher fragmentária, composta por "cem mulheres despedaçadas pelos cem desejos sempre iguais, renovados na presença de semelhantes mulheres". E o que surge dali, desse "delicioso terror da masturbação", é uma colegial de sorriso triste e desvanecido, que ele havia encontrado no bonde, com "os olhos esverdeados de uma costureirinha com a pálida boca rodeada de espinhas que aos domingos saía, ao entardecer, com uma amiga, para dançar nesses centros recreativos, onde os lojistas empurram com suas braguilhas sublevadas as mocinhas que gostam dos homens". Sem maiores esforços, é possível reconhecer, nas cavilações onanistas de Erdosain, aqueles tarados que percorrem a prosa em miniatura de Dalton Trevisan e que saem de seus quartos de pensão para farejar as obscenidades de costureirinhas e normalistas nas praças e nos parques de diversão de Curitiba.

E, descendo mais ao sul, encontramos em Os ratos, *do gaúcho Dyonelio Machado, aquele que talvez seja — ao lado do Luís Silva de* Angústia, *de Graciliano Ramos — a personagem mais aparentada a Erdosain: o atormentado Naziazeno, o pobre-diabo que, na miséria, tendo de pagar a conta do leiteiro (que ameaça aprofundar a inanição de sua mulher e do filho), perfaz uma odisseia expressionista, alucinatória, por uma Porto Alegre entre cosmopolita e provinciana — e que para o leitor brasileiro tem algo da Buenos Aires igualmente cosmopolita e provinciana de Arlt.*

Lima Barreto, Dyonelio Machado, Nelson Rodrigues, Dalton Trevisan. É como se, uma vez ultrapassada a necessidade de encaixar Roberto Arlt, esse autor outrora desconhecido, entre os "esquemas do realismo social" ou nos "cânones do esteticismo" da literatura argentina, fosse possível inscrevê-lo no lugar que é seu — nessa linhagem que, nem nacional nem "universal", é a dos grandes endemoniados da literatura.

APRESENTAÇÃO

Maria Paula Gurgel Ribeiro

Três anos depois de seu livro de estreia, *O brinquedo raivoso* (1926), o escritor argentino Roberto Arlt (1900-1942) publicou *Os sete loucos*. A primeira edição saiu pela editora Latina, em 1929. Posteriormente, devido ao fechamento da editora, a segunda e a terceira edição saíram pela Claridad em 1930 e 1931, respectivamente. Com grande prestígio na época, a editora Claridad destacou-se pela excelência dos títulos publicados tanto de autores já consagrados e de fama universal como também dos jovens escritores argentinos. As tiragens eram enormes, o preço baixo e os livros vendidos em bancas de jornais.

Desde muito cedo, Roberto Arlt dedicou-se ao jornalismo para ganhar a vida, inicialmente em jornais do bairro onde vivera na infância e juventude. Depois, trabalhou na seção policial em *Crítica*, e, a partir de 1928, após um convite, passou a trabalhar no recém-criado *El Mundo*, onde manteve a coluna de crônicas "Águas-fortes portenhas" (que foi publicada praticamente sem interrupções até 27 de julho de 1942, um dia após a morte do escritor), na qual falava sobre a cidade de Buenos Aires e seus personagens. Era a única seção assinada do jornal e fazia um enorme sucesso entre os leitores, que se reconheciam na figura do pequeno comerciante, daqueles que praticam pequenos furtos, da moça que está à procura de um noivo, dos que fazem corpo mole no trabalho. Dizia-se que as "Águas-fortes portenhas" eram a primeira coisa que as pessoas liam ao comprar o jornal ou até mesmo que o compravam apenas para ler Roberto Arlt. Diante de tamanho sucesso, o *El Mundo* garantiu então publicidade ao livro do seu jornalista estrela, e *Os sete loucos* foi recebido com entusiasmo tanto pelos leitores quanto pela crítica e todas as edições se esgotaram rapidamente.

A ação do romance transcorre em apenas três dias e narra a história de sete personagens unidos pela angústia, empobrecidos, desorientados com o fim da Grande Guerra e sem esperanças. Vários temas recorrentes na obra de Roberto Arlt estão presentes: a crítica à classe média e sua hipocrisia, a angústia, o abandono de Deus, a atração pelo dinheiro e pelo poder, e o vazio que ambos causam nos homens. Os personagens arltianos sempre preferem transgredir a manter uma "vida cinza", e é somente através da marginalidade que eles podem se realizar.

Arlt definiu este romance como "um indicador psicológico de personalidades fortes, cruéis e desvirtuadas pelo desequilíbrio do século".[1]

Em outubro de 1928 foi criada a Sociedade Argentina de Escritores, que, como primeira iniciativa, instituiu o Prêmio Municipal de Literatura. Em janeiro de 1930, Roberto Arlt foi um dos indicados. O meio literário se agitou: escritores, críticos e editores elogiaram e fizeram campanha pelo seu preferido e, em maio, o júri premiou Os sete loucos com o terceiro lugar. A indignação foi grande, uma vez que era dado como certo que Arlt venceria. Ele, que estava no Rio de Janeiro como correspondente do El Mundo, não perdeu tempo e, dedos na Underwood, escreveu a crônica "Me esperem que chegarei de aeroplano",[2] antes de voltar a Buenos Aires para receber o prêmio:

> Eu que sou um filósofo cínico acima de tudo, direi que o veredicto do júri me deixou, mais que tranquilo, satisfeito. Por estas razões:
>
> 1º Porque poderiam não ter me dado nenhum prêmio.
>
> 2º Porque não fui buscar prestígio no concurso (isso tenho de sobra), senão dinheiro e dinheiro me deram.
>
> 3º Porque a vida é assim, e nenhum homem pode ser mais feliz porque em vez de lhe dar 2 mil deram-lhe 3 ou 5 mil, que é o prêmio máximo.
>
> [...]
>
> Depois, todos nós do ofício sabemos de maneira consciente o que é que merecemos e o que não merecemos. E, que diabo, se a pessoa trabalha, escreverá bons livros, porque para isso tem condições e vontade. E se chega um prêmio maior, o receberá com igual tranquilidade, porque é tanta coisa que um homem pode sonhar que a vida poucas vezes pode superar seus sonhos e a satisfação que estes proporcionam.

Ao final de Os sete loucos uma nota de rodapé informa que "A ação dos personagens deste romance continuará em outro volume intitulado Os lança-chamas". Em 1931 a editora Claridad publicou essa continuação, na coleção Cuentistas Argentinos de Hoy, trazendo na primeira página o texto "Palavras

[1] Omar Borré, Arlt y la crítica (1926-1990). Buenos Aires: Ediciones América Libre, 1996, p. 47.

[2] Compilada em Águas-fortes portenhas seguidas de Águas-fortes cariocas, publicadas pela Iluminuras, em 2013, traduzido por Maria Paula Gurgel Ribeiro.

do autor" e no final do livro, uma nota explicativa na qual Arlt comentava que esse livro inicialmente iria se chamar Os monstros, *mas que, por sugestão do romancista Carlos Alberto Leumann, trocou-o por* Os lança-chamas.

Assim como ocorrera com Os sete loucos, *o jornal* El Mundo *noticiou a publicação de* Os lança-chamas, *junto com uma fotografia de Arlt:*

> *Nosso companheiro de redação Roberto Arlt, cujo livro* Os lança-chamas, *continuação de seu romance* Os sete loucos, *acaba de ser entregue à circulação. [31 out. 1931]*[3]

> *Roberto Arlt acaba de publicar seu último romance OS LANÇA-CHAMAS em edição popular de 260 páginas, 60 centavos. À venda em todas as bancas de jornais. Peça esta obra onde compra* El Mundo.
>
> *Editora CLARIDAD*
> *San José n. 1641. Buenos Aires. [3 nov. 1931]*[4]

A revista de variedades Mundo Argentino, *na qual Arlt publicara vários contos, também anunciou:*

> O Lança-chamas *é o título do romance do escritor argentino Roberto Arlt que acaba de ser publicado e que sem dúvida há de confirmar o sucesso que conseguiu com* Os sete loucos. *[4 nov. 1931]*[5]

Apesar dessa publicidade, o livro inicialmente não teve a mesma repercussão de sua primeira parte, e a edição foi um fracasso de vendas. Por outro lado, Arlt dava como certo o recebimento do dinheiro de uma terceira edição de Os sete loucos, *impulsionada pelo prêmio literário. No entanto, descobriu que o editor de Claridad, Antonio Zamora, utilizando-se de uma manobra, "não faz novas edições em relação à quantidade de livros vendidos e sim somente imprime mais do que lhe haviam falado".*[6] *Após uma intensa campanha contra o dono da editora, Arlt acabou por se afastar de Claridad, pôs-se a escrever seu quarto romance e deu início à sua trajetória teatral.*

* * *

[3] Omar Borré, op. cit., p. 48.
[4] Ibid.
[5] Ibid.
[6] Omar Borré, Roberto Arlt. Su vida y su obra. Buenos Aires: Planeta, 1999, p. 206.

Escritor eminentemente urbano, Arlt trouxe novos ares à literatura argentina ao ter como personagens tipos da pequena burguesia e ao criticar com muita ironia os valores e a hipocrisia da sociedade. O fato de utilizar uma linguagem que mescla o léxico culto com o espanhol das ruas, dos cortiços, dos dialetos dos imigrantes, das leituras de folhetins e de traduções de clássicos em edições populares foi seu grande achado, tornando-o um escritor singular. Entretanto, na época, foi continuamente criticado por "escrever mal" e também pela crueza com que abordava certos temas como a traição, a delação e a relação homem--mulher. A resposta a tais críticas surgiu no violento prólogo de Os lança-chamas*:*

> *Dizem que escrevo mal. É possível. De qualquer maneira, eu não teria dificuldade em citar numerosas pessoas que escrevem bem e que são lidas unicamente pelos corretos membros de suas famílias.*

Roberto Arlt afirma que de nada adianta se refestelar em "sedativos empregos públicos" ou apenas conversar sobre literatura; para formar uma literatura é preciso suar, escrever "um livro atrás do outro, e 'os eunucos que bufem'".

O estilo arltiano estimulou, anos mais tarde, o surgimento de vários "discípulos" e admiradores, como o uruguaio Juan Carlos Onetti (1909-1994) e os argentinos Julio Cortázar (1914-1984) e Ricardo Piglia (1940-2017), entre outros.

No prólogo à edição espanhola de O brinquedo raivoso,[7] *Onetti narra o encontro que tivera com Roberto Arlt na redação do jornal portenho* El Mundo. *O ano era 1934 e, àquela altura, o jovem Onetti já havia lido* O brinquedo raivoso, Os sete loucos, Os lança-chamas, *alguns contos e muitas das "Águas-fortes portenhas" publicadas até aquele momento. Onetti havia então levado os manuscritos de seu primeiro romance —* Tiempo de abrazar *— para seu amigo Italo Constantini opinar. Após a leitura, este disse:*

> *— Esse romance é bom. Tem que ser publicado. Amanhã, vamos ver o Arlt.*

Constantini era amigo de infância de Arlt. Espantado, Onetti comentou:

> *— Mas o que eu escrevo não tem nada a ver com que o Arlt faz. E se ele não gostar? Com que direito você vai impor que ele leia o livro?*
>
> *— Claro que não tem nada a ver — sorria Kostia, com doçura —. O Arlt é um grande romancista. Mas odeia o que podemos chamar de literatura entre*

[7] "Roberto Arlt", in: El juguete rabioso. Madri: Brughera Alfaguara, 1979, pp. 7-16.

aspas. E o seu livrinho, pelo menos, está limpo disso. Não se preocupe — copos de vinho e a lapela aceitando, paciente, sua missão de cinzeiro —; o mais provável é que te mande à merda.

Já na redação, depois das apresentações de praxe:

— Então o senhor escreveu um romance e o Kostia diz que é bom e eu tenho que lhe conseguir uma gráfica.
[...]
Arlt abriu o manuscrito com preguiça e leu fragmentos de páginas, pulando cinco, pulando dez. Dessa maneira, a leitura foi muito rápida. Eu pensava: demorei quase um ano para escrevê-lo. Só sentia espanto, a sensação absurda de que a cena tinha sido planejada.

Por fim, Arlt largou o manuscrito e, virando-se para o amigo que fumava, falou:

— Me diz, Kostia — perguntou —, eu publiquei algum romance este ano?
— Não, nenhum. Você anunciou, mas não aconteceu nada.
— É por causa das "Águas-fortes", que me deixam louco. [...] Então, se você tem certeza de que eu não publiquei nenhum livro este ano, o que acabo de ler é o melhor romance que foi escrito em Buenos Aires este ano. Temos que publicá-lo.

Depois disso, narra Onetti, os três foram a um café que, por acaso, era o mesmo onde "a mulher de Erdosain espiara o perfil imóvel e melancólico de seu marido, através dos vidros ensebados" em Os sete loucos.

* * *

Enquanto escrevia, Arlt costumava adiantar em revistas alguns capítulos de seus romances. O expediente acabava servindo tanto como balão de ensaio — frequentemente, fazia alterações na versão final — quanto como publicidade. Assim, de Os sete loucos *publicou "A sociedade secreta", na revista* Pulso, *em 1929; "Naufrágio", na revista* Claridad, *em 1929; e "O humilhado", em* Cuentistas Argentinos de Hoy, *em 1929.*[8] *Este último fragmento representou, em 1932, seu ingresso no teatro pelas mãos do escritor Leónidas Barletta, que*

8 Cf. Omar Borré, Dossier de la crítica a *Los siete locos y Los lanzallamas*. In: *Los siete locos/Los lanzallamas*. ALLCA XX/Scipione Cultural, Colección Archivos (2000), edição crítica coordenada por Mario Goloboff, p. 713.

o encenou no seu Teatro del Pueblo. De Os lança-chamas *os leitores puderam conhecer, antecipadamente, "O bloco de ouro", publicado pela revista* Claridad, *em 1930; "Uma alma a nu", na revista* Azul, *em 1931; e "SOS", publicado na* Revista Argentina, *também em 1931.*[9]

* * *

Em 1973 Os sete loucos *ganharam uma versão cinematográfica (que inclui algumas passagens de* Os lança-chamas*), sob a direção de Leopoldo Torre Nilsson, que também assina o roteiro com Luis Pico Estrada, Beatriz Guido e Mirta Arlt. Estrelado por Alfredo Alcón, Norma Aleandro e Hector Alterio, entre outros, o filme ganhou o Urso de Prata no Festival de Berlim.*

Anos depois, em 1998, foi a vez do teatro fazer uma adaptação: El pecado no se puede nombrar, *sob a direção de Ricardo Bartís, a partir de textos dos dois romances.*

Em 1987, numa enquete realizada em Buenos Aires com cinquenta críticos, Os sete loucos *foi eleito um dos dez melhores romances da literatura argentina.*

Sobre esta edição

Aproveitando esta nova edição, decidi fazer uma ampla revisão da minha tradução anterior, de 2000, já que entre uma e outra se passou muito tempo, durante o qual acumulei experiência no ofício. Pude me valer também do fato de ao longo desses anos terem surgido novas edições em espanhol dos dois romances, cotejadas com as primeiras de ambas as obras. Assim, foi possível corrigir omissões de alguns parágrafos e divergências entre alguns termos.

Algumas opções de tradução, no entanto, foram mantidas. Tanto em Os sete loucos *como em* Os lança-chamas, *há um personagem que, por estar extraordinariamente desdentado, cicia. Muito bem: Roberto Arlt altera a grafia de algumas palavras, a fim de reproduzir o som da fala desse personagem. Assim, quando Emilio Espila diz "rosa" ou "limosna', Arlt escreve; "roza" e "limozna". Com o intuito de preservar esse efeito presente no original, para o*

9 Ibid., pp. 713-4.

qual o português não apresenta uma forma consagrada, optei pela duplicação da letra "s". Portanto, "roza" passou a ser "rossa", e "limozna", "essmola".

Tratando de ser fiel ao estilo arltiano, mantive a coloquialidade, os neologismos, alguns equívocos na conjugação verbal, os arcaísmos, a inconstância no uso de aspas em palavras estrangeiras, bem como naquelas de uso popular e pouco usuais em romances da época, além das gírias; num texto, uma mesma palavra ora pode estar entre aspas, ora não. Esse uso particular das aspas é uma importante característica dos textos de Roberto Arlt e me parece uma atitude deliberada dele tanto para enfatizar o caráter irônico que quer dar a determinada palavra ou expressão, como salientar um sentido especial no seu uso, marcar o espaço ao qual o personagem pertence, e não apenas para sinalizar uma gíria ou vocábulo estrangeiro. Justamente por ser uma marca tão importante do seu estilo, já amplamente aceito pela crítica, é que mantive o mesmo procedimento embora, muitas vezes, tais aspas possam parecer excessivas em palavras já incorporadas à fala cotidiana do brasileiro.

Outra importante marca da escrita arltiana são as repetições, principalmente dos advérbios terminados em -mente, que podem aparecer até quatro ou cinco vezes num mesmo parágrafo; substituí-los por algum sinônimo significaria "melhorar" e "embelezar" o estilo do autor, o que seria inadequado.

No que se refere às gírias, como venho fazendo ao longo da tradução da obra de Roberto Arlt, procurei utilizar termos não muito atuais, na tentativa de criar ecos de uma linguagem não contemporânea, uma vez que estes são textos do final da década de 1920 e início da seguinte.

Para a atual tradução, utilizei como referência a edição Losada (Buenos Aires, 1997, vol. 1), edição e prólogo de David Viñas, que apresenta a obra como foi publicada nas primeiras edições e revisada pelo próprio Arlt. Depois a cotejei com as seguintes edições: Altamira (La Plata, 1995), Cátedra (Madri, 1997) e, por fim, com ALLCA XX/Scipione Cultural, Colección Archivos (2000), edição crítica coordenada por Mario Goloboff. Para Os lança-chamas *pude contar também com a primeira edição: Claridad (Buenos Aires, 1931).*

***

A próxima obra de Roberto Arlt a ser publicada por esta editora será Os lança-chamas, *continuação deste romance.*

OS SETE LOUCOS

CAPÍTULO I

A SURPRESA

Ao abrir a porta envidraçada da gerência, guarnecida de vidros japoneses, Erdosain quis recuar; compreendeu que estava perdido, mas já era tarde.

Estavam à sua espera o diretor, um homem de baixa estatura, beiçudo, com cabeça de javali, cabelo cinza cortado à la "Humberto I", e um olhar implacável filtrando por suas pupilas cinza como as de um peixe; Gualdi, o contador, pequeno, magro, meloso, de olhos escrutadores; e o subgerente, filho do homem de cabeça de javali, um bonito rapaz de trinta anos, com o cabelo totalmente branco, cínico em seu aspecto, a voz áspera e o olhar duro como o do seu progenitor. Estes três personagens, o diretor inclinado sobre umas planilhas, o subgerente recostado numa poltrona com a perna balançando sobre o espaldar, e o sr. Gualdi respeitosamente de pé junto da escrivaninha, não responderam ao cumprimento de Erdosain. Só o subgerente se limitou a levantar a cabeça:

— Recebemos a denúncia de que o senhor é um vigarista, que nos roubou seiscentos pesos.

— E sete centavos — acrescentou o sr. Gualdi, ao mesmo tempo em que passava um mata-borrão sobre a assinatura que o diretor havia rubricado numa planilha. Então, este, como que fazendo um grande esforço sobre seu pescoço de touro, levantou os olhos. Com os dedos enganchados nas casas do colete, o diretor projetava um olhar sagaz através das pálpebras entrecerradas, ao mesmo tempo que, sem rancor, examinava o extenuado semblante de Erdosain, que permanecia impassível.

— Por que o senhor anda tão malvestido? — interrogou.

— Não ganho nada como cobrador.

— E o dinheiro que roubou da gente?

— Eu não roubei nada. É mentira.

— Então, o senhor está em condições de prestar contas?

— Se quiserem, hoje mesmo, ao meio-dia.

A resposta o salvou transitoriamente. Os três homens consultaram-se com o olhar e, finalmente, o subgerente, encolhendo os ombros, disse sob a aquiescência do pai:

— Não... tem até amanhã às três. Traga com você as planilhas e os recibos... Pode ir.

Essa resolução o surpreendeu tanto que permaneceu ali tristemente, de pé, olhando para os três. Sim, para os três. Para o sr. Gualdi, que tanto o humilhara apesar de ser um socialista; para o subgerente que, com insolência, havia detido os olhos na sua gravata esfiapada; para o diretor, cuja tesa cabeça raspada de javali virava-se para ele, filtrando um olhar cínico e obsceno através do traço cinza das pálpebras entrecerradas.

No entanto, Erdosain não se movia dali... Queria lhes dizer alguma coisa, não sabia como, mas alguma coisa que os fizesse compreender toda a imensa infelicidade que pesava sobre sua vida; e permanecia assim, de pé, triste, com o cubo preto da caixa de ferro diante dos olhos, sentindo que à medida que os minutos passavam suas costas arqueavam-se mais, enquanto nervosamente retorcia a aba do seu chapéu preto, e o olhar tornava-se mais fugidio e triste. Então, bruscamente, perguntou:

— Então, posso ir?

— Sim...

— Não, quero dizer se eu posso fazer cobranças hoje...

— Não... Entregue os recibos para o Suárez e esteja aqui amanhã às três, sem falta, com tudo.

— Sim... Tudo... — E virando-se, saiu sem se despedir.

Pela rua Chile desceu até Paseo Colón. Sentia-se invisivelmente encurralado. O sol descobria os asquerosos interiores da rua em declive. Diversos pensamentos agitavam-se nele, tão dessemelhantes que o trabalho de classificá-los teria lhe tomado muitas horas.

Mais tarde lembrou que nem por um instante lhe ocorrera perguntar quem poderia tê-lo denunciado.

Sabia que era um ladrão. Mas a categoria em que se colocava não lhe interessava. Talvez a palavra ladrão não estivesse em consonância com seu estado interior. Existia outro sentimento, e este era o silêncio circular enfiado como um cilindro de aço na massa de seu crânio, de tal modo que o deixava surdo para tudo aquilo que não se relacionasse com sua infelicidade.

Esse círculo de silêncio e de trevas interrompia a continuidade de suas ideias, de forma que Erdosain não podia associar, com o declive de seu raciocínio, seu lar chamado casa com uma instituição designada pelo nome de prisão.

Pensava telegraficamente, suprimindo preposições, o que é enervante. Conheceu horas mortas nas quais poderia ter cometido um delito de qualquer natureza, sem que por isso tivesse a menor noção de sua responsabilidade. Logicamente, um juiz não teria entendido tal fenômeno. Mas ele já estava vazio, era uma casca de homem movida pelo automatismo do costume.

Se continuou trabalhando na Companhia Açucareira, não foi para roubar mais dinheiro, e sim porque esperava um acontecimento extraordinário — imensamente extraordinário — que desse um rumo inesperado à sua vida e o salvasse da catástrofe que via se aproximar de sua porta.

Essa atmosfera de sonho e de inquietude, que o fazia circular através dos dias como um sonâmbulo, era denominada por Erdosain de "a zona da angústia".

Erdosain imaginava que tal zona existia sobre o nível das cidades, a dois metros de altura, e a representava graficamente sob a forma dessas regiões de salinas ou desertos que nos mapas estão reveladas por óvalos de pontos, tão espessos como as ovas de um arenque.

Essa zona de angústia era a consequência do sofrimento dos homens. E como uma nuvem de gás venenoso se deslocava pesadamente de um ponto a outro, penetrando muralhas e atravessando os edifícios, sem perder sua forma plana e horizontal; angústia de duas dimensões que, guilhotinando as gargantas, deixava nestas um sabor de soluço.

Tal era a explicação que Erdosain se dava quando sentia as primeiras náuseas do sofrimento.

— O que é que eu estou fazendo com a minha vida? — dizia-se então, querendo talvez esclarecer com essa pergunta as origens da ansiedade que o fazia apetecer uma existência na qual o amanhã não fosse a continuação do hoje com sua medida de tempo, e sim algo diferente e sempre inesperado, como nos desenvolvimentos dos filmes norte-americanos, onde o mendigo de ontem é o chefe de uma sociedade secreta de hoje, e a datilógrafa aventureira, uma multimilionária disfarçada.

Tal necessidade de maravilhas, que não tinha satisfações possíveis — já que ele era um inventor fracassado e um delinquente à beira da prisão —, deixava nas suas reflexões subsequentes uma raivosa acidez e os dentes sensíveis, como depois de mastigar um limão.

Nessas circunstâncias, compaginava insensatezes. Chegou a imaginar que os ricos, cansados de escutar as queixas dos miseráveis, construíram jaulas tremendas que eram arrastadas por quadrilhas de cavalos. Verdugos escolhidos por seu vigor caçavam os tristes com laço de apanhar cachorros, podendo-se visualizar certa cena: uma mãe, alta e descabelada, corria atrás da jaula de onde, entre as grades, seu filho vesgo a chamava, até que um "homem da carrocinha", cansado de ouvi-la gritar, a fez desmaiar com golpes na cabeça, com o cabo do laço.

Dissipado esse pesadelo, Erdosain dizia-se horrorizado consigo mesmo:

— Mas que alma, que alma é essa que eu tenho? — E como sua imaginação conservava o impulso motor que o pesadelo havia lhe impresso, continuava: — Eu devo ter nascido para lacaio, um desses lacaios perfumados e vis a quem as prostitutas ricas pedem para prender o fecho do sutiã, enquanto o amante fuma um cigarro recostado no sofá.

E novamente seus pensamentos caíam, de quebra, em uma cozinha localizada nos porões de uma luxuosíssima mansão. Em volta da mesa moviam-se duas empregadas, além do chofer e de um árabe vendedor de ligas e perfumes. Em tal circunstância, ele usaria um paletó preto que não chegava a cobrir-lhe o traseiro, e gravatinha branca. Subitamente, seria chamado pelo "senhor", um homem que era seu duplo físico, mas que não raspava os bigodes e usava óculos. Ele não sabia o que o seu patrão queria dele, mas nunca esqueceria o olhar singular que este dirigiu-lhe ao sair do cômodo. E voltava à cozinha para conversar baixarias com o chofer que, diante do regozijo das empregadas e do silêncio do árabe pederasta, contava como tinha pervertido a filha de uma grande senhora, uma criança de poucos anos.

E voltava a repetir para si mesmo:

— Sim, eu sou um lacaio. Tenho a alma de um verdadeiro lacaio — e apertava os dentes de satisfação ao insultar-se e rebaixar-se desse modo perante si mesmo.

Outras vezes, ele se via saindo da alcova de uma solteirona velha e devota, levando com unção um pesado urinol, mas nesse momento encontrava com um sacerdote assíduo da casa, que, sorrindo, sem se alterar, dizia-lhe:

— Como vamos de deveres religiosos, Ernesto? — E ele, Ernesto, Ambrosio ou José, viveria torvamente uma vida de criado obsceno e hipócrita.

Um tremor de loucura o estremecia quando pensava nisso.

Sabia, ah, como sabia! Que estava se ofendendo gratuitamente, sujando sua alma. E o terror que experimenta o homem que num pesadelo cai no abismo em que não morrerá, padecia ele enquanto deliberadamente ia se enlameando.

Porque, por vezes, seu afã era de humilhação, como o dos santos que beijavam as chagas dos imundos; não por compaixão, e sim, para serem mais indignos da piedade de Deus, que se sentiria enojado por vê-los procurar o céu com provas tão repugnantes.

Mas quando essas imagens desapareciam dele e só restava na sua consciência "o desejo de conhecer o sentido da vida", dizia para si mesmo:

— Não, eu não sou um lacaio... de verdade que não o sou... — E teria gostado de pedir à sua esposa que se compadecesse dele, que tivesse piedade dos seus pensamentos tão horríveis e baixos. Mas a lembrança de que por causa dela vira-se obrigado a sacrificar-se tantas vezes, enchia-o de um rancor surdo, e nessas circunstâncias gostaria de tê-la matado.

E bem sabia que algum dia ela se entregaria a outro, e aquele era um elemento a mais somado aos outros fatores que constituíam sua angústia.

Daí que quando defraudou os primeiros vinte pesos espantou-se com a facilidade com que se podia fazer "isso", talvez porque antes de roubar acreditou ter que vencer uma série de escrúpulos que, nas suas atuais condições de vida, não podia conhecer. Dizia então para si mesmo:

— É questão de ter vontade e fazê-lo, nada mais.

E “isso” aliviava a vida, com “isso” tinha um dinheiro que lhe causava estranhas sensações, porque não lhe custava nada ganhá-lo. E o espantoso para Erdosain não consistia no roubo, e sim que não se revelasse em seu semblante que era um ladrão. Viu-se obrigado a roubar porque ganhava um salário exíguo. Oitenta, cem, cento e vinte pesos, pois esse montante dependia das quantidades cobradas, já que seu salário era composto de uma comissão por cada centena cobrada.

Assim, houve dias em que levou de quatro a cinco mil pesos, enquanto ele, mal alimentado, tinha que suportar a hediondez de uma pasta de couro falso em cujo interior amontoava-se a felicidade sob a forma de notas, cheques, ordens de pagamento e ordens ao portador.

Durante muito tempo, apesar da miséria que desmoronava sua casa, não passou pela sua cabeça defraudar a companhia.

Sua esposa recriminava-lhe as privações que cotidianamente suportava; ele escutava suas reclamações em silêncio e depois, a sós, dizia para si mesmo:

— O que é que eu posso fazer?

Quando teve a ideia, quando uma pequenina ideia o assegurou de que podia defraudar seus patrões, experimentou a alegria de um inventor. Roubar? Como não havia pensado nisso antes?

E Erdosain espantou-se com a sua incapacidade, chegando até a se recriminar da falta de iniciativa, pois nessa época (três meses antes dos fatos narrados) passava necessidades de toda natureza, apesar de diariamente passarem por suas mãos enormes quantidades de dinheiro.

E o que facilitou suas manobras fraudulentas foi a falta de administração que havia na Companhia Açucareira.

O TERROR NA RUA

Sem dúvida alguma sua vida era estranha, porque às vezes uma esperança apressada o lançava para a rua.

Então pegava um ônibus e descia em Palermo ou em Belgrano. Percorria pensativamente as silenciosas avenidas, dizendo-se:

— Uma donzela me verá, uma menina alta, pálida e concentrada, que por capricho dirija seu Rolls-Royce. Passeará tristemente. De repente me vê e compreende que eu serei o único amor de toda sua vida, e esse olhar que era um ultraje para todos os infelizes pousará em mim, seus olhos cobertos de lágrimas.

O devaneio desenrolava-se em torno dessa bobagem, enquanto lentamente deslizava para a sombra das altas fachadas e dos verdes plátanos, que nas brancas lajotas decompunham sua sombra em triângulos.

— Será milionária, mas eu lhe direi: "Senhorita, não posso tocá-la. Ainda que a senhora quisesse se entregar a mim, eu não a aceitaria". Ela me olhará surpresa, então eu lhe direi: "É tudo inútil, sabe? É inútil porque sou casado". Mas ela oferecerá uma fortuna a Elsa para que se divorcie de mim, e em seguida nos casaremos, e em seu iate iremos para o Brasil.

E a simplicidade desse sonho se enriquecia com o nome do Brasil, que, áspero e quente, projetava diante dele uma costa rosada e branca, cortando com arestas e perpendiculares o mar ternamente azul. Agora a donzela tinha perdido seu semblante trágico e era — sob a seda branca do seu vestido simples como o de uma colegial — uma criatura sorridente, tímida e atrevida ao mesmo tempo.

E Erdosain pensava:

— Nunca teremos contato sexual. Para tornar nosso amor mais duradouro, refrearemos o desejo, e tampouco a beijarei na boca, e sim na mão.

E ficava imaginando a felicidade que purificaria sua vida, se tal impossibilidade acontecesse, mas era mais fácil parar a Terra em sua marcha do que realizar tal absurdo. Então dizia para si mesmo, entristecido por uma vaga coragem:

— Bom, serei "cafetão". — E de repente um horror mais terrível que os outros horrores desparafusava sua consciência.

Ele tinha a sensação de que todas as feridas de sua alma sangravam como sob a mecha de um torno, e paralisado o entendimento, embotado de angústia, ia à louca ventura em busca de lenocínios. Então conheceu o terror do fraudulento, o terror luminoso que é como a explosão de um grande dia de sol na convexidade de um salitral.

Deixou-se arrastar pelos impulsos que retorcem o homem que se sente pela primeira vez às portas da prisão, impulsos cegos que levam um infeliz a arriscar a vida num carteado ou numa mulher. Talvez procurando no carteado e na fêmea um consolo brutal e triste, talvez procurando em tudo o que há de mais vil e baixo uma certeza de pureza que o salvasse definitivamente.

E nas calorentas horas da sesta, sob o sol amarelo, caminhou por calçadas de lajotas quentes em busca dos prostíbulos mais imundos.

Escolhia, de preferência, aqueles em cujos saguões via cascas de laranjas e rastros de cinza e os vidros forrados de pano de chão vermelho ou verde, protegidos por telas de arame.

Entrava com a morte na alma. No pátio, sob o quadriculado céu azul, havia geralmente só um banco pintado de ocre, e deixava-se cair sobre ele extenuado, suportando o olhar glacial da gerente, enquanto esperava a saída da pupila, uma mulher horrorosa de magra ou de gorda.

E a meretriz gritava para ele da porta entreaberta do dormitório, em cujo interior escutava-se o barulho de um homem que se vestia:

— Vamos, querido? — e Erdosain entrava no outro dormitório, os ouvidos zumbindo e com uma névoa giratória nas pupilas.

Em seguida, recostava-se no leito envernizado de cor de fígado, por cima das mantas, sujas pelas botinas, que protegiam a colcha.

Subitamente sentia desejos de chorar, de perguntar àquele bofe que coisa era o amor, o angélico amor que os coros celestiais cantavam aos pés do trono do Deus vivo, mas a angústia tapava sua laringe enquanto, com repugnância, seu estômago se fechava como um punho.

E enquanto a prostituta deixava a movediça mão ficar por cima das suas roupas, Erdosain dizia para si mesmo:

— O que eu fiz da minha vida?

Um raio de sol cortava de viés o vidro da claraboia coberta de teias de aranha, e a meretriz, com a bochecha apoiada no travesseiro e uma perna apoiada sobre a sua, movia lentamente a mão enquanto ele, entristecido, dizia para si mesmo:

— O que é que eu fiz da minha vida?

Subitamente, o remorso enrijecia sua alma, lembrava-se de sua esposa, que, por falta de dinheiro, tinha que lavar a roupa apesar de estar doente e, então, com nojo de si mesmo, pulava do leito, entregava o dinheiro à prostituta, e sem tê-la usado, fugia para outro inferno para gastar o dinheiro que não lhe pertencia, para afundar-se mais em sua loucura que uivava o tempo todo.

UM HOMEM ESTRANHO

Às dez da manhã, Erdosain chegou à rua Peru com a Avenida de Mayo. Sabia que para o seu problema não havia outra solução salvo a prisão, porque Barsut seguramente não lhe arranjaria o dinheiro. De repente, surpreendeu-se.

Na mesa de um café estava o farmacêutico Ergueta.

Com o chapéu enterrado até as orelhas e as mãos sobre o volumoso ventre, tocando-se pelos polegares, balançava a cabeça com uma expressão mal-humorada, inchada, em sua cara amarela.

Seus olhos saltados e vidrados, seu volumoso nariz adunco, as bochechas flácidas e o lábio inferior quase pendurado davam-lhe a aparência de um cretino.

Enfiava seu maciço corpanzil num terno cor de canela e, às vezes, inclinando o rosto, apoiava os dentes na empunhadura de marfim de sua bengala.

Por causa desse desinteresse e dessa expressão canalha do seu tédio tinha o aspecto de um traficante de brancas. Inesperadamente, seus olhos encontraram-se com os de Erdosain, que ia ao seu encontro, e o semblante do farmacêutico iluminou-se com um sorriso pueril. Ainda sorria quando apertava a mão de Erdosain, que pensou:

— Quantas não o quiseram por causa desse sorriso!

Involuntariamente, a primeira pergunta de Erdosain foi:

— E então? Você se casou com a Hipólita?...

— Casei, mas você não imagina a confusão que se armou em casa...

— O quê... Souberam que era "da vida"?

— Não... isso ela disse depois. Você sabe que a Hipólita antes de "fazer a rua" trabalhou como empregada?...

— E daí?

— Pouco depois que a gente se casou fomos, a mamãe, eu, a Hipólita e a minha irmãzinha, à casa de uma família. Você percebe que memória a dessa gente? Depois de dez anos reconheceram a Hipólita, que foi empregada deles. Algo que não tem nome! Eu e ela viemos por um caminho e a mamãe e a Juana por outro. Toda a história que eu inventei para justificar meu casamento veio abaixo.

— E por que confessou que foi prostituta?

— Num momento de raiva. Mas não tinha razão? Não tinha se regenerado? Não aguentava a mim, a mim, que lhe dei tanta dor de cabeça?

— E você, como vai?

— Muito bem... A farmácia dá setenta pesos diários. Não há em Pico alguém que conheça a Bíblia como eu. Desafiei o padre para um debate e ele caiu fora.

Erdosain olhou repentinamente esperançado para seu estranho amigo. Em seguida, perguntou-lhe:

— Você joga sempre?

— Jogo, e Jesus, por causa da minha grande inocência, me revelou o segredo da roleta.

— Como é que é?

— Você não sabe... o grande segredo... uma lei de sincronismo estático... Já fui duas vezes a Montevidéu e ganhei muito dinheiro, mas esta noite vamos sair com a Hipólita para quebrar a banca.

E de repente lançou a embrulhada explicação:

— Olha, você joga hipoteticamente certa quantia nas três primeiras bolas, uma a cada dezena. Se não saem três dezenas diferentes produz-se forçosamente o desequilíbrio. Você marca, então, com um ponto, a dezena saída. Para as três bolas seguintes, restará a mesma dezena que você marcou. Claro que o zero não vale e que você joga as dezenas em séries de três bolas. Você aumenta então uma unidade na dezena que não tem nenhuma cruz, diminui em uma, quero dizer, em duas unidades a dezena que tem três cruzes, e esta única base permite a você deduzir a unidade menor das maiores e joga-se a diferença na dezena ou nas dezenas que sobrarem.

Erdosain não tinha entendido. Continha seu desejo de rir à medida que sua esperança crescia, pois era indubitável que Ergueta estava louco. Por isso replicou:

— Jesus sabe revelar esses segredos para os que têm a alma cheia de santidade.

— E também para os idiotas — argumentou Ergueta, cravando nele um olhar brincalhão à medida que piscava a pálpebra esquerda, — Desde que eu passei a me dedicar a essas coisas misteriosas, tenho feito grandes besteiras como casar, por exemplo, casar com essa vagabunda...

— E você é feliz com ela?

— ... acreditar na bondade das pessoas, quando o que todo mundo quer é afundar você e criar sua fama de louco...

Erdosain, impaciente, franziu o cenho, e depois:

— Como você não quer que o tomem por louco? Você foi, segundo suas próprias palavras, um grande pecador. E de repente se converte, casa com uma prostituta porque isso está escrito na Bíblia; você fala para as pessoas sobre o quarto selo e sobre o cavalo amarelo... claro... as pessoas só podem achar que você está louco, porque você não conhece essas coisas nem a pau. Também não me acham louco porque eu disse que se deveria instalar uma tinturaria para cães e metalizar os punhos das camisas?... Mas eu não acredito que você esteja louco. Não, não acredito. O que há em você é um excesso de vida, de caridade e de amor ao próximo. Agora, isso de que Jesus tenha te revelado o segredo da roleta me parece meio absurdo...

— Ganhei cinco mil pesos nas duas vezes...

— Digamos que seja verdade. Mas o que te salva não é o segredo da roleta, e sim o fato de ter uma alma encantadora. Você é capaz de fazer o bem, de se emocionar diante de um homem que está à beira da prisão...

— Isso sim que é verdade — interrompeu Ergueta —. Olha só, tem outro farmacêutico no bairro que é um velho mão de vaca. O filho roubou cinco mil pesos dele... e depois veio me pedir um conselho. Sabe o que eu lhe aconselhei? Que ameaçasse meter o pai na cadeia por vender cocaína, se o denunciasse.

— Vê como eu te entendo? Você queria salvar a alma do velho fazendo o filho cometer um pecado, pecado do qual este se arrependeria pelo resto da vida. Não é assim?

— É, na Bíblia está escrito: "E o pai se levantará contra o filho e o filho contra o pai"...

— Está vendo? Eu te entendo. Não sei para o que você está predestinado... O destino dos homens é sempre incerto. Mas acredito que você tem pela frente um caminho magnífico. Sabe? Um caminho raro...

— Serei o Rei do Mundo. Percebe? Ganharei em todas as roletas o dinheiro que quiser. Irei à Palestina, a Jerusalém e reedificarei o grande templo de Salomão...

— E você salvará da angústia muita gente boa. Quantos há que por necessidade defraudaram seus patrões, roubaram dinheiro que lhes estava confiado! Sabe? A angústia... Um sujeito angustiado não sabe o que faz... Hoje rouba um peso, amanhã cinco, depois de amanhã vinte, e quando acorda deve centenas de pesos. E o homem pensa. É pouco... e de repente se descobre que sumiram quinhentos, não, seiscentos pesos e sete centavos. Percebe? Essas são as pessoas que é preciso salvar..., os angustiados, os fraudulentos.

O farmacêutico meditou um instante. Uma expressão séria se dissolveu na superfície de seu semblante inchado; em seguida, calmamente, acrescentou:

— Você tem razão... o mundo está cheio de "safados", de infelizes... Mas como remediar isso? É isto o que me preocupa. De que forma apresentar novamente as verdades sagradas a essa gente que não tem fé?...

— Mas o que as pessoas precisam é de dinheiro... não de sagradas verdades.

— Não, isso acontece por causa do esquecimento das Escrituras. Um homem que leva em si as sagradas verdades não rouba seu patrão, não defrauda a companhia em que trabalha, não se coloca na situação de ir para a prisão da noite para o dia.

Depois coçou pensativamente o nariz e continuou:

— Além do mais, quem te disse que isso não seja para o bem? Quem vai fazer a revolução social, senão os escroques, os infelizes, os assassinos, os vigaristas, toda a canalha que sofre lá embaixo sem esperança alguma? Ou você acha que a revolução vai ser feita pelos barnabés e pelos lojistas?

— Concordo, concordo... mas, enquanto a revolução social não chega, o que faz esse infeliz? O que faço eu?

E Erdosain, segurando Ergueta por um braço, exclamou:

— Porque eu estou a um passo da prisão, sabe? Roubei seiscentos pesos e sete centavos.

O farmacêutico piscou lentamente a pálpebra esquerda e em seguida disse:

— Não se aflija. Os tempos de atribulação de que falam as Escrituras chegaram. Eu não me casei com a Coxa, com a Rameira? O filho não se levantou contra o pai e o pai contra o filho? A revolução está mais próxima do que os homens desejam. Você não é o fraudulento e o lobo que dizima o rebanho?...

— Mas, me diz, você não pode me emprestar esses seiscentos pesos?

O outro moveu lentamente a cabeça:

— Você acha que só porque eu leio a Bíblia sou um otário?

Erdosain olhou-o desesperado:

— Juro que estou devendo.

De repente aconteceu algo inesperado.

O farmacêutico se levantou, estendeu o braço e, fazendo estalar a ponta dos dedos, exclamou diante o garçom do café, que olhava a cena, espantado:

— Se manda, seu safado, se manda.

Erdosain, vermelho de vergonha, afastou-se. Quando, na esquina, virou a cabeça, viu que Ergueta mexia os braços falando com o garçom.

O ÓDIO

Sua vida dessangrava. Toda sua pena descomprimida se estendia para o horizonte entrevisto através dos cabos e dos *trolleys* dos bondes e, subitamente, teve a sensação de que caminhava sobre sua angústia convertida num tapete. Assim como os cavalos que, desventrados por um touro, enredam-se em suas próprias entranhas, cada passo que dava deixava seus pulmões sem sangue. Respirava devagar e se desesperava por jamais chegar. Aonde? Nem sabia. Na rua Piedras, sentou-se no umbral de uma casa desocupada. Ficou vários minutos, depois começou a caminhar rapidamente e o suor escorria por seu semblante como nos dias de excessivo calor.

Assim chegou até Cerrito e Lavalle.

Ao enfiar uma mão no bolso, viu que tinha um punhado de notas e então entrou no bar Japonês. Motoristas e rufiões faziam uma roda em volta das mesas. Um negro com colarinho engomado e alpargatas pretas arrancava os parasitas do sovaco, e três "cafifas" polacos, com grossos anéis de ouro nos dedos, na sua gíria, tratavam de prostíbulos e de dedos-duros. Num outro canto, vários choferes de táxi jogavam cartas. O negro que catava piolhos olhava em volta, como que solicitando com os olhos que o público ratificasse sua operação, mas ninguém ligava para ele.

Erdosain pediu café, apoiou a testa nas mãos e ficou olhando o mármore.

— De onde tirar os seiscentos pesos?

Em seguida pensou em Gregorio Barsut, o primo de sua mulher.

A atitude de Ergueta já não o preocupava. Diante de seus olhos se materializava a taciturna figura do outro, de Gregorio Barsut com a cabeça raspada, o nariz ossudo de ave de rapina, os olhos esverdeados e as orelhas pontudas como as do lobo. A presença dele fazia suas mãos tremerem, deixando a boca seca. Voltaria a lhe pedir dinheiro esta noite. Certamente, às nove e meia ele estaria em sua casa, como de costume. E o reveria. Amontoando uma conversa abundante de pretextos vagos para visitá-lo, torrentes de palavras que estonteavam Erdosain com seu pesado toque de areia.

Porque agora lembrava que o outro falava interminavelmente, pulando com uma versatilidade febril de um assunto para outro, o olhar enviesado fixo em Erdosain, que, com a boca sedenta e as mãos trêmulas, não se atrevia a colocá-lo para fora de sua casa.

E Gregorio Barsut devia perceber a repulsa que Erdosain sentia por ele, porque lhe disse mais de uma vez:

— Parece que a minha conversa te desagrada, não é mesmo? — O que não era óbice para que fosse a sua casa com uma frequência fastidiosa.

Erdosain apressou-se a negar, e tratou aparentemente de se interessar pela conversa fiada do outro, que conversava horas seguidas sem pé nem cabeça, espiando sempre o canto sudeste do quarto. O que é que se propunha com essa atitude? Erdosain, por sua vez, consolava-se de tais momentos desagradáveis pensando que o outro vivia acossado pela inveja e por certos sofrimentos atrozes que não tinham razão de ser.

Uma noite, Gregorio disse, na presença da esposa de Erdosain, que raramente assistia a essas conversas, pois ficava em outro quarto fechando a porta para não escutar as vozes:

— Que incrível seria se eu enlouquecesse e matasse vocês a tiros, me suicidando em seguida!

Seus olhos oblíquos estavam fixos no canto sudeste do quarto e ele sorria mostrando os dentes pontiagudos, como se as palavras que antes havia dito não passassem de uma piada. Mas Elsa, olhando-o muito séria, disse-lhe:

— Que seja a última vez que você fale desta maneira na minha casa. Senão, você não volta a pisar aqui.

Gregório tratou de se desculpar. Mas ela saiu, a noite toda não voltou a deixar-se ver.

Os dois homens continuaram conversando, o outro mais pálido, a testa estreita carregada de tumultuosas contrações, passando às vezes a larga mão pela escova de cabelo cor de bronze.

Erdosain não entendia o ódio que sentira de Barsut. Supunha-o grosseiro, mas isso entrava em contradição com certos sonhos de Gregorio, nos quais aparecia com uma natureza vaga, estranha, delicada, movida pelos mais inexplicáveis sentimentos.

Outras vezes, sua grosseria aparente ou real tornava-se repugnante, e diante de Erdosain, que reprimia sua indignação desmanchando nos lábios um pálido esgar, Barsut amontoava obscenidades sem nome, só pelo prazer de ultrajar a sensibilidade do outro.

Era um duelo invisível, odioso, sem um fim imediato, tão irritante que Erdosain, depois que Barsut saía, jurava para si mesmo não recebê-lo no dia seguinte. Poucas horas antes de anoitecer, Erdosain já estava pensando nele.

Muitas vezes o outro chegava e, antes de se sentar, começava a falar:

— Sabe, ontem à noite eu tive um sonho estranho.

E cravados os olhos no canto sudeste do quarto, sem sorrir, com uma expressão quase dolorosa no semblante sujo, com barba de três dias, Barsut monologava lentamente, contava seus terrores de homem de vinte e sete anos, a preocupação que havia lhe deixado no entendimento o piscar de um peixe vesgo, e relacionando o peixe vesgo com o olhar bisbilhoteiro de uma anciã alcoviteira que queria que ele se casasse com a sua filha que se dedicava ao espiritismo, derivava a conversa para cada absurdo que, de repente, Erdosain, esquecendo-se de seu rancor, se perguntava o outro não estaria louco. Elsa, indiferente a tudo, costurava no quarto do meio, enquanto um profundo mal-estar imobilizava Erdosain.

Este percebia uma vibração de impaciência, entrechocando os dedos pelos nós, e o esforço efetuado para esconder esse tremor fatigava-o. Se pronunciava alguma palavra, o fazia com extraordinária dificuldade, como se tivesse os lábios rígidos por um banho de cola.

Apoiando um cotovelo na mesa e arrumando a joelheira da calça, Barsut às vezes se queixava de que ninguém gostava dele, olhando longamente Erdosain ao dizer isto. Outras vezes, caçoava dos seus pressentimentos e de um fantasma que dizia ver num canto do banheiro da pensão onde vivia, fantasma que era uma mulher gigantesca com uma vassoura entre as mãos e os braços finos e um olhar de harpia. Em algumas oportunidades admitia que se não estava doente acabaria ficando. Erdosain, fingindo-se preocupado com sua saúde, perguntava-lhe pelos sintomas, aconselhando o repouso e cama, e como insistisse sobre isso, Barsut, malevolamente, replicou uma vez:

— A minha presença te incomoda tanto assim?

Outras vezes, Barsut chegava sinistramente alegre, com uma jovialidade de ébrio taciturno que ateou fogo num depósito de petróleo e, escarrapachando-se na sala de jantar, dando tapinhas nas costas de Erdosain, com uma insistência incômoda, perguntava-lhe:

— Como vai? E então? Como vai?

Os olhos de Barsut faiscavam, e Erdosain permanecia ali, triste, encolhido, perguntando-se o que é que o intimidava na presença desse homem, que sempre permanecia sentado na beirada da cadeira e espiando obstinadamente o canto da sala de jantar.

E evitavam olhar-se nos olhos.

Havia entre eles uma situação indefinida, obscura. Uma dessas situações em que dois homens que se desprezam toleram por razões alheias à sua vontade.

Erdosain odiava Barsut, mas com um rancor cinza, trapaceiro, composto de maus sonhos e piores possibilidades. E o que tornava esse ódio mais intenso era a falta de motivos.

Às vezes punha-se a tramar as imagens de uma vingança atroz, e com o cenho franzido compaginava desastres. Mas no dia seguinte, ao chamar Barsut na porta da rua, Erdosain estremecia como uma adúltera à chegada de seu esposo, e uma vez chegou até a se irritar com Elsa, porque demorou para abrir a porta para Barsut, acrescentando a título de comentário destinado a ocultar sua covardia diante dela:

— Ele vai achar que nós não queremos recebê-lo. Para isso é melhor dizer a ele que não venha mais.

Faltava o motivo concreto, e esse rancor subterrâneo estendia-se nele como um câncer. Erdosain encontrava em cada gesto de Barsut razões para ter um chilique e lhe desejar mortes atrozes. E Barsut, como se pressentisse os sentimentos do outro, parecia executar ex professo as grosserias mais repugnantes. Assim, Erdosain jamais esqueceu este fato:

Foi num anoitecer em que tinham ido tomar um vermute. Acompanhando a bebida, o garçom trouxe um pratinho de salada de batatas com mostarda. Barsut cravou com tal avidez o palito de dentes numa fatia de batata que derrubou a salada sobre o mármore enegrecido pelo roçar das mãos e a cinza dos cigarros. Erdosain observou-o, irritado. Então Barsut, zombando, recolheu pedaço por pedaço, ao chegar ao último, esfregou com este a mostarda derramada no mármore, levando-o depois à boca, com um sorriso irônico.

— Você podia lamber o mármore — observou Erdosain, enojado.

Barsut dirigiu-lhe um olhar estranho, quase provocativo. Em seguida, inclinou a cabeça e sua língua enxugou o mármore.

— Você está contente?

Erdosain empalideceu.

— Você ficou louco?

— O que foi? Você vai esquentar a cabeça com isso?

E de repente, Barsut, rindo, amável, dissolvida essa espécie de frenesi que o havia enervado a tarde toda, levantou-se dizendo futilidades.

Erdosain jamais esqueceu deste fato: a cabeça raspada cor de bronze, inclinada sobre o mármore, e uma língua aderida à viscosidade da pedra amarela.

E muitas vezes imaginava que Barsut se lembrava dele, com o passar dos dias, com o ódio que se fica das pessoas a quem se fez confidências demais. Mas não podia se conter, porque mal chegava na casa de Erdosain, despejava nas orelhas dele baldes de desgraças, embora soubesse que Erdosain se regozijava com elas.

É que Remo provocava suas confidências, e as provocava com uma transitória mas espontânea compaixão, de maneira que Barsut sentia seu rancor se desvanecer para com o outro, quando este lhe aconselhava seriamente. Mas seu ódio se desenroscava furiosamente quando um rápido e furtivo olhar de Erdosain lhe revelava que neste a piedade se desvanecia, e aparecia um gozo maligno diante do espetáculo de sua vida em parte desfeita, pois mesmo quando tinha dinheiro para viver mediocremente de rendas, sofria o terror de enlouquecer como havia acontecido com seu pai e seus irmãos.

De repente, Erdosain levantou a cabeça. O negro de colarinho engomado havia terminado de catar as pulgas, e agora os três cafifas repartiam pilhas de dinheiro sob os ávidos olhares dos choferes, que, da outra mesa, olhavam de soslaio, com o rabo do olho. Parecia que o negro, sob a influência do dinheiro, ia espirrar, tão lamentavelmente olhava para os rufiões.

Erdosain pôs-se de pé e pagou. Em seguida, saiu dizendo para si mesmo:

— Se o Gregorio falhar, pedirei o dinheiro para o Astrólogo.

Se alguém tivesse antecipado a Erdosain que horas depois tramaria o assassinato de Barsut e que assistiria quase impassivelmente à fuga de sua esposa, não teria acreditado.

Vagabundeou a tarde toda. Tinha necessidade de ficar sozinho, de se esquecer das vozes humanas e de se sentir tão desligado do que o rodeava como um forasteiro numa cidade em cuja estação perdeu o trem.

Andou pelas solitárias esquinas oitavadas das ruas Arenales e Talcahuano, pelas esquinas da Charcas com a Rodríguez Peña, nos cruzamentos da Montevideo com a Avenida Quintana, saboreando o espetáculo dessas ruas magníficas em arquitetura, e negadas para sempre aos infelizes. Seus pés, nas brancas calçadas, faziam ranger as folhas caídas dos plátanos, e fixava o olhar nos ovalados vidros das grandes janelas, amalgamados pela brancura das cortinas internas. Aquele era outro mundo dentro da cidade canalha que ele conhecia, outro mundo para o qual agora seu coração batia com palpitações lentas e pesadas.

Detendo-se, observava as luxuosas garagens como pátenas, e os verdes penachos dos ciprestes nos jardins, defendidos por muralhas de cornijas dentadas ou grossas grades capazes de deter o ímpeto de um leão. O resíduo vermelho serpenteava entre os óvalos dos canteiros verdes. Alguma aia com touca cinza passeava pelos caminhos.

E ele devia seiscentos pesos e sete centavos!

Olhava longamente os corrimãos que, nas negras varandas, fulguravam redondezas de barras de ouro, as janelas pintadas de cinza-pérola ou leite tingidas com umas gotas de café, os vidros cuja espessura devia tornar aquosas as imagens dos transeuntes. As cortinas de gaze, tão leves que seus nomes deviam ser bonitos como a geografia dos países distantes. Que diferente devia ser o amor à sombra desses tules que ensombrecem a luz e moderam os sons!...

No entanto, ele devia seiscentos pesos e sete centavos. E a voz do farmacêutico repetia agora em seus ouvidos:

— Você tem razão... o mundo está cheio de safados... de infelizes... Mas como remediar isso?... De que forma apresentar as verdades sagradas a essa gente que não tem fé?

O sofrimento, como um desses arbustos cujo desenvolvimento se acelera com a eletricidade, crescia nas profundezas de seu peito, subindo-lhe até a garganta.

Parado, pensava que cada pesar era uma coruja que pulava de um galho a outro de sua infelicidade. Ele devia seiscentos pesos e sete centavos e, embora quisesse esquecer disso colocando suas esperanças em Barsut ou no Astrólogo, seu pensamento se bifurcava para uma rua escura. Fileiras de luzes pareciam apoiar-se nas cornijas. Embaixo, uma neblina de pó enchia o caixão da rua. Mas ele caminhava rumo ao país da alegria, esquecido da Limited Azucarer Company.

O que havia feito de sua vida? Era hora de se perguntar isso, ou não? E como podia caminhar se seu corpo pesava setenta quilos? Ou era um fantasma, um fantasma que recordava acontecimentos da terra?

Quantas coisas se moviam em seu coração! E o outro que tinha se casado com uma prostituta? E o Barsut, com sua preocupação com o peixe vesgo e a primogênita da espírita? E a Elsa que, não se entregando a ele, atirava-o na rua? Estava louco ou não?

Fazia-se esta pergunta porque às vezes se espantava com uma esperança que surgira nele.

Imaginava que da fresta da persiana de alguns desses palácios o estava examinando, com binóculo de teatro, certo milionário "melancólico e taciturno". (Uso estritamente os termos de Erdosain.)

E o curioso é que quando ele pensava que o "milionário melancólico e taciturno" podia observá-lo, compunha um semblante compungido e meditativo, e não olhava o traseiro das criadas que passavam, fingindo estar imobilizado pela atenção que prestava a um grande trabalho interior. Porque dizia para si mesmo que se o "milionário melancólico e taciturno" visse que ele olhava o traseiro das criadas, deduziria que ele não estava tão preocupado a ponto de merecer sua compaixão.

Tanto é assim que Erdosain esperava que o "milionário melancólico e taciturno" o mandasse chamar de um momento a outro ao observar seu semblante de músculos endurecidos pelo sofrimento de muitos anos.

Essa obsessão cresceu tanto naquela tarde que, de repente, pensou que um vagabundo de colete de riscas vermelhas e amarelas, que estava na porta do hotel examinando-o descaradamente, era o espião do "milionário melancólico e taciturno".

E o criado o chamava. Ele o seguia. Atravessavam um jardim eriçado de cactos, entravam num salão e permanecia sozinho durante uns minutos. O edifício todo estava às escuras. Um abajur brilhava num canto do salão. Sobre a mísula do piano, partituras de música espargiam a fragrância dos papéis tocados sempre por mãos femininas. No parapeito de uma janela coberta de cambraias violeta estava abandonada a cabeça de mármore de uma mulher. Podiam-se ver os almofadões dos canapés forrados com tecidos que pareciam pinturas cubistas e, sobre a escrivaninha, havia cinzeiros de bronze negro e polichinelos de mil cores.

Em que circunstância de sua vida estivera no interior dessa sala que agora se apresentava à sua imaginação? Não conseguia lembrar. Mas via uma grande moldura de ébano cujas chanfraduras paralelas subiam para um forro branquíssimo, que derramava sua luz de gesso sobre uma marina: uma sinistra ponte de madeira, sob cujos contrafortes ciclópicos fervia uma multidão de homens apagados, manchados por sombras avermelhadas, e que transportavam grandes fardos diante de um proceloso mar de ferro fundido, sanguinolento, do qual levantava-se em ângulo reto um cais de pedra obstaculizado por fráguas, trilhos e guindastes.

Naquela sala Elsa se movia quando ainda era sua namorada. Sim, talvez, mas para que lembrar disso? Ele era o fraudulento, o homem das botas gastas, da gravata esfiapada, do terno cheio de manchas, que ganha a vida na rua enquanto sua mulher doente lava roupas em casa. Ele era tudo isso e mais nada. Por isso o "milionário melancólico e taciturno" tinha mandado chamá-lo.

Erdosain, gozoso no devaneio, em parte feito plástico, pelos espaços de tempo e imagens reconstruídas às expensas do grande senhor invisível, não queria deter-se já na sua entrevista com o "milionário melancólico e taciturno" que lhe oferecia dinheiro para colocar pôr seus inventos, e sim, que semelhante a esses leitores de folhetins policiais que, apressados para chegar ao desenlace da intriga, pulam os "pontos mortos" do romance, Erdosain olhava de soslaio determinadas construções desinteressantes de sua imaginação, e restituía-se à rua, embora na rua se encontrasse.

Então, abandonando a esquina da Charcas com a Talcahuano, ou da Arenales com a Rodríguez Peña, começava a caminhar apressado.

E os excessos eram substituídos por uma esperança desmedida.

Triunfaria. Sim, triunfaria! Com o dinheiro do "milionário melancólico e taciturno" instalaria um laboratório de eletrotécnica, dedicar-se-ia especialmente ao estudo dos raios Beta, ao transporte da energia sem fios, e ao das ondas eletromagnéticas, e sem perder sua juventude, como o absurdo personagem de um romance inglês, envelheceria; somente seu rosto empalideceria até adquirir a brancura do mármore, e suas pupilas faiscantes como as de um mago seduziriam todas as donzelas da terra.

A tarde caía e, de repente, lembrou que o único que podia salvá-lo de sua horrível situação era o Astrólogo. Essa ideia removeu todos os seus pensamentos. Talvez o outro tivesse dinheiro. Até suspeitava que pudesse ser um delegado bolchevique para fazer propaganda comunista no país, já que aquele tinha um projeto de sociedade revolucionária singularíssimo. Sem vacilar, chamou um automóvel e indicou ao chofer que o levasse até a estação Constitución. Ali, comprou bilhete para Temperley.

O ASTRÓLOGO

O edifício que o Astrólogo ocupava estava situado no centro de uma chácara repleta de árvores. A casa era baixa e seus telhados avermelhados se divisavam a longa distância, sobre a espessura das árvores silvestres. Pelas clareiras que o aglomerado deixava, entre a autêntica ondulação de gramados e trepadeiras, gordos insetos de bundas negras revoavam o dia inteiro, entre a perene chuva de ervas daninhas e caules. Não longe da casa, a roda do moinho girava a claudicação de suas três pás sobre um prisma de ferro enferrujado e, mais adiante, sobre a cavalariça, distinguiam-se os vidros azuis e vermelhos de um biombo destruído pela ferrugem. Atrás do moinho e da casa, para além das cercas vivas, enegrecia a serra verde-garrafa de um bosque de eucaliptos, empenachando de borbotões e cristas em relevo o céu de um azul-marítimo.

Chupando uma flor de madressilva, Erdosain atravessou a chácara em direção à casa. Parecia-lhe estar no campo, muito longe da cidade, e a visão do edifício o alegrou. Embora baixo, este tinha dois andares, com terraços em ruínas no segundo e um descascado jogo de colunas gregas no vestíbulo, até onde subia uma destruída escadaria, guarnecida de palmeiras.

Os avermelhados telhados caíam obliquamente, protegendo com o beiral as claraboias e janelinhas das águas-furtadas, e entre a flamejante folhagem das castanheiras, por cima da copas das romãzeiras manchadas de asteriscos escarlates, via-se um galo de zinco movendo sua cauda torcida ao sabor dos ventos. Ao redor, intrincadamente, surgia o jardim, com ares de bosquezinho, e agora, na quietude do entardecer, sob o sol que aprumava no espaço uma atmosfera de vidro nacarado, os roseirais vertiam seu fortíssimo perfume, tão penetrante que o espaço todo parecia povoar-se de uma atmosfera vermelha e fresca como um caudal de água.

Erdosain pensou:

— Mesmo que eu tivesse uma barca de prata com velas de ouro e remos de marfim, e o oceano se tornasse de sete cores, e da Lua uma milionária me jogasse beijos com as mãos, minha tristeza seria a mesma... Mas não é preciso dizer isso. No entanto, viveria melhor aqui do que ali. Aqui eu poderia ter um laboratório.

Uma torneira mal fechada pingava num barril. Ao pé do poste de um caramanchão dormitava um cachorro, e quando parou para chamar diante da escadaria, apareceu pela porta a gigantesca figura do Astrólogo, coberto com um avental amarelo e a cartola caída sobre a testa, sombreando-lhe o largo rosto romboidal. Algumas mechas de cabelo encaracolado escapuliam sobre suas têmporas, e seu nariz, com o septo fraturado na parte do meio, estava extraordinariamente desviado para a esquerda. Sob suas sobrancelhas avultadas moviam-se vivamente uns redondos olhos negros, e essa cara de faces duras, sulcadas de estrias rugosas, dava a impressão de estar esculpida em chumbo. Essa cabeça devia pesar tanto!

— Ah! É o senhor?... Entre. Vou lhe apresentar ao Rufião Melancólico.

Atravessando o vestíbulo escuro e fedendo a umidade, entraram num escritório de paredes cobertas por um descolorido papel esverdeado.

O quarto era francamente sinistro, com seu altíssimo forro sulcado de teias de aranha e a estreita janela protegida pela grade cheia de nós. No laminado de um armário antigo, encostado num canto, a claridade azulada quebrava-se em lívidas penumbras. Sentado numa poltrona forrada com um puído veludo verde estava um homem vestido de cinza, uma enegrecida onda de cabelos atravessava sua testa, e calçava botinas de cano claro. O avental amarelo do Astrólogo ondulou ao aproximar-se do desconhecido.

— Erdosain, vou lhe apresentar a Arturo Haffner.

Em outra oportunidade, o fraudulento teria dito algo ao homem que o Astrólogo chamava na intimidade de o Rufião Melancólico, que, depois de apertar a mão de Erdosain, cruzou as pernas na poltrona, apoiando a azulada face em três dedos de unhas cintilantes. E Erdosain tornou a olhar aquele rosto quase redondo, com lassidão de paz, e no qual somente denunciava o homem de ação a faísca brincalhona, movediça, no fundo dos olhos, e esse movimento de erguer uma sobrancelha mais do que a outra ao escutar quem estava falando. Erdosain distinguiu, num canto, entre o paletó e a camisa de seda que o Rufião usava, o cabo negro de um revólver. Indubitavelmente, na vida, os rostos significam pouca coisa.

Em seguida, o Rufião virou novamente a cabeça para um mapa dos Estados Unidos da América do Norte, para o qual o Astrólogo se dirigiu, apanhando uma varinha. E já parado, com o braço amarelo cortando o azul mar do Caribe, exclamou:

— A Ku Klux Klan tinha, só em Chicago, 150 mil adeptos... Em Missouri, 100.000 adeptos. Fala-se que em Arkansas há mais de 200 "cavernas". Em Little Rock, o Império Invisível afirma que todos os pastores protestantes aderiram à irmandade. No Texas, domina absolutamente nas cidades de Dallas, Fort, Houston, Beaumont. Em Binghampton, residência de Smith, que era Grande Dragão da Ordem, contavam-se 75.000 adeptos e, em Oklahoma, estes fizeram decretar pelas Câmaras uma "bill" suspendendo Walton, o governador, por persegui-los, de tal modo que o estado encontrava-se praticamente, até bem pouco tempo, sob o controle da Klan.

O avental amarelo do Astrólogo parecia a vestimenta de um sacerdote de Buda.

Continuou o Astrólogo:

— O senhor sabe que queimaram vivos muitos homens?

— Sei — assentiu o Rufião —, li os telegramas.

Erdosain examinava agora o Rufião Melancólico. Assim o chamava o Astrólogo, porque o cafifa, há muitos anos, quisera suicidar-se. Aquele foi um assunto obscuro. Do dia para a noite, Haffner, que há tempos explorava prostitutas, descarregou um tiro no peito, perto do coração. A contração do órgão no exato instante da passagem do projétil o salvou da morte. Depois, como é natural, continuou levando a sua vida, talvez com um pouco mais de prestígio por esse gesto que nenhum de seus camaradas de rapina entendia. Continuou o Astrólogo:

— A Ku Klux Klan reuniu milhões...

O Rufião se espreguiçou e respondeu:

— É, e o Dragão... esse sim que é um Dragão! Está sendo processado como vigarista...

O Astrólogo ignorou a réplica:

— O que se opõe aqui na Argentina para que exista também uma sociedade secreta que consiga tanto poderio como aquela de lá? E falo para o senhor com franqueza. Não sei se a nossa sociedade será bolchevique ou fascista. Às vezes me inclino a achar que o melhor que se pode fazer é preparar uma salada russa que nem Deus entenda. Acho que não se pode pedir de mim mais sinceridade neste momento. Veja que, por ora, o que eu pretendo fazer é um bloco onde se consolidem todas as possíveis esperanças humanas. Meu plano é nos dirigirmos de preferência aos jovens bolcheviques, estudantes e proletários inteligentes. Além disso, acolheremos aqueles que têm um plano para reformar o universo, os empregados que aspiram a ser milionários, os inventores falidos — não se dê por aludido, Erdosain —, os desempregados de qualquer coisa, os que acabam de sofrer um processo e ficam na rua sem saber para que lado olhar...

Erdosain lembrou a missão que o levou à casa do Astrólogo, e disse:

— Eu precisava que falar com o senhor...

— Um momentinho... já, já falo com o senhor — e prosseguiu: — O poder dessa sociedade não derivará do que os sócios queiram dar, e sim do que produzirão os prostíbulos anexos a cada célula. Quando eu falo de uma sociedade secreta, não me refiro ao tipo clássico de sociedade mas a uma supermoderna, onde cada membro e adepto tenha proveitos e recolha lucros, porque só assim é possível vinculá-los mais e mais aos fins que só uns poucos conhecerão. Esse é o aspecto comercial. Os prostíbulos produzirão receita como para manter as crescentes ramificações da sociedade. Na cordilheira, estabeleceremos uma colônia revolucionária. Ali, os noviços seguirão cursos de tática ácrata, propaganda revolucionária, engenharia militar, instalações industriais, de maneira que esses associados, no dia em que saírem da colônia, possam estabelecer em qualquer lugar um ramo da sociedade... Entende? A sociedade secreta terá sua academia, a Academia para Revolucionários.

O relógio suspenso na parede deu cinco badaladas. Erdosain compreendeu que não podia perder mais tempo, e exclamou:

— Perdoe interrompê-lo. Eu vim para um assunto grave. O senhor tem seiscentos pesos?

O Astrólogo largou sua varinha e cruzou os braços:

— O que há com o senhor?

— Se amanhã eu não repuser seiscentos pesos na Açucareira, vão me prender.

Os dois homens olharam curiosamente para Erdosain. Devia estar sofrendo muito para ter lançado assim seu pedido. Erdosain continuou:

— É preciso que o senhor me ajude. Defraudei, em uns quantos meses, seiscentos pesos. Fizeram uma denúncia anônima. Se eu não repuser o dinheiro amanhã, vão me prender.

— E como é que o senhor roubou esse dinheiro?...

— Assim, devagar...

O Astrólogo acariciava a barba, preocupado.

— Como é que isso aconteceu?

Erdosain teve que se explicar novamente. Os comerciantes, ao receber a mercadoria, assinavam um vale no qual reconheciam dever a importância do adquirido. Erdosain, na companhia de outros dois cobradores, recebia, a cada final de mês, os vales que tinha que transformar em dinheiro vivo durante os trinta dias restantes.

Os recibos que eles diziam não haver recebido ficavam em seu poder até que os comerciantes resolviam saldar sua dívida. E Erdosain continuou:

— Vejam que a negligência do caixeiro era tal, que nunca controlou os vales que nós dizíamos não ter recebido, de maneira que a uma conta tornada efetiva e malversada, dávamos entrada na planilha de cobrança com o dinheiro que provinha de uma conta que recebíamos depois. Percebem?

Erdosain era o vértice daquele triângulo que formavam os três homens sentados. O Rufião Melancólico e o Astrólogo se olhavam de vez em quando. Haffner batia as cinzas do seu cigarro e, em seguida, com uma sobrancelha mais levantada do que a outra, continuava examinando Erdosain dos pés à cabeça. Por fim, acabou por lhe fazer esta estranha pergunta:

— E sentia alguma satisfação em roubar?...

— Não, nenhuma...

— E então, como é que anda com as botinas escalavradas?...

— É que ganhava muito pouco.

— Mas e o que roubava?

— Nunca me ocorreu comprar botinas novas com esse dinheiro. — E era verdade. O prazer que sentiu a princípio, de dispor impunemente do que não lhe pertencia, evaporou-se logo. Um dia Erdosain descobriu nele a inquietude que faz ver os céus ensolarados como enegrecidos de uma fuligem que só é visível para a alma que está triste.

Quando comprovou que devia quatrocentos pesos, o sobressalto levou-o à loucura. Então gastou o dinheiro de uma forma estúpida, frenética. Comprou guloseimas que nunca lhe apeteceram, almoçou caranguejos, sopas de tartaruga e fritadas de rãs em restaurantes onde o direito de se sentar junto a pessoas bem-vestidas é caríssimo; bebeu licores caros e vinhos insossos para seu paladar sem sensibilidade e, no entanto, carecia das coisas mais necessárias para o medíocre viver, como roupa íntima, sapatos, gravatas...

Dava abundantes esmolas e costumava deixar polpudas gorjetas aos garçons que o serviam, tudo isso para acabar com os rastros desse dinheiro roubado que levava no seu bolso e que, no dia seguinte, podia subtrair impunemente.

— De modo que não passou pela sua cabeça comprar botinas? — insistiu Haffner.

— Realmente, agora que o senhor me faz observar isso, também me parece curioso, mas a verdade é que nunca pensei que com dinheiro roubado se pudessem comprar essas coisas.

— E então, em que gastava o dinheiro?

— Dei duzentos pesos para uma família amiga, os Espila, para comprar um acumulador e instalar um pequeno laboratório de galvanoplastia, para fabricar a rosa de cobre, que é...

— Já conheço...

— É, já lhe falei sobre isso — retrucou o Astrólogo.

— E os outros quatrocentos?

— Não sei... Gastei de uma maneira absurda...

— E agora, o que pensa fazer?...

— Não sei.

— Não conhece ninguém que possa lhe arranjar?...

— Não, ninguém. Pedi para um parente da minha mulher, Barsut, faz dez dias. Ele me disse que não podia...

— Vai ser preso, então?

— É claro...

O Astrólogo se virou para o cafifa e disse:

— O senhor já sabe que conto com mil pesos. Essa é a base de todos os meus projetos. Para o senhor, Erdosain, a única coisa que eu posso dar são trezentos pesos. Também, meu amigo, o senhor faz cada coisa!...

De repente Erdosain se esqueceu de Haffner e exclamou:

— É que é a angústia, sabe?... Essa angústia "fodida" que o arrasta...

— Como é que é? — interrompeu o Rufião.

— Eu disse que é a angústia. A gente rouba, faz besteiras, porque está angustiado. Caminha pelas ruas com o sol amarelo, que parece um sol de peste... Claro. O senhor deve ter passado por essas situações. Ter cinco mil pesos na carteira e estar triste. E de repente uma pequenina ideia lhe sugere o roubo. Essa noite não pode dormir de alegria. No dia seguinte, faz o teste tremendo e se sai tão bem que não resta outro remédio senão continuar... a mesma coisa de quando o senhor tentou se matar.

Ao pronunciar essas palavras, Haffner ergueu-se sobre a poltrona e segurou os joelhos com as mãos. O Astrólogo gostaria de impor silêncio a Erdosain. Era impossível, e este continuou:

— Sim, como quando o senhor tentou se matar. Eu imaginei isso muitas vezes. Tinha cansado de ser cafetão. Ah, se soubesse o interesse que eu tinha em conhecê-lo! Eu me dizia: esse deve ser um cafifa estranho. É claro que, de cem mil indivíduos que como o senhor vivem das mulheres, encontra-se um com seu jeito de ser. O senhor me perguntou se eu sentia prazer em roubar. E o senhor, sente prazer em ser cafetão? Diga-me: sente prazer?... Mas que diabo! Eu não vim aqui para dar explicações, sabem? O que eu preciso é de dinheiro, não de palavras.

Erdosain tinha se levantado e agora apertava, tremendo, entre os dedos, a aba do chapéu. Olhava indignado para o Astrólogo, cuja cartola cobria o estado de Kansas no mapa, e para o Rufião, que introduziu as mãos entre o cinto e a calça. Este voltou a se acomodar em sua poltrona forrada de veludo verde, apoiou a face na sua mão rechonchuda e, sorrindo debochado, disse calmamente:

— Sente-se, amigo, eu vou lhe dar os seiscentos pesos.

Os braços de Erdosain se encolheram. Em seguida, sem se mexer, olhou longamente para o Rufião. Este insistiu, enfatizando as palavras.

— Sente-se com confiança, amigo. Eu vou lhe dar os seiscentos pesos. Os homens estão aí para isso.

Erdosain não soube o que dizer. A mesma tristeza que explodiu nele quando o homem de cabeça de javali lhe disse no escritório que podia ir embora, a mesma tristeza o enervava agora. Então, a vida não era tão má assim!

— Façamos isto — disse o Astrólogo. — Eu lhe dou os trezentos pesos e o senhor outros trezentos.

— Não — disse Haffner. — O senhor precisa desse dinheiro. Eu, não. Para isso tenho três mulheres. — E dirigindo-se a Erdosain, continuou: — Viu, meu amigo, como as coisas se ajeitam? Está satisfeito?

Falava com uma calma dissimulada, com certa pachorra de homem do campo que sempre sabe que a experiência que tem da natureza lhe permitirá encontrar uma saída da situação mais complicada. E só agora Erdosain percebeu o candente perfume das rosas e o gotejar da torneira no barril que se escutava pela janela entreaberta. Lá fora, ondulavam os caminhos, iluminados pelo sol, e o peso dos pássaros dobrava os galhos das romãzeiras, consteladas de asteriscos escarlates.

Novamente nos olhos do Rufião Melancólico brilhou a faísca de luz maliciosa. Com uma sobrancelha mais erguida do que a outra, aguardava a explosão de júbilo de Erdosain, mas como esta não chegou, disse:

— Faz muito tempo que o senhor vive dessa maneira?...

— Faz, muito.

— O senhor se lembra que uma vez eu lhe disse que dessa forma, embora o senhor não confiasse nada em mim, não se pode viver? — objetou o Astrólogo.

— Lembro sim, mas não queria falar do assunto. Não sei... essas coisas que a gente não pode explicar porque as calamos para as pessoas em quem mais confiança temos.

— Quando o senhor vai repor esse dinheiro?

— Amanhã.

— Bom, então vou lhe fazer um cheque agora. Terá que descontar amanhã.

Haffner se dirigiu à escrivaninha. Tirou do bolso o talão de cheques e escreveu firmemente a quantia, assinando depois.

Erdosain passou por essa viagem sem movimento de um minuto com a inconsciência daquele que se encontra ante a perspectiva de um sonho, e que mais tarde se lembra, para afirmar que em determinadas circunstâncias a vida está impregnada de um fatalismo inteligente.

— Sirva-se, amigo.

Erdosain apanhou o cheque e, sem o ler, dobrou-o em quatro, guardando-o no bolso. Tudo havia ocorrido em um minuto. O acontecimento era mais absurdo do que um romance, apesar de ele ser um homem de carne e osso. E não sabia o que dizer. Um minuto antes, devia seiscentos pesos e sete centavos. Já não os devia, e o prodígio havia sido obra de um só gesto do Rufião. Esse acontecimento era uma impossibilidade de acordo com a lógica que rege os procedimentos corriqueiros e, no entanto, nada havia acontecido. Queria dizer algo. Novamente examinou a catadura do homem abandonado na poltrona de veludo puído. Agora o revólver estava em relevo sob o tecido cinza do paletó, e Haffner, displicente, apoiava a azulada face nos seus três dedos de unhas cintilantes. Desejava agradecer ao Rufião, mas não sabia com que palavras fazê-lo. Este compreendeu e, dirigindo-se ao Astrólogo, que havia se sentado num banquinho perto da escrivaninha, disse:

— De maneira que uma das bases da sua sociedade será a obediência?...

— E o industrialismo. É preciso ouro para agarrar a consciência dos homens. Assim como houve o misticismo religioso e o cavalheiresco, é preciso criar o misticismo industrial. Fazer um homem ver que é tão belo ser chefe de um alto-forno como antes era encantador descobrir um continente. Meu político, meu aluno político na sociedade, será um homem que pretenderá conquistar a felicidade mediante a indústria. Este revolucionário saberá falar tão bem de um sistema de estamparia de tecidos como da desmagnetização do aço. Por isso gostei do Erdosain assim que o conheci. Tinha a mesma preocupação que eu. O senhor se lembra quantas vezes falamos da coincidência de nossos pontos de vista. Criar um homem soberbo, encantador, inexorável, que domina as multidões e lhes mostra um futuro baseado na ciência. Como é possível uma revolução social de outro modo? O chefe de hoje há de ser um homem que saiba tudo. Nós criaremos esse príncipe de sapiência. A sociedade se encarregará de confeccionar sua lenda e propagá-la. Um Ford ou um Edison tem mil probabilidades a mais de provocar uma revolução do que um político. O senhor acha que as futuras ditaduras serão militares? Não, senhor. O militar não vale nada perto do industrial. Pode ser instrumento dele, nada mais. Isso é tudo. Os futuros ditadores serão reis do petróleo, do aço, do trigo. Nós, com nossa sociedade, prepararemos esse ambiente. Familiarizaremos as pessoas com as nossas teorias. Por isso é preciso um estudo detido de propaganda. Aproveitar os estudantes e as estudantes. Embelezar a ciência, aproximá-la de tal modo dos homens que, de repente...

— Eu vou indo — disse Erdosain.

Ia despedir-se de Haffner, quando este disse:

— Então, um momento, ouça. Eu o acompanho.

O Astrólogo e o cafifa saíram um instante, depois regressaram e, ao se despedir na porta da chácara, Erdosain virou a cabeça para olhar para o homem gigantesco que, com o braço encolhido, fazia-lhes os gestos de um cumprimento.

AS OPINIÕES DO RUFIÃO MELANCÓLICO

E quando já tinham dobrado a esquina da chácara, Erdosain disse:

— Sabe que eu não tenho como lhe agradecer esse enorme favor que me fez? Por que o senhor me deu esse dinheiro?

O outro, que caminhava mexendo ligeiramente os ombros, virou-se, displicente, e disse:

— Não sei. Me encontrou num bom momento. Se a gente tivesse que fazer isso todos os dias... mas assim... Ainda mais que, imagine, numa semana eu o recupero...

A pergunta escapou de Erdosain:

— E como é que o senhor, tendo uma fortuna, continua na "vida"?

Haffner virou-se, agressivo, e em seguida:

— Veja, meu amigo, a "vida" não é para todos os homens, sabe? Por que eu vou deixar três mulheres que rendem dois mil pesos mensais sem nenhum trabalho? O senhor as deixaria? Não. E então?

— E o senhor não gosta delas? Nenhuma delas o atrai especialmente?

Logo depois de lançada essa pergunta Erdosain compreendeu que acabava de dizer uma besteira. O cafifa olhou para ele por um segundo, e retrucou:

— Escute bem. Se amanhã um médico viesse me ver e me dissesse: a Vasca vai morrer dentro de uma semana, tire-a ou não do prostíbulo, eu deixo a Vasca, que me deu trinta mil pesos em quatro anos, trabalhar os seis dias e que se arrebente no sétimo.

A voz do cafifa tinha enrouquecido. Havia um não sei que de amargura raivosa em suas palavras, essa amargura que mais tarde Erdosain reconheceria na voz de todos esses poltrões taciturnos e canalhas entediados.

— Pena? — continuou o outro. — Amigo, não se deve ter pena da mulher da vida. Não há mulher mais cadela, mais dura, mais amarga do que a mulher da vida. Não se espante, eu as conheço. Só a pauladas se pode dominá-las. O senhor acredita, como noventa por cento das pessoas, que o cafetão é o explorador e a prostituta a vítima. Mas me diga: para que uma mulher precisa de todo o dinheiro que ela ganha? O que os romancistas não disseram é que a mulher da vida que não tem homem anda desesperada procurando um que a engane, que arrebente sua alma de quando em quando e que arranque todo o dinheiro que ganhar, porque é besta assim. Falou-se que a mulher é igual ao homem. Mentira. A mulher é inferior ao homem. Veja só as tribos selvagens. Ela é que cozinha, trabalha, faz tudo, enquanto o macho vai à caça ou guerrear. O mesmo acontece na vida moderna. O homem, salvo ganhar dinheiro, não faz nada. E acredite em mim, mulher da vida que não tem seu dinheiro tomado o despreza. Sim, senhor, assim que começa a se afeiçoar, a primeira coisa que deseja é que lhe peçam... E que alegria a dela no dia em que o senhor lhe diz: "*Ma chérie*, você pode me emprestar cem pesos?". Então essa mulher se solta, está contente. Enfim o dinheiro sujo que ganha serve para alguma coisa, para fazer seu homem feliz. Claro, os romancistas não escreveram isso. E as pessoas acham que nós somos uns monstros ou uns animais exóticos, como nos pintaram os saineteros. Mas venha viver em nosso ambiente, conheça-o, e vai perceber que é igual ao da burguesia e ao da nossa aristocracia. A manteúda despreza a mulher de cabaré, a mulher de cabaré despreza a da rua, a da rua despreza a mulher do prostíbulo e, coisa curiosa, assim como a mulher que está num prostíbulo quase sempre escolhe como homem um sujeito marginal, a de cabaré sustenta um filhinho de papai ou um doutor vagabundo para que a explore. A psicologia da mulher da vida? Está contida nestas palavras, que me dizia chorando uma mulherzinha que um amigo meu largou: "*Encore avec mon cul je peut soutenir un homme*"[1]. Isso as pessoas não sabem, nem os romancistas. Um provérbio francês já dizia: "*Gueuse seule ne peut pas mener son cul*"[2].

Erdosain o contemplava estupefato. Haffner continuou:

— Quem cuida dela como o cafetão? Quem cuida dela quando está doente, quando vai presa? O que as pessoas sabem? Se um sábado pela manhã o senhor escutasse uma mulher dizer ao seu "gigolô": "*Mon chéri*, fiz cinquenta latas[3] a mais que a semana passada", o senhor se tornaria cafetão, sabe? Porque essa mulher diz para você "fiz cinquenta latas" com o mesmo tom que uma mulher honrada diria para o seu marido: "Querido, este mês, por não comprar um tailleur para mim e por lavar a roupa, economizei trinta pesos". Acredite, amigo, a mulher, seja ou não honrada, é um animal que tende ao sacrifício. Foi construída assim. Por que o senhor acha que os padres da Igreja desprezavam tanto a mulher? A maioria deles tinha vivido como grandes bacanas e sabia que animalzinho ela é. E a da vida é pior ainda. É como uma criança: é preciso ensinar-lhe tudo. "Você caminhará por aqui, não deve passar na frente desta esquina, não deve cumprimentar tal "cafiola". Não arrume briga com essa mulher." É preciso ensinar-lhe tudo.

Caminhavam perto das cercas vivas, e no doce entardecer as palavras do cafifa abriam um parêntese de estranheza em Erdosain. Compreendia que se encontrava junto a uma vida substancialmente diferente da sua. Então, perguntou-lhe:

— E como o senhor se iniciou na "vida"?

— Nessa época eu era jovem. Tinha vinte e três anos e uma cátedra de matemática. Porque eu sou professor — acrescentou orgulhosamente Haffner —, professor de matemática. Ia vivendo com a minha cátedra quando, num prostíbulo da rua Rincón, uma noite encontrei uma francezinha de quem gostei. Isso faz dez anos. Exatamente por esses dias eu tinha recebido uma herança de cinco mil pesos de um parente. Lucienne me agradou, e lhe propus que viesse morar comigo. Ela tinha um cafetão, o Marselhês, um gigante brutal que ela via de vez em quando... Não sei se pela lábia ou porque eu

[1] "Com meu rabo ainda possa sustentar um homem". (N. T.)

[2] "Puta sozinha não pode administrar o rabo" (N. T.)

[3] Na gíria dos prostíbulos chamava-se assim a ficha metálica que a gerente do bordel dava para a prostituta em troca do dinheiro pago pelo cliente. A prostituta, por sua vez, entregava essa ficha ao rufião, para que, novamente, a transformasse em dinheiro. (N. T.)

era lindo, o caso é que a mulher se apaixonou e, uma noite de tempestade, a tirei da casa. Isso foi uma novela. Fomos para as serras de Córdoba, depois para Mar del Plata, e quando os cinco mil pesos acabaram, eu disse para ela: "Bom, adeus idílio. Acabou". Então ela me disse: "Não, meu querido, a gente não vai mais se separar".

Agora iam sob as abóbodas de verdura, galhos entrelaçados e absides de caules.

— Eu estava com ciúmes. O senhor sabe o que é estar com ciúmes de uma mulher que se deita com todos? E o senhor conhece a emoção do primeiro almoço que ela paga com dinheiro do "michê"? Imagina a felicidade que é comer com os talheres cruzados, enquanto o garçom olha para o senhor e para ela sabendo quem são? E o prazer de sair na rua de braço dado com ela enquanto os "tiras" o espreitam? E ver que ela, que se deita com tantos homens, prefere o senhor, unicamente o senhor? Isso é muito lindo, amigo, quando se faz carreira. E é ela que se preocupa com que o senhor consiga outra mulher para explorar, é ela que a traz para sua casa, dizendo: "Vamos ser cunhadas", é ela que treina a novata para que levante "viagens" unicamente para o senhor, e quanto mais tímido e envergonhado o senhor é, mais ela goza em destruir seus escrúpulos, em afundá-lo em seu lixo, e de repente... quando você menos esperar, estará enterrado no barro até os cabelos... e então é preciso dançar. E enquanto a mulher está envolvida, é preciso aproveitar, porque um dia lhe dá na veneta, enlouquece por outro, e com a mesma inconsciência com que o seguiu, sacrifica-se de novo. O senhor me dirá: para que uma mulher precisa de um homem? Mas, desde já, lhe direi: nenhum dono de prostíbulo vai tratar com uma mulher. Trata é com seu "gigolô". O cafetão dá a uma mulher tranquilidade para exercer a sua vida. Os "tiras" não a incomodam. Se vai presa, ele a tira de lá; se está doente, ele a leva para um sanatório e trata dela, e evita-lhe encrencas e mil coisas fantásticas. Veja, mulher que nesse meio trabalha por conta própria sempre acaba sendo vítima de um assalto, uma trapaça ou um abuso bárbaro. Em compensação, mulher que tem um homem trabalha tranquila, sossegada, ninguém se mete com ela e todos a respeitam. E já que ela, por um motivo ou por outro, escolheu sua vida, é lógico que com seu dinheiro possa dar-se a felicidade que necessita.

"Claro, para o senhor tudo isso é novo, mas já vai se acostumar. E se não, me diz: como se explica que haja "cafiola" que tenha até sete mulheres? O carcamano Repollo chegou, nos seus bons tempos, a ter onze mulheres. O galego Julio, oito. Quase não há francês que não tenha três mulheres. E elas se conhecem, e não só se conhecem como sabem viver juntas e rivalizam sobre quem lhe dá mais, porque é um orgulho ser a preferida de um homem que sossega os meganhas mais prepotentes só com um olhar. E coitadinhas, são tão loucas que a gente não sabe se se compadece delas ou se lhes arrebenta a cabeça com uma paulada."

Erdosain sentia-se aniquilado pelo desprezo formidável que esse homem revelava em relação às mulheres. E lembrava que em outra oportunidade o Astrólogo lhe dissera: "O Rufião Melancólico é um sujeito que, ao ver uma mulher, a primeira coisa que pensa é isto: esta, na rua, renderia cinco, dez ou vinte pesos. Nada mais".

E agora Erdosain sentiu que o homem repugnava. Para mudar de conversa, disse:

— Me diz ... O senhor acredita no êxito do empreendimento do Astrólogo?

— Não.

— E ele sabe que o senhor não acredita?

— Sabe.

— E por que o senhor o acompanha?

— Eu o acompanho relativamente, e de entediado que estou. Já que a vida não tem nenhum sentido, dá no mesmo seguir qualquer corrente.

— Para o senhor a vida não tem sentido?

— Absolutamente nenhum. Nascemos, vivemos, morremos, sem que por isso as estrelas deixem de se movimentar e as formigas de trabalhar.

— E o senhor se entedia muito?

— Mais ou menos. Organizei a minha vida como a de um industrial. Todos os dias me deito à meia-noite e me levanto às nove da manhã. Faço uma hora de exercícios, tomo banho, leio os jornais, almoço, durmo uma sesta, às seis tomo um vermute e vou à casa do barbeiro, às oito janto, depois saio para o café, e dentro de dois anos, quando tiver duzentos mil pesos, vou me afastar do ofício para viver definitivamente das minhas rendas.

— E na realidade, qual vai ser a sua intervenção na sociedade do Astrólogo?

— Se o Astrólogo conseguir dinheiro, guiá-lo na arregimentação de mulheres e na instalação do prostíbulo.

— Mas o senhor, no seu íntimo, o que pensa do Astrólogo?

— Que é um maníaco que pode ou não ter êxito.

— Mas as ideias dele...

— Algumas são enroladas, outras claras, e, francamente, eu não sei até onde esse homem quer chegar. Algumas vezes o senhor acredita estar ouvindo a um reacionário, outras a um vermelho e, para dizer a verdade, acho que nem ele próprio sabe o que quer.

— E se tivesse êxito?...

— Então nem Deus sabe o que pode acontecer. Ah! A propósito, o senhor falou com ele sobre cultura de bacilos do cólera asiático?

— Falei... seria um magnífico meio de combate contra o exército. Esparramar uma cultura em cada quartel. Percebe? Simultaneamente, trinta ou quarenta homens podem destruir o exército e deixar que as massas proletárias façam a revolução...

— O Astrólogo o admira muito. Sempre me falou do senhor como um indivíduo que tem grandes possibilidades de êxito.

Erdosain sorriu lisonjeado.

— É, alguma coisa a gente estuda para destruir esta sociedade. Mas voltando ao que a gente estava falando antes: o que eu não concebo é sua posição em relação a nós...

Haffner virou-se rapidamente, mediu Erdosain com um olhar, como que estranhando os termos deste e, depois, sorrindo zombeteiramente, acrescentou:

— Eu não estou de nenhum lado. Entenda bem. Eu não me prejudico ao ajudar o Astrólogo. De resto, suas teorias, eu as tomo por conta de conversas. Ele é para mim um amigo que pensa instalar um negócio, previsto e tolerado pelas nossas leis. Isso é tudo. Agora, que o dinheiro que ele ganhar com esse negócio ele o invista numa sociedade secreta ou num convento de freiras, pessoalmente não me interessa. O senhor já pode ver então que a minha atuação na famosa sociedade não pode ser mais inocente.

— E para o senhor parece lógico pensar que uma sociedade revolucionária se baseie na exploração do vício da mulher?

O Rufião franziu os lábios. Depois, olhando Erdosain de esguelha, explicou-se:

— O que o senhor está dizendo não tem sentido. A sociedade atual se baseia na exploração do homem, da mulher e da criança. Vá, se quiser ter consciência do que é a exploração capitalista, às fundições de ferro de Avellaneda, aos frigoríficos e às fábricas de vidro, manufaturas de fósforo e de tabaco. — Ria desagradavelmente ao dizer essas coisas. — Nós, os homens da zona, temos uma, duas mulheres; eles, os industriais, uma multidão de seres humanos. Como devemos chamar esses homens? E quem é mais desalmado, o dono do prostíbulo ou a sociedade de acionistas de uma empresa? E não é preciso ir muito longe; não exigiam do senhor que fosse honrado com um salário de cem pesos e tendo dez mil na carteira?

— Tem razão... mas então, por que o senhor me arranjou o dinheiro?

— Isso são outros quinhentos.

— Mas isso me preocupa.

— Bom, até a vista.

E antes que Erdosain pudesse responder, o Rufião pegou uma diagonal arborizada. Andava apressadamente. Erdosain o olhou por um instante, em seguida começou a caminhar atrás dele, e o alcançou perto de uma chácara. Haffner se virou irritado e, já estridente, exclamou:

— Pode-se saber o que é que o senhor quer de mim?...

— O que eu quero?... Quero lhe dizer isto: que não lhe agradeço absolutamente nada o dinheiro que me deu. Sabe de uma coisa? Quer o cheque? Aqui está.

E, efetivamente, entregava-o, mas dessa vez o Rufião o examinou desdenhosamente:

— Não seja ridículo, tá? Vá e pague.

Os alambrados ondularam diante dos olhos de Erdosain. Sofria visivelmente, porque empalideceu até ficar amarelo. Apoiou-se num poste, achava que ia vomitar. Haffner, parado diante dele, perguntou, condescendente:

— Passou o enjoo?

— Passou... um pouco...

— O senhor está mal... tem que se tratar...

Caminharam uns passos em silêncio. Como o excesso de luz incomodava Erdosain, atravessaram a calçada, que estava na sombra. Chegaram assim até a estação de trem. Haffner caminhava lentamente pela plataforma. De repente, virou-se para Erdosain:

— Nunca ocorreu ao senhor ter desejos cruéis sobre as pessoas?

— Sim, às vezes...

— Que estranho... porque agora estou me lembrando da mania que eu tive uma época de induzir à prostituição uma garota que era cega...

— E ela ainda está viva?...

— Está, é filha de uma corseleteira. Tem dezessete anos. Não sei por quê, diante dessa moça me ocorrem as ideias mais ferozes.

— Ainda tem contato com ela?

— Tenho, agora está grávida. Percebe? Uma cega grávida. Um dia desses vou levá-lo lá. Vai conhecê-la. Um espetáculo interessante, previno-o. Percebe? Cega e prenha. Ela é má, anda sempre com agulhas nas mãos... Além disso, é gulosa como uma porca. O senhor vai se interessar.

— E o senhor pensa...

— Sim, assim que o Astrólogo instalar o prostíbulo, a primeira que vai entrar vai ser ela. Ficará escondida: será o prato estranho...

— Sabe que o senhor é mais estranho do que ela?

— Por quê?

— Porque não dá para explicar para o senhor. Enquanto o senhor me falava da cega, eu pensava no que o Astrólogo tinha me contado. Que o senhor teve um relacionamento com uma mulher honesta, que o acaso levou essa mulher honesta à sua casa e que o senhor a respeitou. Mais ainda, me deixa falar: essa mulher gostava do senhor, era virgem; por que a respeitou?

— Isso não tem importância. Um pouco de domínio de si mesmo, nada mais.

— E o caso do colar?

Erdosain sabia, pelo Astrólogo, que o Rufião tinha pedido uma prova material de carinho a uma bailarina; que esta, diante de outras mulheres, desfizera-se de um magnífico colar que um amante lhe dera, um velho importador de tecidos. A cena foi curiosa, porque o velho se encontrava nas imediações. Haffner recebeu o colar e, diante do espanto de todos, pesou-o, examinou o quilate das pedras, e em seguida o devolveu, sorrindo zombeteiramente.

— O caso do colar é simples — replicou Haffner. — Eu estava um pouco bêbado. Isso não me impedia de saber que o gesto que eu estava fazendo me daria um prestígio enorme entre essa canalha do cabaré, sobretudo nas mulheres, que são um pouco fantasiosas. O curioso do assunto é que meia hora depois veio o velho que tinha dado o colar a René para, humildemente, me agradecer por eu não ter querido aceitar o presente. Percebe? Tinha seguido a cena de outra mesa, trêmulo, e se não interveio foi por temor de suscitar um escândalo. Mas tinha tremido pelo destino do seu colar... Veja o senhor quanta sujeira... mas ali vem o trem para La Plata. Querido amigo, até logo... Ah! Apareça na reunião que vai haver na quarta-feira na casa do Astrólogo. O senhor vai encontrar outros mais interessantes que eu.

Erdosain atravessou pensativo a plataforma de onde saíam os trens para Buenos Aires. Indubitavelmente, Haffner era um monstro.

O HUMILHADO

Às oito da noite chegou na sua casa.

— A sala de jantar estava iluminada... Mas expliquemo-nos — disse Erdosain —, minha esposa e eu havíamos passado tanta miséria que a chamada sala de jantar consistia num quarto vazio de móveis. O outro cômodo fazia as vezes de dormitório. O senhor me dirá como é que sendo pobres alugávamos uma casa, mas esse era um desejo da minha esposa que, lembrando de tempos melhores, não se conformava em não "ter montado" seu lar.

"Na sala de jantar não havia outro móvel a não ser uma mesa de pinho. Num canto, as nossas roupas ficavam penduradas num arame, e outro ângulo estava ocupado por um baú com cantoneiras de lata que produzia uma sensação de vida nômade que terminaria com uma viagem definitiva. Mais tarde, quantas vezes pensei na 'sensação de viagem' que aquele baú barato, jogado num canto, lançava na minha tristeza de homem que se sabe à beira da prisão.

"Como eu estava lhe contando, a sala de jantar estava iluminada. Ao abrir a porta, parei. Minha esposa me aguardava, vestida para sair, sentada junto à mesa. Um tule negro cobria até o queixo sua carinha rosada. À sua direita, junto aos pés, estava uma mala e, do outro lado da mesa, um homem se pôs de pé quando eu entrei, melhor dizendo, quando a surpresa me deteve no umbral.

"Assim permanecemos os três por um segundo... O capitão de pé, com uma mão apoiada no tampo da mesa e a outra na empunhadura da espada, minha esposa com a cabeça inclinada, e eu na frente deles, os dedos esquecidos no canto da porta. Aquele segundo me foi suficiente para não esquecer mais o outro homem. Era grande, de compleição atlética dentro do tecido verde do uniforme. Ao afastar os olhos da minha esposa, seu olhar recobrou uma dureza curiosa. Não exagero se digo que ele me examinava com insolência, como a um inferior. Eu continuei a olhá-lo. Sua grandeza física contrastava com a ovalada pequenez do seu rosto, com a delicadeza do fino nariz e a austeridade de seus lábios apertados. Tinha no peito a insígnia de piloto de aviação.

"Minhas primeiras palavras foram:

"— O que está acontecendo aqui?

"— O senhor... — mas envergonhada, corrigiu-se, — Remo — disse, me chamando pelo nome —, Remo, eu não vou mais viver com você."

Erdosain não teve tempo de tremer. O capitão tomou a palavra:

— Sua esposa, a quem conheci faz algum tempo...

— E onde o senhor a conheceu?

— Por que você pergunta essas coisas? — interrompeu Elsa.

— É, é verdade — objetou o capitão. — O senhor há de compreender que certas coisas não se deve perguntar...

Erdosain ruborizou.

— Talvez o senhor tenha razão... desculpe...

— E como o senhor não ganhava para sustentá-la...

Apertando o cabo do revólver no bolso da calça, Erdosain olhou para o capitão. Depois, involuntariamente, sorriu pensando que não tinha nada a temer, já que podia matá-lo.

— Não acho que possa achar engraçado o que estou lhe dizendo.

— Não; sorria de uma ideia estúpida... Então ela também lhe contou isso?

— Contou, e além disso me falou do senhor como de um gênio em desgraça...

— Falamos dos seus inventos...

— É... do seu projeto de metalizar as flores...

— Por que você vai embora, então?

— Estou cansada, Remo.

Erdosain sentiu que o furor lhe encrespava a boca com palavrões. Ele a teria insultado, mas ao pensar que o outro poderia achatar sua cara a socos, reteve a injúria, replicando:

— Você sempre esteve cansada. Na sua casa estava cansada... aqui... lá... lá na montanha também... lembra?

Não sabendo o que responder, Elsa inclinou a cabeça.

— Cansada... O que é que te deixa cansada?... E todas estão cansadas, não sei por quê... mas estão cansadas... O senhor, capitão, não está cansado também?

O intruso o observou longamente.

— E o que o senhor entende por cansaço?

— A chatice, a angústia... O senhor não reparou que estes tempos parecem os tempos de atribulação de que fala a Bíblia? Assim os chama um amigo meu que se casou com uma coxa. A coxa é a rameira das Escrituras...

— Nunca percebi isso.

— Em compensação, eu sim. Pode parecer estranho para o senhor que eu lhe fale de sofrimentos nestas circunstâncias... mas é assim... os homens estão tão tristes que têm necessidade de ser humilhados por alguém.

— Eu não vejo assim.

— Claro, o senhor com seu salário... Quanto o senhor ganha? Quinhentos?

— Mais ou menos.

— Claro, com esse salário é lógico...

— O que é lógico?

— Que não sinta sua servidão.

O capitão deteve um olhar severo em Erdosain.

— Germán, não liga para ele — interrompeu Elsa. — O Remo sempre está com essa história da angústia.

— É verdade?

— É... ela, em compensação, acredita na felicidade, no sentido de "eterna felicidade" que estaria em sua vida se pudesse passar os dias entre festas...

— Detesto a miséria.

— Claro, porque você não acredita na miséria... a horrível miséria está em nós, é a miséria de dentro... da alma que penetra nossos ossos como a sífilis.

Calaram. O capitão, ostensivamente entediado, examinava as unhas, cuidadosamente lustradas.

Elsa olhava fixamente, atrás dos losangos do véu, o semblante extenuado daquele esposo que tanto amara um dia, enquanto Erdosain se perguntava por que existia nele um vazio tão imenso, vazio no qual sua consciência se dissolvia sem encontrar palavras que vociferassem seu sofrimento de um modo eterno.

De repente o capitão levantou a cabeça.

— E como o senhor pensa metalizar suas flores?

— Facilmente... Pega-se uma rosa, por exemplo, e a submergimos numa solução de nitrato de prata dissolvido em álcool. Depois, coloca-se a flor na luz, que reduz o nitrato a prata metálica, ficando, por conseguinte, a rosa coberta por uma finíssima película metálica, condutora de corrente. Depois, trata-se pelo procedimento comum galvanoplástico da cobreagem... e, naturalmente, a flor se transforma numa rosa de cobre. Teria muitas aplicações.

— A ideia é original.

— Eu não lhe dizia, Germán, que o Remo tem talento?

— Acredito.

— É, pode ser que eu tenha talento, mas me falta vida... entusiasmo... algo que seja como um sonho extraordinário... uma grande mentira que instigue a realização... mas, falando de tudo um pouco, vocês esperam ser felizes?

— Sim.

Outra vez sobreveio o silêncio. Ao redor da lâmpada amarela, os três semblantes pareciam três máscaras de cera. Erdosain sabia que dentro de breves instantes tudo terminaria e, escavando em sua angústia, perguntou ao capitão:

— Por que o senhor veio na minha casa?

O outro vacilou, depois:

— Tinha interesse em conhecê-lo.

— Eu lhe parecia divertido?

O capitão corou.

— Não... juro que não.

— E então?

— Curiosidade de conhecê-lo. A sua esposa me falou muito do senhor nestes últimos tempos. Além disso, nunca imaginei me encontrar numa situação parecida... na realidade, não saberia explicar por que vim.

— Viu só? Há coisas inexplicáveis. Eu, já faz um tempinho, tento me explicar por que não o mato com um tiro tendo o revólver aqui, no bolso.

Elsa levantou a cabeça em direção a Erdosain, que estava na cabeceira da mesa... O capitão perguntou:

— O que é que o segura?

— Na verdade, não sei... ou..., sim, tenho certeza de que é por isso. Acredito que no coração de cada um de nós há uma longitude de destino. É como uma adivinhação das coisas por intermédio de um misterioso instinto. O que está acontecendo agora comigo, sinto que está compreendido nessa longitude de destino... algo assim como se já o tivesse visto... não sei em que lugar.

— Como?

— O que você está dizendo?

— Não era porque você me desse motivo... não... já te digo... uma certeza remota.

— Não o entendo.

— Eu sim me entendo. Veja, é assim. De repente a gente se dá conta de que tem que passar determinadas coisas na vida... para que a vida se transforme e se faça nova.

— E você?

— O senhor acredita que a sua vida?...

Erdosain, desinteressando-se pela pergunta, continuou:

— E isso de agora não me surpreende. Se o senhor me pedisse para que fosse comprar um pacote de cigarros... a propósito, o senhor tem um cigarro?

— Sirva-se ... e depois?

— Não sei. Nesses últimos tempos tenho vivido incoerentemente... aturdido pela angústia. Já vê com que tranquilidade converso com o senhor.

— É, ele sempre esperou algo extraordinário.

— E você também.

— Como? A senhora, Elsa, também?

— Também.

— Mas a senhora?

— Continue, capitão, eu o entendo. O senhor quer dizer que o extraordinário para a Elsa está acontecendo agora, não?

— Isso.

— Pois está enganado, não é verdade, Elsa?

— Você acha?

— Diga a verdade, você espera algo extraordinário que não é isso, não é mesmo?

— Não sei.

— Viu, capitão? Nossa vida sempre foi essa. Estávamos os dois em silêncio junto a esta mesa...

— Cale-se.

— Para quê? Estávamos sentados e compreendíamos, sem nos dizer, o que éramos, dois infelizes, de um desejo desigual. E quando a gente se deitava...

— Remo!

— Sr. Erdosain!

— Deixem de frescuras ridículas... Por acaso vocês não vão dormir juntos?

— Dessa forma não podemos continuar falando.

— Bom, e quando nos separávamos tínhamos esta ideia parecida: e o prazer da vida e do amor consiste nisto?... E sem dizer nada, compreendíamos que pensávamos na mesma coisa... mas mudando de assunto... vocês pensam em ficar aqui na cidade?

— Iremos para a Espanha por um tempo.

Subitamente, Erdosain teve a fria sensação da viagem.

E lhe parecia ver Elsa na ponte, sob a fileira de embaçadas claraboias, contemplando o fio azul do horizonte. O sol caía nas amarelas travas dos mastros e nos braços negros dos guindastes. Entardecia, mas eles permaneciam com o pensamento fixo em outros climas, à sombra das escotilhas, apoiados na passarela branca. O vento soprava iodado nas ondas e Elsa olhava as águas através de cujo gradeado mutante sua sombra se animava.

Às vezes virava a carinha empalidecida e então ambos pareciam escutar uma reprimenda que subia das profundezas do mar.

E Erdosain imaginava que lhes dizia:

— O que fizeram do pobre garotinho? ("Porque eu, apesar da minha idade, era como um garoto — dizia-me mais tarde Remo. — O senhor compreende, um homem que deixa a mulher ser levada nas suas barbas... é um desgraçado... é como um garoto, o senhor compreende?")

Erdosain afastou-se da alucinação. Aquela pergunta que surgiu estava afundada nele contra sua vontade.

— Você vai me escrever?

— Para quê?

— Sim, claro, para quê? — repetiu, fechando os olhos. Sentia-se agora, mais do que nunca, caído numa profundidade não sonhada por homem algum.

— Bom, sr. Erdosain — e o capitão se levantou —, nós vamos nos retirar.

— Ah, vão embora!... Já vão?

Elsa estendeu a mão enluvada.

— Você vai?

— Sim... vou... você compreende que...

— Sim... compreendo...

— Não podia ser, Remo.

— Sim, claro... não podia ser... claro...

O capitão, descrevendo um círculo ao redor da mesa, pegou a mala, a mesma mala que Elsa trouxe no dia do seu casamento.

— Sr. Erdosain, adeus.

— Às suas ordens, capitão... mas uma coisa... vocês vão... você, Elsa... você vai?

— Sim, vamos.

— Com licença, vou me sentar. Permita-me um momento, capitão... um momentinho.

O intruso reprimiu palavras de impaciência. Tinha uns desejos brutais de gritar para esse marido: "Vamos, firme, seu imbecil!", mas por consideração a Elsa, conteve-se.

De repente Erdosain abandonou a cadeira. Com lentidão, foi até um canto do quarto. Em seguida, virando-se bruscamente para o capitão, disse com voz muito clara, na qual se adivinhava o contido desejo de que fosse suave:

— O senhor sabe por que não o mato feito um cachorro?

Os outros se viraram, alarmados.

— É porque estou a frio.

Agora Erdosain caminhava de um lado a outro do quarto, com as mãos cruzadas nas costas. Eles o observavam, esperando algo.

Por fim, o marido, sorrindo com um esgar pálido, continuou suavemente, sua voz languidecida num desespero de soluço retido:

— É, estava a frio... estou a frio. — Agora seu olhar tornara-se vago, mas sorria com o mesmo sorriso, estranho, alucinado. — Escutem ... isso pode não ter explicação para vocês, mas eu, sim, encontrei a explicação.

Seus olhos brilhavam extraordinariamente e sua voz enrouqueceu pelo esforço que fez para falar.

— Vejam... minha vida foi horrivelmente ofendida... horrivelmente magoada.

Calou-se detendo-se num canto do cômodo. Em seu rosto, mantinha-se o estranho sorriso de um homem que está vivendo um sonho perigoso. Elsa, repentinamente irritada, mordia a ponta de seu lenço. O capitão, de pé junto da mala, aguardava.

De repente Erdosain tirou o revólver do bolso e jogou-o num canto. A "Browning" descascou o reboco da parede, batendo pesadamente no chão.

— Para que serve este traste! — murmurou. Em seguida, com uma mão no bolso do paletó e a testa apoiada na parede, falou devagar: — É, minha vida foi horrivelmente ofendida... humilhada. Acredite, capitão. Não se impaciente. Vou lhe contar uma coisa. Quem começou esse feroz trabalho de humilhação foi o meu pai. Quando eu tinha dez anos e cometia alguma falta, ele me dizia: "Amanhã vou te bater". Era sempre assim, amanhã... Percebem? Amanhã... E nessa noite eu dormia, mas dormia mal, um sono de cão, acordando à meia-noite para olhar assustado os vidros da janela e ver se já era de dia, mas quando a lua cortava a trave da claraboia, eu fechava os olhos, me dizendo: falta muito tempo. Mais tarde, acordava outra vez, ao ouvir o canto dos galos. A lua já não estava ali, mas uma claridade azulada entrava pelos vidros, e então eu tapava a cabeça com os lençóis para não olhar para ela, embora soubesse que estava ali... embora soubesse que não havia força humana que pudesse afastar essa claridade. E quando finalmente havia dormido por muito tempo, uma mão sacudia a minha cabeça no travesseiro. Era ele, que me dizia com voz áspera: "Vamos... está na hora". E enquanto eu me vestia lentamente, ouvia que no quintal esse homem movia a cadeira. "Vamos", gritava outra vez para mim, e eu, hipnotizado, ia em linha reta em direção a ele: queria falar, mas isso era impossível diante do seu espantoso olhar. Sua mão caía sobre o meu ombro, obrigando-me a ajoelhar, eu apoiava o peito no assento da cadeira, ele pegava a minha cabeça entre os seus joelhos e, de repente, cruéis chicotadas cruzavam minhas nádegas. Quando ele me soltava, eu corria chorando para o meu quarto. Uma vergonha enorme afundava minha alma nas trevas. Porque as trevas existem, embora o senhor não acredite.

Elsa olhava sobressaltada para seu esposo. O capitão, de pé, os braços cruzados, escutava, entediado. Erdosain sorria vagamente. Continuou:

— Eu sabia que a maioria dos meninos não apanhava dos pais e na escola, quando os ouvia falar das suas casas, ficava paralisado por uma angústia tão atroz que, se estávamos na classe e o professor me chamava, eu o olhava aturdido, sem perceber o sentido de suas perguntas, até que um dia ele gritou para mim: "Mas o senhor, Erdosain, é um imbecil que não me ouve?". A classe inteira começou a rir, e desde esse dia me chamaram de Erdosain "o imbecil". E eu, mais triste, sentindo-me mais ofendido do que nunca, calava por temor às chicotadas do meu pai, sorrindo para os que me insultavam... mas timidamente. Percebe, capitão? Te insultam... e você ainda sorri timidamente, como se lhe fizessem um favor ao injuriá-lo.

O intruso franziu o cenho.

— Mais tarde — permita-me capitão —, mais tarde me chamaram muitas vezes de "o imbecil". Então, subitamente minha alma se recolhia ao longo dos nervos, e essa sensação de que a alma se escondia envergonhada dentro da minha própria carne me aniquilava qualquer coragem; sentindo que me afundava cada vez mais e olhando nos olhos daquele que me injuriava, em vez de derrubá-lo com uma bofetada, eu me dizia: *será que este homem percebe até que ponto me humilha?* Em seguida, ia embora; compreendia que os outros não faziam mais do que terminar o que meu pai havia começado.

— E agora — retrucou o capitão — eu também o afundo?

— Não, homem, o senhor não. Naturalmente, sofri tanto que agora a coragem está encolhida em mim, escondida. Eu sou meu espectador e me pergunto: quando a minha coragem vai se soltar? E esse é o acontecimento que eu espero. Algum dia alguma coisa explodirá monstruosamente em mim e eu me transformarei em outro homem. Então, se o senhor estiver vivo, irei procurá-lo e cuspirei na sua cara.

O intruso olhou-o, sereno.

— Mas não por ódio, e sim para brincar com a minha coragem, que me parecerá a coisa mais nova do mundo... Agora, o senhor pode se retirar.

O intruso vacilou um instante. O olhar de Erdosain, intensamente dilatado, estava fixo nele. Pegou a mala e saiu.

Elsa deteve-se, trêmula, diante de seu esposo.

— Bom, estou indo, Remo... isso tinha que terminar assim.

— Mas... você?... Você?...

— E o que você queria que eu fizesse?

— Não sei.

— E então? Fique tranquilo, eu te peço. Já deixei sua roupa preparada. Troque o colarinho. Você sempre faz a gente passar vergonha.

— Mas você, Elsa... você? E nossos projetos?

— Ilusões, Remo... esplendores.

— Sim, esplendores... mas onde você aprendeu essa palavra tão linda? Esplendores.

— Não sei.

— E a nossa vida ficará desfeita para sempre?

— O que você quer? No entanto, eu fui boa. Depois fiquei com ódio de você... mas por que você também não foi do mesmo jeito?

— Ah! Sim... do mesmo jeito... do mesmo jeito...

O pesar o aturdia como um grande dia de sol no trópico. Suas pálpebras caíam. Gostaria de dormir. O sentido das palavras afundava em seu entendimento com a lentidão de uma pedra numa água espessa demais. Quando a palavra tocava o fundo de sua consciência, forças obscuras retorciam sua angústia. E durante um instante, no fundo de seu peito, ficavam flutuando e estremecida como no lodaçal de um charco, suas ervas daninhas de sofrimento. Ela continuou com a voz apaziguada por uma resignação interior:

— Agora é inútil... agora eu vou embora. Por que você não foi bom? Por que não trabalhou?

Erdosain teve a certeza de que naquele instante Elsa era tão infeliz como ele, e uma piedade imensa o fez cair na beira da cadeira, a cabeça esmagada pelo braço esticado na mesa.

— Então você vai mesmo? Verdade que você vai?

— Verdade, quero ver se a nossa vida melhora, sabe? Olha as minhas mãos — e tirando a luva da mão direita exibiu-a machucada pelo frio, corroída pela cândida, picada pelas agulhas de costura, escurecida pela fuligem das panelas.

Erdosain se levantou, entorpecido por uma alucinação.

Via sua infeliz esposa nos tumultos monstruosos das cidades de concreto e de ferro, cruzando diagonais escuras na oblíqua sombra dos arranha-céus sob uma ameaçadora rede de negros cabos de alta tensão, entre uma multidão de homens de negócios protegidos por guarda-chuvas. Sua carinha estava mais pálida do que nunca, mas ela se lembrava dele enquanto o hálito dos desconhecidos se cortava em seu perfil.

"— Onde estará o meu garotinho?"

Erdosain interrompeu sua projeção de futuro:

— Elsa... você já sabe... venha quando quiser... você pode vir... mas diga a verdade, você gostou de mim alguma vez?

Lentamente, ela ergueu as pálpebras. Suas pupilas se dilataram. A voz enchia o quarto de calor humano. Erdosain sentia que agora vivia.

— Sempre gostei de você... agora também gosto... nunca, por que você nunca falou comigo como esta noite? Sinto que vou gostar de você por toda a vida... que o outro a seu lado é a sombra de um homem...

— Alma, minha pobre alma... que vida a nossa... que vida...

Um vago sorriso encrespou dolorosamente os lábios dela. Elsa o olhou ardentemente por um instante. Em seguida, com a voz séria de promessas:

— Olha... me espera. Se a vida é como você sempre me disse, eu volto, sabe? E então, se você quiser, a gente se mata junto... Você está contente?

Uma onda de sangue subiu até as têmporas do homem.

— Alma, como você é boa, alma... me dá essa mão — e enquanto ela, ainda surpreendida, sorria com timidez, Erdosain a beijou. — Você não ficou chateada, alma?

Elsa endireitou a cabeça, grave de felicidade.

— Olha, Remo... eu vou voltar, sabe? E se é verdade o que você diz da vida... sim, eu venho... vou voltar.

— Vai voltar?

— Com o que tiver.

— Mesmo que seja rica?

— Mesmo que tenha todos os milhões da terra, eu venho. Juro!

— Alma, pobre alma! Que alma a sua! No entanto, você não me conheceu... não tem importância... Ah, nossa vida!

— Não tem importância. Estou contente. Você percebe a sua surpresa, Remo? Você está sozinho, à noite. Você está sozinho.. de repente, cric... a porta se abre... e sou eu... eu que voltei!

— Você está com uma roupa de baile... sapatos brancos e tem um colar de pérolas.

— E vim sozinha, a pé pelas ruas escuras, procurando você... mas você não me vê, está sozinho... A cabeça...

— Diz... fala... fala...

— A cabeça apoiada na mão e o cotovelo na mesa... você me olha... e de repente...

— Eu te reconheço e digo: Elsa, é você, Elsa?

— E eu respondo: Remo, eu vim, você se lembra daquela noite? Aquela noite é esta noite, e lá fora sopra o grande vento e nós não temos frio nem dor. Você está contente, Remo?

— Estou, juro que estou contente.

— Bom, vou embora.

— Vai embora?

— Vou...

O semblante do homem se deformou na súbita dor.

— Bom, anda.

— Até logo, meu esposo.

— O que você falou?

— Eu te digo isto, Remo. Me espera. Mesmo que tenha todos os milhões do mundo, eu volto.

— Bom, então adeus... mas me dá um beijo.

— Não, quando voltar... adeus, meu esposo.

De repente, Erdosain, lançado por um espasmo sem nome, agarrou-a brutalmente pelos pulsos.

— Me diz: você dormiu com ele?

— Me solta, Remo... eu não pensava que você...

— Confessa, dormiu ou não?

— Não.

O capitão deteve-se no batente da porta. Uma frouxidão imensa relaxou os nervos de seus dedos. Erdosain sentiu que caía, e já não viu mais nada.

CAMADAS DE ESCURIDÃO

Nunca teve consciência de como se arrastou até sua cama. O tempo deixou de existir para Erdosain. Fechou os olhos, obedecendo à necessidade de dormir que reclamavam suas entranhas doloridas. Se tivesse forças, teria se jogado num poço. Borbotões de desespero se empelotavam na sua garganta, asfixiando-o, e seus olhos se tornaram mais sensíveis para a escuridão do que uma chaga ao sal. Por momentos rangia os dentes para amortizar o rangido dos nervos enrijecidos dentro de sua carne que se abandonava, com frouxidão de esponja, às ondas das trevas que seu cérebro ejetava.

Tinha a sensação de cair num buraco sem fundo e apertava as pálpebras fechadas. Não parava de descer. Sabe-se lá quantas léguas de longitude invisível tinha seu corpo físico, que não parava de deter o afundamento de sua consciência, amontoada agora num eriçar de desespero! De suas pálpebras caíam sucessivas camadas de escuridão mais densa.

Seu centro de dor se debatia inutilmente. Não encontrava em sua alma uma só fenda por onde escapar. Erdosain encerrava todo o sofrimento do mundo, a dor da negação do mundo. Em que lugar da terra se poderia encontrar um homem que tivesse a pele eriçada por mais rugas de amargura? Sentia que já não era um homem, e sim uma chaga coberta de pele, que se pasmava e gritava a cada latejar de suas veias. E, no entanto, vivia. Vivia simultaneamente no distanciamento e na espantosa proximidade do seu corpo. Ele já não era um organismo armazenando sofrimentos, e sim algo mais desumano... talvez isso... um monstro enroscado em si mesmo no negro ventre do cômodo. Cada camada de escuridão que descia de suas pálpebras era um tecido placentário que o isolava mais e mais do universo dos homens. As paredes cresciam, elevavam-se suas fileiras de tijolos, e novas cataratas de trevas caíam nesse cubo onde ele jazia enroscado e palpitante como um caracol numa profundidade oceânica. Não conseguia se reconhecer... duvidava que ele fosse Augusto Remo Erdosain. Apertava a testa entre as pontas dos dedos, e a carne de sua mão parecia-lhe estranha, e não reconhecia a carne de sua testa, como se seu corpo fosse fabricado de duas substâncias diferentes. Quem sabe o que já estava morto nele? Só perdurava para sua sensibilidade uma consciência forasteira ao que havia lhe ocorrido, uma alma que não teria o comprimento da lâmina de uma espada e que vibrava como uma lampreia na água de sua vida enturvada. Até a consciência de ser, nele, não ocupava mais do que um centímetro quadrado de sensibilidade. O resto se desvanecia na escuridão. Sim, ele era um centímetro quadrado de homem, um centímetro quadrado de existência prolongado com sua superfície sensível, a incoerente vida de um fantasma. O resto havia morrido nele, havia se confundido com a placenta de trevas que blindava sua realidade atroz.

Cada vez se fazia mais forte nele a revelação de que estava no fundo de um cubo de concreto. Sensação de outro mundo! Um sol invisível iluminava para sempre as paredes, de uma alaranjada cor de tempestade. A asa de uma ave solitária roçava o azul celestial sobre o retângulo das paredes, mas ele estaria para sempre no fundo daquele cubo taciturno, iluminado por um alaranjado sol de tempestade.

Depois, a capacidade de sua vida ficou reduzida àquele centímetro quadrado de sensibilidade. Até fazia-se "visível" a batida do seu coração, e era inútil querer rechaçar a espantosa figura que o lastrava no fundo daquele abismo, num momento preto e noutros alaranjado. Desde que afrouxasse um pouquinho só sua vontade, a realidade que continha teria gritado em seus ouvidos. Erdosain não queria e queria olhar... mas era inútil... sua esposa estava ali, no fundo de um quarto atapetado de azul. O capitão movia-se num canto. Ele sabia, embora ninguém lhe tivesse dito, que era um dormitório diminuto, de forma hexagonal e ocupado quase inteiramente por uma cama ampla e baixa. Não queria olhar para Elsa... não... não... queria, mas se lhe tivessem ameaçado de morte nem por isso teria deixado de estar com o olhar fixo no homem que se despia diante dela... diante de sua legítima esposa, que agora não estava com ele... e sim com outro. Mais forte do que seu medo foi sua necessidade de mais terror, de mais sofrimento, e de repente, ela, que cobria os olhos com os dedos, corria para o homem nu, de pernas tesas, apertava-se contra ele e já não evitava a azul-violácea virilidade erguida no fundo azul.

Erdosain sentiu-se aplanado numa perfeição de espanto. Se o tivessem passado entre os rolos de um laminador, mais plana não poderia ser sua vida. Não ficavam assim os sapos, que sobre a folha trincava a roda da carreta, achatados e ardentes? Mas não queria olhar, tanto não queria que agora via com nitidez como Elsa se apoiava sobre o quadrado peito peludo do homem, enquanto as mãos dele seguravam as mandíbulas da mulher para erguer o rosto em direção à sua boca.

E de repente Elsa exclamava: "Eu também, meu querido... eu também". Seu semblante havia se avermelhado de desespero, os vestidos agitavam-se ao redor do triângulo de suas coxas brancas como o leite, e com os olhos extasiados no rígido músculo do homem que tremia, ela descobriu os pelos do seu sexo, seus seios erguidos... Ah!... por que olhava?

Inutilmente Elsa... sim, Elsa, sua legítima esposa, tratava, com a pequena mão, de abarcar toda a virilidade numa carícia. O homem, sob o uivo do seu desejo, apertava as têmporas, cobria os olhos com o antebraço; mas ela inclinada sobre ele, cravava-lhe este ferro candente nos ouvidos: "Você é mais lindo do que o meu esposo! Como você é lindo, meu Deus!".

Se lentamente lhe tivessem torcido a cabeça sobre o pescoço para parafusá-la em sua alma, profundamente, essa visão atroz, não poderia sofrer mais. Padecia tanto que, se essa dor fosse interrompida, seu espírito estouraria como um *shrapnell*. Como é que a alma pode suportar tanta dor? E, no entanto, queria sofrer mais. Que sobre uma tábua partissem seu dorso com um machado em várias partes... E se o tivessem jogado em quatro pedaços numa lata de lixo, continuaria sofrendo. Não havia um centímetro quadrado em seu corpo que não suportasse essa altíssima pressão de angústia.

Todas as cordas haviam se partido sob a tensão do espantoso torno e, repentinamente, uma sensação de repouso equilibrou seus membros.

Já não desejava nada. Sua vida corria silenciosamente ladeira abaixo, como um lago depois do rompimento de seu dique, e sem dormir, mas com as pálpebras fechadas, o desvanecimento lúcido era mais anestésico para sua dor do que um sonho de clorofórmio.

Seu coração batia notavelmente. Com dificuldade, moveu a cabeça para separar o couro cabeludo do travesseiro aquecido, e deixou-se ficar sem outra sensação de viver a não ser essa frescura na nuca e o entreabrir-se e fechar de seu coração, que, como um olho enorme, abria a sonolenta pálpebra para reconhecer as trevas, nada mais. Nada mais do que as trevas?

Elsa estava tão distante de sua memória que nessa hipnose transitória lhe parecia mentira tê-la conhecido. Sabe-se lá se existia fisicamente. Antes podia vê-la; agora, tinha que fazer um grande esforço para reconhecê-la... e mal a reconhecia. A verdade é que ela não era ela nem ele era ele. Agora sua vida corria silenciosamente ladeira abaixo, sentia-se num retrocesso de anos, o menino que olhava uma árvore verde que sombreava o desaparecer contínuo de um rio por entre algumas pedras com manchas vermelhas. Ele próprio era uma cascata de carne na escuridão. Vai-se saber quando acabaria de dessangrar-se! E só se percebia o fechar e entreabrir do seu coração que, como um enorme olho, abria sua pálpebra sonolenta para reconhecer a escuridão. O poste de luz da metade da quadra filtrava, por uma fenda, um vergão de prata que caía sobre o tule do mosquiteiro. Sua sensibilidade recobrava-se dolorosamente.

Ele era Erdosain. Reconhecia-se agora. Arqueava as costas com um grande esforço. Por baixo da porta que fechava a entrada para a sala de jantar, distinguia-se uma faixa amarela. Tinha se esquecido de apagar a luz. Ele devia... ah, não! Não, a Elsa foi embora... ele deve seiscentos pesos e sete centavos à Limited Azucarer Company... mas não, já não os deve, já que tem um cheque...

Ah, a realidade, a realidade!

O oblíquo paralelogramo de luz que chegava da rua prateando o tule do mosquiteiro era a noção de que vivia como antes, como ontem, como há dez anos.

Não queria ver essa faixa de luz, como quando era pequeno, não queria "ver essa claridade azulada que entrava pelos vidros, embora soubesse que estava ali, embora soubesse que não havia força humana que pudesse espantar essa claridade". Sim, da mesma maneira quando seu pai lhe dizia que no outro dia ia lhe bater. Não era a mesma coisa agora. Aquela outra claridade era azulada, esta, de prata, mas tão estridente e anunciadora do verdadeiro como a luz antiga. O suor umedecia-lhe as têmporas e o contorno dos cabelos. A Elsa tinha ido embora e não voltaria mais? O que o Barsut diria?

A BOFETADA

De repente alguém parou diante da porta da rua. Erdosain compreendeu que era ele e pulou da cama. Como de costume, Barsut batia, tratando de não fazer barulho.

Com a voz enrouquecida, Erdosain gritou-lhe:

— Entra; o que você está fazendo que não entra?

Carregando o corpo sobre os calcanhares, Barsut entrou.

— Já estou indo — gritou Remo, enquanto o outro entrava na sala de jantar.

E quando entrou, Barsut já havia se sentado, cruzando as pernas, dando, como de costume, as costas para a porta e o perfil em direção ao canto sudeste do cômodo.

— O que tem feito?

— Como vai?

Colocava o cotovelo na beirada da mesa, pois apoiava a face na barba, e a luz punha uma vermelhitude de cobre na branca carnosidade da mão. Sob as sobrancelhas, alongadas até as têmporas, seus olhos verdes temperavam a dura vidrosidade numa temperatura de pergunta.

E Erdosain distinguia seu semblante como através de uma neblina de luzes cintilantes nas alturas, a testa fugidia com as têmporas até as orelhas pontiagudas, o ossudo nariz de ave de rapina, o queixo achatado para suportar golpes tremendos, e o prolixo nó da gravata preta partindo do colarinho engomado.

Torpe o timbre de voz, o outro perguntou:

— E a Elsa?

Erdosain recobrou a lucidez de seu entendimento.

— Saiu.

— Ah...

Calaram-se e Erdosain ficou contemplando o ângulo reto que a manga cinza do paletó formava na branca beirada da mesa, e a face que a lâmpada iluminava com um vermelho de cobre até o dorso do nariz, enquanto a outra metade do rosto permanecia, desde a raiz dos cabelos até a covinha do queixo, numa escuridão onde as olheiras aprofundavam uma caverna de sombra. Barsut movia lentamente uma perna cruzada sobre a outra.

— Ah! — escutou Erdosain, e perguntou: — O que você está dizendo?

É que só agora Erdosain tinha escutado aquele "ah" pronunciado uns segundos antes.

— A Elsa saiu?

— Não... foi embora.

Barsut endireitou a cabeça, suas sobrancelhas se ergueram para deixar entrar mais luz nas pálpebras e, com os lábios ligeiramente entreabertos, bufou:

— Foi embora?

Erdosain enrugou o cenho, examinou de esguelha os sapatos do outro e, entrecerrando as pálpebras, espiando com esse olhar filtrado através dos cílios a angústia de Barsut, deixou cair lentamente:

— Sim... foi... embora... com... um... homem...

E piscando a pálpebra esquerda como o Rufião Melancólico, inclinou a cabeça, levantando a pele da testa enquanto o outro olho desmesuradamente parecia zombar de Barsut. Achatando com o queixo a rigidez do colarinho, Barsut abaixou poderosamente a cabeça. Sob o bronzeado traço de suas sobrancelhas, suas pupilas aguardavam com ferocidade.

Erdosain continuou:

— Está vendo? Ali está o revólver. Eu pude matá-los e no entanto não o fiz. Que curioso animal é o homem, não?

— E você deixou que levassem a sua mulher assim, nas suas barbas?

Em Erdosain, o antigo ódio exasperado pela recente humilhação transformava-se agora em um motivo de júbilo cruel, e com a voz trêmula na garganta, a boca ressecada de rancor, exclamou:

— O que é que isso te interessa?

Uma enorme bofetada o fez tropeçar sobre a cadeira. Mais tarde lembrou que o braço de Barsut recuava e avançava, amassando sua carne. Tapou o rosto com as duas mãos, quis escapar dessa massa que sempre avançava sobre ele como uma força desencadeada da natureza. Sua cabeça bateu surdamente contra a parede e ele caiu.

Quando voltou a si, Barsut estava ajoelhado ao seu lado. Notou que tinha o colarinho aberto e uns fios de água lhe corriam até a garganta. Do septo nasal subia-lhe pelo osso uma dor titilante, e a cada momento parecia que ia espirrar. As gengivas sangravam lentamente, e sob a inflamação dos lábios, notavam-se os dentes.

Erdosain se levantou trabalhosamente e caiu sobre uma cadeira; Barsut estava tão pálido que duas chamas pareciam escapar de seus olhos. Da maçã do rosto às orelhas, feixes de músculos traçavam dois arcos trêmulos. Erdosain tinha a sensação de bambolear num sonho interminável, mas compreendeu quando o outro o pegou pelo braço, dizendo-lhe:

— Olha, cuspa na minha cara, se quiser, mas me deixa falar. É preciso que eu te conte tudo. Senta... assim, aí. — Erdosain tinha se levantado inconscientemente. — Me escuta, por favor. Você está vendo, não? Eu posso te matar a pancadas... agora mesmo sentei a mão... te juro... se você quiser, te peço perdão de joelhos. O que você quer, eu sou assim. Olha... ah... ah... se as pessoas soubessem.

Erdosain cuspiu sangue. Uma faixa de temperatura abraçava-lhe a testa entrando pelas têmporas e indo pinçar até a nuca. As costas se encurvaram tanto que deixou sua cabeça apoiada na beirada da mesa. Barsut, ao vê-lo assim, perguntou-lhe:

— Você quer lavar a cara? Vai te fazer bem. Espera um momento, não saia. — E correu até a cozinha, de onde voltou com a bacia cheia de água. — Lave-se. Isso vai te fazer bem. Quer que eu te esfregue? Olha, me perdoa, foi um impulso. Você, também, por que piscou um olho como quem está gozando? Lave-se, faça o favor.

Erdosain, em silêncio, levantou-se e submergiu a cara várias vezes na bacia. Quando ficava sem respiração, retirava o rosto da superfície da água. Em seguida se sentou e o ar evaporava a umidade dos seus cabelos, junto das têmporas. Como estava cansado! Ah, se a Elsa o visse! Como se compadeceria dele! Fechou os olhos. Barsut aproximou a cadeira a seu lado e disse:

— É preciso que eu te conte tudo. Se não o fizesse eu me sentiria um canalha. Como você pode ver, eu falo tranquilo. Olha, se não acredita, coloca a mão no meu coração. Estou sendo sincero com você. Bom, eu... eu te... eu te denunciei na Açucareira... fui eu que mandei o bilhete anônimo.

Erdosain nem levantou a cabeça. Ele ou outro, que importância tinha!

Barsut olhou-o, quem sabe que palavras esperava, e disse:

— Por que você não diz nada? Sim, eu te denunciei. Percebe? Eu te denunciei. Queria mandar prender você, ficar com a Elsa, humilhá-la. Você não imagina as noites que eu passei pensando que te prenderiam! Você não tinha de onde tirar o dinheiro e forçosamente eles te denunciariam. Mas por que você não diz nada?

Erdosain ergueu as pálpebras. Barsut estava ali, sim, era ele, e dizia todas essas coisas. Das maçãs do rosto até as orelhas, sob a pele, o reflexo dos músculos tremia imperceptivelmente.

Barsut baixou os olhos, apoiou os cotovelos nos joelhos como se se encontrasse diante de uma fogueira e, com voz lenta, insistiu:

— É preciso que eu te conte tudo. A quem, senão a você, eu poderia contar todas essas coisas que fazem doer o coração? Dizem, e é verdade, que o coração não dói, mas acredite, às vezes digo para mim mesmo: para que viver? Para onde a vida vai, se eu sou assim? Percebe? Você precisa ver tudo o que eu matutei pensando nessas coisas. Olha, eu nem devia te contar. Como é que pode uma pessoa fazer uma canalhice com outra e em seguida se aproximar dela e contar seus segredos mais íntimos, e não sentir remorsos? Eu mesmo me disse muitas vezes: por que não sinto remorsos? Que vida é esta se fazemos uma barbaridade e não sentimos nada? Você compreende isso? De acordo com o que estudamos no colégio, um crime acaba enlouquecendo o delinquente, e como é que na realidade você comete um crime e fica muito tranquilo?

Erdosain continuava com o olhar fixo em Barsut, e agora a imagem daquele homem se depositava no fundo de sua consciência. As forças de sua vida cingiam o pálido relevo de uma malha tão intensa que o decalque que se verificava naqueles instantes nunca mais se apagaria.

— Olha — continuou Barsut —, eu sabia que você tinha raiva de mim, que se pudesse me matar o teria feito, e isso me alegrava e entristecia ao mesmo tempo. Quantas noites eu me deitei pensando no modo de te sequestrar! Até me ocorreu te mandar uma bomba pelo correio, ou uma cobra numa caixa de papelão. Ou pagar um chofer para que te atropelasse na rua. Fechava os olhos e as horas passavam, pensando em vocês. Você pensa que eu gostava dela? — Erdosain observou, mais tarde, que na conversa dessa noite Barsut evitou chamar Elsa pelo seu nome. — Não, nunca gostei dela. Mas gostaria de tê-la humilhado, sabe? Humilhá-la assim, à toa: ver você arruinado para que ela me pedisse de joelhos para que te ajudasse. Percebe? Nunca gostei dela. Se te denunciei foi por isso, para humilhá-la, ela que sempre foi tão orgulhosa comigo. E quando você me disse que havia defraudado a Açucareira, uma alegria de selvagem revolveu minhas entranhas. E você ainda não tinha terminado de falar quando eu disse a mim mesmo: bom, vamos ver agora para onde vai o seu orgulho.

Erdosain deixou escapar a pergunta:

— Mas você gostava dela?...

— Não, nunca gostei dela. Se você soubesse o que me fez sofrer! Eu, gostar dela, que nunca me deu a mão? Cada vez que me olhava parecia que cuspia na minha cara. Ah, você foi o marido, mas nunca a conheceu! O que você sabe sobre que mulher ela é! Olha, ela poderia te ver morrer e não teria um gesto de pena. Percebe? Eu me lembro. Quando a casa Astraldi quebrou e vocês ficaram na rua, se ela tivesse me pedido, tudo o que eu tinha, eu teria dado. Teria dado toda minha fortuna para que ela me dissesse "obrigada". Nada além de obrigada. Para que me dissesse essa palavra eu teria ficado sem nada. Um dia que entabulei uma conversa, ela me respondeu: *O Remo é suficientemente homem para ganhar para nós dois.* Ah, você não a conhece! Seria capaz de te ver morrer sem fazer um gesto. E eu pensava. Quantas coisas, meu Deus, passam pela cabeça de um homem! Eu me jogava numa cama e me punha a imaginar coisas... você tinha assassinado um homem... era preciso te salvar, e então ela vinha me pedir para que te ajudasse e eu, sem dizer uma palavra sobre os meus sacrifícios, corria de um lado a outro. Que mulher, Remo! Que mulher! Lembro de quando costurava. Eu teria ficado do lado, sabe, segurando a costura para ela, e eu sabia que ela não era feliz com você. Via isso na cara dela, no seu cansaço, no seu sorriso.

Erdosain lembrou das palavras que Elsa havia pronunciado uma hora atrás:

— Não importa... Estou contente. Você percebe a sua surpresa, Remo? Você está sozinho de noite, você está sozinho... De repente, cric... a porta se abre... e sou eu... eu, que voltei.

Barsut continuou:

— E claro, eu me perguntava o que é que a fazia suportar a vida ao seu lado, ao lado de um homem como você...

— E vim a pé, sozinha pelas ruas escuras, te procurando, mas você não me vê, você está sozinho, a cabeça...

Erdosain sentia que as ideias agitavam-se na superfície do seu cérebro como um rodamoinho de água. O cone gigante afundava a espiral até a raiz dos seus membros. Turbilhão cujo toque suave arrancava da sua alma uma ternura dolorida, nova. Que boas eram as palavras de Elsa, que extraordinário conteúdo!

— Eu sempre gostei de você. Agora também gosto... nunca, por que você nunca falou como esta noite? Sinto que vou gostar de você por toda a vida, que o outro a seu lado é a sombra de um homem.

Erdosain tinha agora a certeza de que essas palavras salvavam sua alma para sempre, enquanto Barsut amontoava uma invejosa angústia:

— E eu gostaria de ter perguntado para ela o que é que ela encontrava ao seu lado, abrir seu peito na frente dela e demonstrar para ela, até cansá-la, que você era um louco, um canalha, um covarde... Juro que estou te dizendo essas palavras sem raiva.

— Acredito — retrucou Erdosain.

— Agora mesmo, eu me pergunto, olhando para você: com que olhos uma mulher olha para um homem? Isso é o que nunca saberemos. Você não acha? Você, para mim, era um desgraçado, que com um murro a gente tira da frente. Mas para ela, quem era você? Esse é o ponto obscuro. Soube disso alguma vez? Me diz francamente: você soube, no seu coração, que homem você era para a sua mulher? O que é que ela viu em você para sofrer tanto ao seu lado, e te suportar como ela fez?

Como Barsut conversava seriamente! Suas enrouquecidas perguntas requeriam uma resposta. Erdosain o sentia em suas imediações não como um homem, mas precisamente como um duplo, um espectro de nariz ossudo e cabelo de bronze que de repente havia se transformado num pedaço da sua consciência, já que como esta, em outras circunstâncias, ele agora lhe dirigia as mesmas perguntas. Sim, era provável que para viver tranquilo fosse necessário exterminá-lo, e a "ideia" revelou-se nele friamente.

— Como uma espada entrando num bloco de algodão — Erdosain diria mais tarde.

Barsut nem remotamente imaginou que, naquele instante, Remo acabava de condená-lo à morte. Explicando-me depois as circunstâncias dessa concepção, Erdosain me dizia:

"O senhor já viu um general num campo de batalha?... Mas para tornar minha ideia mais acessível eu lhe direi como inventor: o senhor procura durante certo tempo a solução de um problema. O senhor sabe, tem a certeza de que a chave, o segredo, está no senhor, mas não pode conhecê-lo, de tão coberto que o segredo está de camadas de mistério. E um dia, no momento mais inesperado, de repente o plano, a visão completa da máquina, aparece diante dos seus olhos, deslumbrando-o com sua fácil exatidão. É algo maravilhoso! Imagine um general num campo de batalha... tudo está perdido e, de repente, clara, precisa, se lhe aparece uma solução que o senhor jamais havia sonhado conceber, e que, no entanto, tinha ali, ao alcance da mão, no interior de si mesmo. Eu, naquele instante, soube que tinha que matar o Barsut, e ele, diante de mim, amontoando palavras inúteis, não imaginava que eu, com a boca inchada, o nariz dolorido, retinha uma alegria estupenda, um deslumbramento parecido com o que se experimenta quando o que se descobriu é fatal como uma lei matemática. Talvez exista também uma matemática do espírito cujas terríveis leis não sejam tão invioláveis como as que regem as combinações dos números e das linhas.[4] Porque é curioso. Aquela bofetada que ainda fazia sangrar minha gengiva, como o cunho de uma prensa hidráulica, estampou na minha consciência as linhas definitivas de um plano de morte. Percebe? Um plano são três linhas gerais, três admissíveis linhas retas, mais nada. E, em tumulto, meu regozijo se amontoava sobre esse relevo, a frio, cujas três sintéticas linhas encerravam isto: sequestrar Barsut, matá-lo

[4] NOTA DO COMENTADOR: *Este capítulo das confissões de Erdosain me fez pensar, mais tarde, se a ideia do crime a cometer não existiria nele numa forma subconsciente, o que explicaria sua passividade ante a agressão de Barsut.*

e com seu dinheiro fundar a sociedade secreta como desejava o Astrólogo. O senhor percebe? O plano do crime surgiu espontaneamente em mim, enquanto o outro falava tristemente[5] de nossas duas almas condenadas. O plano apareceu em mim como se o tivessem estampado numa chapa de ferro a mil libras de pressão.

"Ah! Como lhe explicar? De repente eu me esqueci de tudo, retido por uma contemplação gelada, cheia de gozo, algo assim como a aurora que descobre um tresnoitador consuetudinário que o alivia de seu cansaço na manhã que sucedeu a uma noite cheia de fadigas. Percebe? Fazer Barsut ser assassinado por um homem que imperiosamente necessitava de dinheiro para levar a cabo uma ideia genial. E essa nova aurora que pulsava em mim estava tão perfeitamente individualizada que muitas vezes, mais tarde, eu me perguntei que segredo chega a encerrar a alma de um homem ao qual, sucessivamente, vão lhe mostrando novos horizontes, descascando sensações que para ele próprio são um espanto por sua origem aparentemente ilógica."

No curso dessa história esqueci de dizer que, quando Erdosain se entusiasmava, girava em torno da "ideia" central com numerosas palavras. Necessitava esgotar todas as possibilidades de expressão, possuído por esse lento frenesi que, através das frases, dava a ele a consciência de ser um homem extraordinário e não um infeliz. Que dizia a verdade, não me restava dúvida. O que muitas vezes me confundiu foi a pergunta que fiz a mim mesmo: de onde esse homem tirava energia para suportar seu espetáculo tanto tempo? Não fazia outra coisa além de se examinar, de analisar o que ocorria nele, como se a soma de detalhes pudesse lhe dar a certeza de que vivia. Insisto. Um morto que tivesse o poder de conversar não falaria mais do que ele, para se certificar de que aparentemente não estava morto.

Barsut, sem perceber tudo o que acabava de ocorrer no outro, continuou:

— Ah! Você não a conheceu... você nunca a conheceu. Presta atenção, escuta o que eu vou te contar. Fui te ver uma tarde, sabia que você não estava, queria me encontrar com ela, só vê-la, ainda que fosse. Cheguei suado, não sei quantas quadras caminhei no sol antes de me decidir.

— Igual a mim, ao sol — pensou Erdosain.

[5] As repetições, principalmente dos advérbios terminados em -mente, são uma importante marca da escrita arltiana, podendo aparecer até quatro ou cinco vezes num mesmo parágrafo; substituí-los por algum sinônimo significaria "melhorar" e "embelezar" o estilo do autor, o que seria inadequado. (N. T.)

— E isso que você sabe que não me faltava dinheiro para pegar um automóvel, e mesmo quando perguntei por você, ela, sem se mexer do umbral, me respondeu:

— Desculpe, não faço você entrar porque o meu esposo não está. Percebe que cadela?

Erdosain pensou:

— Ainda tem um trem para Temperley.

Barsut continuou:

— E eu que te via como um pobre coitado, disse para mim mesmo: o que será que a Elsa viu nesse infeliz para se apaixonar por ele?

Com voz tranquilíssima, Erdosain perguntou:

— E está na cara que eu sou um infeliz?

Barsut levantou a cabeça, admirado. Durante um momento manteve imóveis as translúcidas pupilas esverdeadas em seu interlocutor. A cortina de luz que caía sobre ele e Erdosain interpunha uma distância de devaneio. E Barsut via-se tão fantasma como o outro, porque movendo penosamente a cabeça, como se de repente todos os músculos do pescoço tivessem se enrijecido, respondeu:

— Não, olhando bem, você parece um sujeito preso a uma ideia fixa... sabe-se lá o quê.

Erdosain retrucou:

— Você é psicólogo. Naturalmente, eu não sei ainda em que consiste essa ideia fixa, mas é curioso, o que nunca passou pela minha cabeça foi que você pensasse em me tomar a mulher... E a tranquilidade com que você diz essas coisas...

— Você não vai negar que eu estou sendo franco com você...

— Não...

— Além do mais, eu queria humilhar ela... não roubar ela de você. Para quê, se eu sabia que ela nunca iria gostar de mim?

— E em que você percebia isso?

— Em tudo. Eu via dentro dela uma frieza feito um bloco, através dos olhos...

— E então, a troco de quê?

— É isso que eu não sei. Porque a gente faz certas coisas que não tem explicação. Porque eu me relacionava com você e você se relacionava comigo sem que a gente pudesse se “engolir”. Eu vinha porque vindo eu fazia você sofrer e sofria. Todos os dias eu me dizia: não irei mais... não irei mais... Mas assim que chegava a hora, ficava nervoso. Era como se me chamassem de algum lugar e então me vestia apressado... vinha...

De repente Erdosain teve uma ideia singular, e disse:

— Falando de tudo um pouco... Não sei se você sabe que esta manhã, lá na Açucareira, me falaram do bilhete anônimo. Se eu não prestar contas me prendem amanhã. O único culpado, e acredito que não terá problema em admitir, de que isso aconteça é, de modo que você tem que me arranjar o dinheiro. De onde eu vou tirar essa quantia?

Barsut ergueu-se, assustado.

— Mas como? Depois que eu virei corno e espancado, depois que a Elsa vai embora e cometo uma infâmia, quem tem que dar o dinheiro sou eu? Você está louco? Que vantagem eu levo em te dar seiscentos pesos?...

— E sete centavos...

Erdosain se levantou.

— Esta é sua última palavra?

— Mas compreenda, como eu?...

— Bom “meu filho”... Paciência. Agora me faça o favor de ir embora, que eu quero dormir.

— Não quer sair?

— Estou cansado. Me deixa.

Barsut vacilou. Em seguida, levantando-se e segurando o chapéu por uma aba, saiu desengonçadamente do cômodo.

Erdosain escutou a batida da porta ao fechar-se, matutou carrancudo por um instante, procurou em seu bolso um guia de trens, olhou o horário, em seguida tornou a se lavar e, diante do espelho, penteou-se. Tinha o lábio arroxeado, uma mancha vermelha contornava seu nariz, assim como outra circundava a têmpora, perto da entrada do cabelo.

Olhou em volta procurando algo, viu o revólver caído, apanhou-o e saiu. Mas como deixara a luz acesa, voltou e apagou o abajur. Tudo estava escuro agora, como que o rastro de uma luz brilhou diante de seus olhos e saiu. Pela segunda vez naquele dia ia à casa do Astrólogo.

"SER" ATRAVÉS DE UM CRIME

Um trecho da plataforma da estação de Temperley estava fracamente iluminado pela luz que saía de uma porta do escritório dos telegrafistas. Erdosain sentou-se num banco junto das alavancas para a troca de vias, na escuridão. Tinha frio e talvez febre. Além disso, experimentava a impressão de que a ideia criminosa era uma continuidade de seu corpo, como o homem das trevas que pudesse atirar-se na luz. Um disco vermelho brilhava na extremidade do braço invisível do semáforo: mais adiante, outros círculos vermelhos e verdes estavam cravados na escuridão, e a curva do trilho galvanoplastificado dessas luzes submergia nas trevas sua redondez azulenca ou carminosa. Às vezes a luz vermelha ou verde descia. Depois tudo permanecia quieto, as correntes deixando de ranger nas roldanas e cessando o roçar dos arames na pedra.

Ficou modorrento.

— O que é que eu estou fazendo aqui? Por que fico aqui? É verdade que quero matá-lo? Ou quero é ter a vontade de sentir o desejo de matá-lo? Isso é necessário? Agora ela deve estar rolando com ele. Mas o que isso me interessa? Antes, quando sabia que ela estava sozinha em casa, enquanto eu estava no café, sofria por ela, sofria porque era infeliz ao meu lado... agora... claro... já devem ter dormido, ela com a cabeça sobre o peito dele. Por Deus! E esta é a vida? Estar perdido, sempre perdido! Mas será que eu sou realmente o que sou? Ou serei outro? A estranheza! Viver com estranheza! É isso o que acontece comigo. O mesmo que com ele. Quando está longe, imagino-o tal qual é, canalha, infeliz. Quase quebra meu nariz. Mas que formidável! Acontece que agora, afinal de contas, o corno e o espancado é ele e não eu! Eu!... Realmente, a vida é uma ópera-bufa! E, no entanto, há algo sério. Por que me repugna quando está por perto?

Umas sombras se mexiam diante da vitrine amarela dos telegrafistas.

— Matá-lo ou não matá-lo? O que me interessa isso? Me interessa matá-lo? Sejamos sinceros. Me interessa matá-lo? Ou não me interessa nada? Dá no mesmo se viver? E, no entanto, quero ter vontade de matá-lo. Se agora aparecesse um deus e me perguntasse: você quer ter forças para destruir a humanidade? Eu a destruiria? A destruiria, eu? Não, não a destruiria. Porque o poder fazê-lo tiraria o interesse do assunto. Além disso, o que é que eu iria fazer sozinho na Terra? Olhar como os dínamos se enferrujam nas oficinas e como desmoronavam os esqueletos que estavam encavalados em cima das caldeiras? É verdade que ele me esbofeteou, mas que me interessa isso? Que lista! Que coleção! O capitão, a Elsa, o Barsut, o Homem de Cabeça de Javali, o Astrólogo, o Rufião, o Ergueta. Que lista! De onde será que saíram tantos monstros? Eu mesmo estou deslocado, não sou o que sou e, no entanto, preciso fazer alguma coisa para ter consciência da minha existência, para afirmá-la. Isso mesmo, para afirmá-la. Porque eu sou como um morto. Não existo nem para o capitão, nem para a Elsa, nem para o Barsut. Eles, se quiserem, podem mandar me prender, o Barsut me esbofetear outra vez, a Elsa ir embora com outro nas minhas barbas, o capitão, levá-la novamente. Para todos, sou a negação da vida. Sou algo assim como o não ser. Um *homem não é como ação, logo não existe*. Ou existe, apesar de não ser? É e não é. Aí estão esses homens. Certamente eles têm mulher, filhos, casa. Talvez sejam uns miseráveis. Mas se alguém tentasse invadir sua casa, arrebatar-lhes um centavo ou tocar na sua mulher, eles se tornariam umas feras. E eu, por que não me rebelei? Quem pode me responder esta pergunta? Eu próprio não posso. Sei que existo assim, como negação. E quando me digo todas essas coisas, eu não estou triste, mas a minha alma fica em silêncio, a cabeça no vazio. Então, depois desse silêncio e vazio, me sobe, desde o coração, a curiosidade do assassinato. Isso mesmo. Não estou louco, já que sei pensar, raciocinar. Me sobe a curiosidade do assassinato, curiosidade que deve ser minha última tristeza, a tristeza da curiosidade. Ou o demônio da curiosidade. Ver como sou através de um crime. Isso, isso mesmo. Ver como se comporta a minha consciência e a minha sensibilidade na ação de um crime.

"No entanto, essas palavras não me dão a sensação do crime, do mesmo modo que o telegrama de uma catástrofe na China não me dá a sensação da catástrofe. É como se eu não fosse aquele que pensa o assassinato mas, sim, outro. Outro que seria, como eu, um homem plano, uma sombra de homem, à maneira do cinematógrafo. Tem relevo, move-se, parece que existe, que sofre, e, no entanto, não é nada mais que uma sombra. Falta-lhe vida. Deus que o diga se isto não está bem raciocinado. Bom: o que é que o homem sombra faria? O homem sombra perceberia o fato mas não sentiria sua carga, porque lhe faltaria volume para conter um peso. É sombra. Eu também vejo o acontecimento, mas não o contenho. Essa deve ser uma teoria nova. O que diria um Juiz Criminal ao conhecê-la? Perceberia como eu sou sincero? Mas essa gente acredita na sinceridade? Fora de mim, dos limites do meu corpo, existe o movimento, mas para eles a minha vida deve ser tão inconcebível como viver ao mesmo tempo na Terra e na Lua. Eu sou o nada para todos. E, no entanto, se amanhã eu atiro uma bomba ou assassino o Barsut, eu me transformo no todo, no homem que existe, no homem para quem infinitas gerações de jurisconsultos prepararam castigos, prisões e teorias. Eu, que sou o nada, de repente colocarei em movimento esse terrível mecanismo de tiras, secretários, jornalistas, advogados, fiscais, carcereiros, camburões, e ninguém verá em mim um infeliz, e sim, o homem antissocial, o inimigo que é preciso separar da sociedade. Isso sim que é curioso! E, no entanto, só o crime pode afirmar minha existência, como só o mal afirma a presença do homem sobre a Terra. E eu seria o Erdosain em particular, o monstro Erdosain, previsto, temido, caracterizado pelo código e, entre os milhares de Erdosains anônimos que infectam o mundo, seria o outro Erdosain, o autêntico, o que é e será. Realmente é curioso tudo isso. No entanto, apesar de tudo, existem as trevas, e a alma do homem é triste. Infinitamente triste. Mas a vida não pode ser assim. Um sentimento interno me diz que a vida não deve ser assim. Se eu descobrisse a particularidade de por que a vida não pode ser assim, eu me espetaria e, como um balão, me desinflaria de todo esse vento de mentira e ficaria com a minha atual aparência de um homem flamejante, forte como um dos primeiros deuses que animaram a criação. Com tudo isso, perdi o fio da meada. Vejo ou não vejo o Astrólogo? O que ele dirá quando me vir chegar outra vez? Talvez esteja me esperando. Ele é, como eu, um mistério para si mesmo. Essa é a verdade. Sabe tanto para onde vai como eu. A sociedade secreta. A sociedade toda se resume nele nestas palavras: sociedade secreta. Outro demônio. Que coleção! O Barsut, o Ergueta, o Rufião e eu... Nem que se quisesse se poderia reunir tais exemplares. E para cúmulo, a cega grávida! Que animal!"

O vigilante da estação passou pela segunda vez diante de Erdosain. Remo compreendeu que chamava a atenção do homem, e então, levantando-se, dirigiu-se para a casa do Astrólogo. Não havia lua. Os arcos voltaicos luziam entre as aéreas folhagens das esquinas. De alguma chácara saíam os sons de um piano, e à medida que caminhava, seu coração se apequenava mais, oprimido pela angústia que lhe produzia o espetáculo da felicidade que adivinhava atrás das paredes daquelas casas refrescadas pelas sombras, e frente de cujas portas das garagens se achava parado um automóvel.

A PROPOSTA

O Astrólogo se preparava para deitar quando escutou passos no caminho que conduzia a casa. Como o cachorro não latiu, entreabriu o postigo. Um paralelogramo de luz cortou as trevas até a cúpula das romãzeiras e por esse caixote amarelo viu avançar Erdosain, em quem a luz batia em cheio no rosto.

— Que curioso! — pensou o Astrólogo. — Ainda não tinha notado que esse rapaz usa chapéu de palha! O que será que ele quer? — E depois de se assegurar que tinha o revólver na cintura (esse movimento era instintivo nele), abriu a fechadura da porta e Erdosain entrou.

— Achei que estava deitado.

— Entre.

Erdosain entrou no escritório. Ainda estava ali o mapa dos Estados Unidos com as bandeiras pretas cravadas nos territórios onde a Ku Klux Klan dominava. O Astrólogo estivera trabalhando num horóscopo porque sobre a mesa estava a caixa de compassos, aberta. O vento que entrava pela grade mexia os papéis, e Erdosain, depois de esperar que o Astrólogo guardasse alguns documentos no armário, sentou-se dando as costas para o jardim.

Já ali, ficou olhando o largo semblante do outro, o nariz torto partindo da testa tumultuosa, a orelha repolhuda, o peito enorme contido dentro da roupa preta e sem brilho, sua corrente de cobre cruzando de lado a lado o colete, o anel de aço com uma pedra violeta na sua mão de dedos disformes e pele curtida. Agora que o homem estava sem chapéu, via-se que seu cabelo era crespo, emaranhadíssimo e curto. Havia esticado as pernas e apoiava o corpo todo sobre os braços da poltrona. Com suas botas sem engraxar, parecia um homem da montanha, talvez um buscador de ouro. Por que não deviam ser assim os buscadores de ouro da Patagônia? — pensou Erdosain —, e sem entender sua distração, ficou olhando o mapa dos Estados Unidos e repetindo mentalmente as palavras que havia escutado essa tarde do Astrólogo, enquanto com uma vareta ele assinalava os estados federais para o Rufião.

— A Ku Klux Klan é forte no Texas, em Ohio, em Indianápolis, em Oklahoma, no Oregon...

— E o que disse, amigo... como?...

— Ah, é verdade!... Vim vê-lo...

— Eu ia exatamente me deitar. Fiquei trabalhando no horóscopo de um imbecil...

— Se o incomodo, vou embora.

— Não, fique. O senhor levou um soco? O que é que está acontecendo?

— Muitas coisas. Me diga, se o senhor pudesse... Não vai se assustar com a pergunta?... Se o senhor, para fundar sua loja, isto é, para conseguir os vinte mil pesos que são necessários, se para conseguir vinte mil pesos o senhor tivesse que matar um indivíduo, o senhor o mataria?

O Astrólogo ergueu-se na poltrona, ficando seu corpo, agora, sublevado pelo espanto, em ângulo reto... E embora sua cabeça estivesse erguida pelos pensamentos que nele havia suscitado Erdosain, ela parecia pesar prodigiosamente sobre seus ombros. Esfregou as mãos e escrutou o rosto de Remo.

— Por que passa pela sua cabeça me fazer essa pergunta?

— É que eu encontrei o candidato que tem vinte mil pesos. Nós podemos sequestrá-lo, e se ele se negar a assinar o cheque, nós o torturamos.

O Astrólogo franziu o cenho. Perante os enigmas que essa proposta encerrava, sua perplexidade aumentou, e com os dedos da mão esquerda começou a fazer girar o anel sobre o anular da direita. A pedra violeta passava a cada instante diante da corrente de bronze, e embora ele mantivesse o rosto inclinado, sob a linha de suas sobrancelhas, suas pupilas horizontais esquadrinhavam o rosto de Erdosain. E o nariz torto adquiria, nessa posição, o vigor de uma defesa, com o queixo afundado no negro tecido da gravata-borboleta.

— Vamos lá, me explique tudo isso, porque eu não estou entendendo uma só palavra.

Agora havia se erguido e seu rosto parecia desafiar uma chuva de golpes.

— É fácil e genial. Esta noite, a minha mulher foi embora para ir viver com outro homem. Então ele...

— Quem é ele?...

— Barsut, o primo da minha mulher... Gregorio Barsut veio para me ver e confessar que foi ele quem me denunciou na Açucareira.

— Ah!... Foi ele quem o denunciou?...

— Foi, e ainda por cima...

— Mas por que motivo o denunciou?...

— Sei lá!... Para me humilhar... Em resumo, é meio louco. Um indivíduo que vive freneticamente. Ele tem vinte mil pesos. O pai morreu num manicômio. Ele vai terminar ali também. Os vinte mil pesos são a herança de uma tia por parte de pai.

O Astrólogo segurou a testa. Estava mais perplexo do que nunca. O assunto lhe interessava, mas não o compreendia. Insistiu:

— Me conte tudo com detalhes, ordenadamente.

Erdosain recomeçou seu relato. Narrou tudo o que conhecemos. Falava devagar, meticulosamente, pois havia desaparecido dele aquela tensão que precedia a proposta que fez ao Astrólogo.

Agora estava sentado na beira da poltrona, as costas arqueadas, os cotovelos apoiados nos joelhos, as faces encaixadas entre os dedos, o olhar fixo no pavimento. A pele amarela grudada nos ossos planos do semblante dava-lhe a aparência de um tísico. Um acúmulo de iniquidades saía de sua garganta, sem interrupções, surdamente, como se recitasse uma lição imprimida a frio no plano de sua consciência. O Astrólogo, os lábios tapados com os dedos, escutava-o, olhando-o admirado. Havia imaginado muitas coisas, mas não tantas.

Com uma lentidão derivada do excesso de atenção para não se enganar, Erdosain acumulava angústias, humilhações, lembranças, sofrimentos, noites que passou sem dormir, brigas espantosas. Disse, entre outras coisas:

— Pode parecer mentira para o senhor que eu, eu que vim para lhe propor o assassinato de um homem, fale de inocência e, no entanto, eu tinha vinte anos e era um garoto. O senhor sabe que tipo de tristeza é essa que faz a gente passar a noite num asqueroso botequim, perdendo tempo entre conversas estúpidas e goles de aguardente? Sabe o que é estar num prostíbulo e de repente se conter para não chorar desesperadamente? O senhor olha para mim espantado, claro, via um homem estranho, talvez, mas não percebia que toda essa estranheza derivava da angústia que eu levava escondida em mim. Veja, até me parece mentira falar com precisão como estou fazendo. Quem sou? Para onde vou? Não sei. Tenho a impressão de que o senhor é igual a mim, e por isso vim lhe propor o assassinato do Barsut. Com o dinheiro, fundaremos a loja e talvez possamos remover os alicerces desta sociedade.

O Astrólogo o interrompeu:

— Mas por que o senhor procedeu sempre assim?...

— É isso que eu não sei. Por que o senhor quer organizar a loja? Por que o Rufião Melancólico continua explorando mulheres e engraxando as botas apesar de ter uma fortuna? Por que o Ergueta se casou com uma prostituta e largou a milionária? Por acaso o senhor acredita que eu tolerei a bofetada do Barsut e a presença do capitão à toa? Aparentemente eu sou um covarde, o Ergueta um louco, o Rufião, um avaro, o senhor, um obcecado. Aparentemente somos tudo isso, mas no fundo, lá dentro, mais abaixo da nossa consciência e dos nossos pensamentos, há outra vida mais poderosa e enorme... e se suportamos tudo é porque acreditamos que, suportando ou procedendo como o fazemos, chegaremos finalmente à verdade... quer dizer, à verdade de nós mesmos.

O Astrólogo se levantou, avançou até Erdosain e, colocando a mão sobre a cabeça dele, disse, reflexivo:

— O senhor tem razão, meu filho. Nós somos místicos sem o saber. Místico é o Rufião Melancólico, místico é o Ergueta, o senhor, eu, ela, eles... O mal do século, a irreligião, destroçou nosso entendimento e então procuramos fora de nós o que está no mistério da nossa subconsciência. Necessitamos de uma religião para nos salvar dessa catástrofe que caiu sobre nossas cabeças. O senhor me dirá que eu não estou lhe dizendo nada de novo. Concordo; mas lembre-se de que na terra a única coisa que pode mudar é o estilo, o costume, a substância é a mesma. Se o senhor acreditasse em Deus, não teria passado essa vida endemoniada, se eu acreditasse em Deus, não estaria escutando sua proposta de assassinar um próximo. E o mais terrível é que para nós já passou o tempo para adquirir uma crença, uma fé. Se fôssemos ver um sacerdote, ele não entenderia nossos problemas e só conseguiria nos recomendar que recitássemos o pai-nosso e que nos confessássemos todas as semanas.

— E a gente se pergunta o que é que se deve fazer...

— Aí está. O que se deve fazer. Em outros tempos, haveria restado para nós o refúgio de um convento ou de uma viagem a terras desconhecidas e maravilhosas. Hoje o senhor pode tomar um sorvete na Patagônia pela manhã e comer bananas à tarde no Brasil. O que é que se deve fazer? Eu leio muito, e acredite, em todos os livros europeus encontro esse fundo de amargura e de angústia que o senhor está me contando sobre a sua vida. Veja os Estados Unidos. As artistas colocam ovários de platina e há assassinos que tratam de bater o recorde em crimes horrorosos. O senhor, que caminhou por aí, sabe disso. Casas, mais casas, rostos diferentes e corações iguais. A humanidade perdeu suas festas e suas alegrias. Os homens são tão infelizes que perderam até Deus! E um motor de 300 cavalos só consegue distraí-los quando é pilotado por um louco que pode se espatifar numa valeta. O homem é um animal triste a quem só os prodígios conseguirão emocionar. Ou as carnificinas. Pois bem, nós, com a nossa sociedade, daremos a eles prodígios, pestes de cólera asiática, mitos, descobrimentos de jazidas de ouro ou minas de diamantes. Eu o observei conversando com o senhor. Só se anima quando o prodigioso intervém em nossa conversa. E assim acontece com todos os homens, canalhas ou santos.

— Então, sequestramos o Barsut?

— Sim. Agora precisamos ver de que modo podemos nos apoderar dele e do dinheiro.

O vento remexeu a folhagem. Erdosain ficou por uns segundos olhando a faixa de luz que, pela janela entreaberta, caía sobre as romãzeiras. O Astrólogo tinha empurrado sua cadeira até o armário, de modo que apoiava a cabeça na tábua ocre, e seus dedos brincaram novamente com o anel de aço, fazendo-o girar diante de seus olhos.

— Como vamos nos apoderar? É muito fácil. Eu direi para o Barsut que averiguei onde se encontra o capitão com a Elsa...

— É, isso está bom. Mas como o senhor averiguou isso? É o que o outro não vai deixar de perguntar...

— Dizendo que me dirigi à Direção de Pessoal do Ministério da Guerra.

— Perfeito... muito bem... claríssimo...

Agora o Astrólogo tinha se erguido vivamente e olhava interessado para Erdosain.

— E com o pretexto de que convença a Elsa a voltar outra vez para o meu lado, nós o traremos.

— Admirável. Deixa eu pensar um pouco. Tudo o que o senhor propõe... claro... está muito bem. Ah... me diz uma coisa: ele tem parentes?

— Salvo a minha senhora, não.

— E onde mora?

— Numa pensão. A filha da dona é vesga.

— O que dirão quando o Barsut desaparecer?

— Podemos fazer isto, que é admirável. Enviamos para a dona da pensão um telegrama de Rosario, assinado por ele, dizendo que envie os baús a um determinado hotel, onde o senhor estará morando sob o nome de Gregorio Barsut.

— Isso mesmo. Sabe que o senhor o estudou muito bem? O plano é perfeito. É verdade que tudo se presta, o capitão, os endereços do Ministério, não ter parentes, o fato de morar numa pensão. É mais claro do que uma jogada de xadrez. Está bem.

Dito isso, começou a passear de um lado a outro do quarto. Cada vez que cruzava diante da grade da janela, o jardim escurecia ou no armário derramava-se uma sombra que chegava até as vigas do teto. Não faltou razão a Erdosain, quando disse que o plano era nítido "como se o tivesse estampado numa placa de ferro de mil libras de pressão". E enquanto no quarto as botas do Astrólogo ressoavam surdamente em cada passo, Erdosain já se lamentava de que o "plano" fosse tão simples e pouco novelesco. Ter-lhe-ia agradado uma aventura mais perigosa, menos geométrica. Em dado momento, chegou dizer para si mesmo:

— Que diabo! Isso não tem graça! Assim qualquer um é assassino!

— E o Gregorio não se relaciona com a vesga?

— Não.

— E por que o senhor me falou dela, então?

— Não sei.

— E o senhor não tem medo de ter remorsos depois que "isso" acontecer?

— Veja, eu acredito que isso só acontece nos romances. Na realidade, eu pratiquei boas e más ações, e nem em um caso nem em outro senti nem maior alegria nem o menor remorso. Eu acredito que se passou a chamar remorso o temor ao castigo. Aqui não se enforca ninguém e só os covardes...

— E o senhor?...

— Permita-me. Eu não sou um homem covarde. Sou um frio, o que é diferente. Raciocine o senhor. Se impassivelmente deixei que me levassem a mulher e me deixei esbofetear por um indivíduo que me traiu, com quanto mais razão assistirei impassivelmente à cena de sua morte, desde que esta não seja uma carnificina?

— Certo. É muito lógico. Tudo no senhor é lógico. O senhor sabe, Erdosain, que o senhor é um indivíduo interessante?

— A minha esposa dizia a mesma coisa. Isso não a impediu de ir embora com outro.

— E o senhor o odeia?

— Às vezes. Depende. Talvez em mim a repulsão física seja mais forte do que o ódio. Na verdade, ódio não, porque nunca podemos odiar as pessoas que sabemos que são capazes de fazer exatamente as mesmas canalhices que nós.

— E por que então o senhor quer matá-lo?

— E por que o senhor quer fundar a sociedade?

— E o senhor acredita que esse crime vai ter alguma influência na sua vida?

— Essa é a curiosidade que eu tenho. Saber se a minha vida, a minha forma de ver as coisas, a minha sensibilidade, mudam com o espetáculo da morte dele. Além disso, já tenho a necessidade de matar alguém. Ainda que seja para me distrair, sabe?

— E o senhor quer que eu o livre dessa enrascada?

— Claro!... Porque para o senhor, nessas circunstâncias, me livrar dessa enrascada equivale a ter vinte mil pesos para instalar a sociedade e os prostíbulos...

— E como lhe ocorreu que eu era capaz de fazer "isso"?

— Como? Há muito tempo que eu o observo. Mas a convicção de que o senhor era um homem de embarcar numa aventura perigosa me ocorreu há um ano atrás, quando o conheci na Sociedade Teosófica.

— E então?...

— Eu me lembro como se fosse agora. Uma carvoeira, à sua esquerda, estava falando do perispírito com um sapateiro. O senhor já percebeu que predileção os sapateiros têm pelas ciências ocultas?

— E?

— Nessa ocasião, o senhor se dirigiu a um cavalheiro polaco que se relacionava com o espírito de Sobiezki.

— Não lembro...

— Eu sim. O cavalheiro polaco, o senhor mesmo me disse mais tarde, era servente de pedreiro... De Sobiezki, o senhor e o cavalheiro polaco passaram a discutir sobre o "senso de direção das pombas", e o senhor respondeu: "Para mim, a única importância que o senso de direção das pombas tem é servir como intermediárias numa chantagem", e aí começou a explicar...

— Ah, sim, lembro. Que em vez de mandar um cúmplice que sempre parava a polícia, mandaria uma cesta cheia de pombas mensageiras às quais devia amarrar o dinheiro no pescoço...

— Bom, quando o senhor terminou de falar, entre o espanto do polaco, da carvoeira e do sapateiro, eu me disse: este homem é um audaz em disponibilidade...

— Rará! Que rapaz é o senhor!

— Bom, falando sinceramente, o que lhe parece o meu plano?

— Perfeito.

— O senhor deve levar em conta isto: é um mecanismo que se desmonta em três submecanismos que têm que funcionar harmoniosamente, embora sejam independentes. Veja: o primeiro mecanismo é o sequestro. O segundo, sua estadia em Rosario, onde pedirá e receberá a bagagem com o nome de Barsut. O terceiro, assassinato e procedimento para fazê-lo desaparecer.

— Destruiremos o cadáver?

— Claro. Com ácido nítrico ou senão com um forno onde... Ser for forno, é preciso que tenha no mínimo quinhentos graus, para carbonizar também os ossos.

— E de onde o senhor tirou esses dados?

— Já sabe que sou inventor. Ah, dos vinte mil pesos podemos dedicar uma parte para fabricar a rosa de cobre em grande escala. Já encarreguei sua fabricação a uma família amiga. Possivelmente um dos rapazes ingresse na sociedade. Além disso, dias atrás me ocorreu a ideia de uma mudança eletromagnética para a máquina a vapor de Stephenson. Bom, o que eu arquitetei é cem vezes mais simples. O senhor sabe do que eu precisaria? Ir para fora algum tempo, ficar na montanha; descansar e estudar.

— E o senhor poderia ir para a colônia que organizaremos...

— Então está de acordo com o plano?

— Ah! Uma coisa. O dinheiro; de onde o Barsut tirou?

— Há três anos vendeu uma propriedade que lhe coube de herança.

— E está na poupança...

— Não, na conta-corrente.

— Então ele não vive dos juros?

— Não, vai gastando aos poucos. Uns duzentos pesos por mês. Diz que antes de terminar com essa soma estará morto.

— É curioso. E que tipo ele é?

— Forte. Cruel. O sequestro vai ter que ser bem estudado, porque ele se defenderá como uma fera.

— Muito bem.

— Ah! Antes que eu me vá. O senhor vai falar alguma coisa sobre isso para o Rufião?

— Não. É um segredo nosso. O Rufião participará como organizador dos prostíbulos, mais nada. O senhor paga amanhã a Açucareira, não é mesmo?

— Pago.

— Agora que estou me lembrando, conheço um tipógrafo. Ele é que vai fazer para nós a circular do Ministério da Guerra.

Erdosain passeou um pouco pelo cômodo.

— O sequestro é fácil. O senhor vai para Rosario e, com um telegrama, pede os baús. O que acontece é que quando a gente está prestes a cometer um delito...

— É que não será o único que cometeremos...

— Como?

— É claro. Outra coisa que me preocupa é a manutenção do segredo na sociedade. Eu tinha pensado o seguinte: em cada ponto do estado haverá uma célula revolucionária. O comitê central ficará radicado na capital. Então esse comitê seria organizado da seguinte forma: chefe de capital de província, membro do comitê central, chefe do distrito de província, membro do comitê da capital de província, chefe da vila principal, membro do comitê do distrito-chave.

— O senhor não acha muito complicado?

— Não sei, é algo a ser estudado. Outros detalhes de organização que me ocorreram são: cada célula disporá de um transmissor e receptor radiotelegráfico, sendo, além disso, obrigação que cada dez associados adquiram um automóvel, dez fuzis, duas metralhadoras, devendo, por sua vez, cem membros custear o preço de um aeroplano de guerra, bombas etc. etc. As promoções serão por disposição do conselho superior, as eleições de categoria inferior serão regidas por votações qualificadas. Mas está na hora de deitar. Daqui a pouco tem trem... Ou quer ficar para dormir aqui?

Na realidade, Erdosain não tinha nada para fazer. O relógio já havia dado três da manhã e as palavras que o Astrólogo pronunciara passaram por seu entendimento, quase apagadas. Não lhe interessava nada. Queria ir embora, isso era tudo. Ir para longe.

Apertou a mão do outro; o Astrólogo se despediu na escadaria e Erdosain, angustiado, atravessou a chácara. Quando virou a cabeça nas trevas, a janela iluminada projetava um retângulo amarelo suspenso no centro da escuridão.

EM CIMA DA ÁRVORE

Amanhece. Erdosain avança pelo caminho que margeia a calçada quebrada junto das chácaras. O frescor da manhã penetra até o mais remoto alvéolo de seus pulmões fatigados. Embora em cima o espaço enegreça, e toda essa escuridão desça para aproximar as coisas dos olhos, pois as distantes são invisíveis no horizonte. Pelo canal de becos, avermelhecem lentamente umas faixas verde-cinza.

Erdosain avança, pensando:

— Isso é triste como o deserto. Agora ela dorme com ele.[6]

Rapidamente a claridade aquosa da alvorada cumula os becos de vapores esbranquiçados.

Erdosain diz para si mesmo:

— No entanto é preciso ser forte. Eu me lembro de quando era pequeno. Acreditava ver caminhar, pelas cristas das nuvens, grandes homens com o cabelo encaracolado e chapados de luz os verticais membros. Na realidade, caminhavam dentro do país de Alegria que estava em mim. Ah! E perder um sonho é quase como perder uma fortuna. O que eu estou dizendo? É pior. É preciso ser forte, essa é a única verdade. E não ter piedade. E ainda que a gente se sinta cansado, dizer-se: estou cansado agora, estou arrependido agora, mas não estarei amanhã. Essa é a verdade. Amanhã.

Erdosain fecha os olhos. Um perfume que não se pode discernir, se é de angélica ou de cravo, rega a atmosfera com um misterioso embalsamento de festa.

E Erdosain pensa:

[6] NOTA DO COMENTADOR: *Só mais tarde Erdosain soube que àquela hora Elsa se encontrava em companhia de uma irmã de caridade. Um só gesto torpe do capitão Belaunde bastou para conscientizá-la de sua situação, e se jogou do automóvel. Então lhe ocorreu dirigir-se a um hospital, sendo acolhida pela madre superiora, que percebeu que tinha diante dela uma mulher desequilibrada pela angústia.*

— Apesar de tudo, é necessário enxertar uma alegria na vida. Não se pode viver assim. Não é direito. Por cima de toda nossa miséria é preciso que flutue uma alegria, sei lá, algo mais formoso do que o feio rosto humano, do que a horrível verdade humana. Tem razão o Astrólogo. É preciso inaugurar o império da Mentira, das magníficas mentiras. Adorar alguém? Traçar um caminho entre esse bosque de estupidez? Mas como?

Erdosain continua seu solilóquio com as maçãs do rosto tingidas de rosa:

— Que importa que eu seja um assassino ou um degradado? Isso importa? Não. É secundário. Há algo mais formoso do que a vilania de todos os homens juntos, e é a alegria. Se eu estivesse alegre, a felicidade me absolveria do meu crime. A alegria é o essencial. E também gostar de alguém...

O céu verdeja ao longe, enquanto a pouco elevada escuridão ainda envolve os troncos das árvores. Erdosain franze o cenho. De seu espírito soltam-se vapores de lembrança, neblinas douradas, trilhos brilhantes que se perdem no campo de uma tarde abobadada de sol. E o rosto da criança, uma carinha pálida, de olhos esverdeados e cachos negros, escapando debaixo de um chapeuzinho de pano, eleva-se da superfície de seu espírito.

Faz dois anos. Não. Três. Sim, três anos. Como se chamava? Maria, Maria Esther. Como se chamava? A doce carinha ocupa agora, com sua temperatura, um anoitecido espaço de devaneio. Lembra-se de tantas coisas! Ele estava sentado ao seu lado, o vento movia seus cachos negros, de repente estendeu a mão, e entre a ponta dos dedos segurou o ardente queixo da criança. Onde está agora? Sob que teto dorme? Se a encontrasse, a reconheceria? Faz três anos. Conheceu-a num trem, conversou alguns minutos com ela, durante quinze dias, e depois desapareceu. Isso é tudo e nada mais. E ela não sabia que ele era casado. O que teria dito, se soubesse? Sim, agora se lembra. Chamava-se Maria. Mas isso tem alguma importância? Não. Havia algo mais encantador em tudo aquilo, a doce febre que caía de seus olhos, às vezes verdes, às vezes pardos. E seu silêncio. Erdosain lembra de viagens de trem; está sentado junto à criança que deixou a cabeça sobre seu ombro, ele enreda os dedos nos cachos e a criança de quinze anos treme em silêncio. Se ela soubesse agora que ele planeja matar um homem, o que diria? Possivelmente não entendesse essa palavra. E Erdosain lembra com que timidez de colegial ela levantava o braço e apoiava a mão nas suas faces ríspidas de barba; e talvez essa felicidade que ele perdeu seja a que se necessita para apagar do semblante humano tanto vestígio de fealdade.

Erdosain examina-se agora com curiosidade. Por que pensa tantas coisas? Com que direito? Desde quando os candidatos a assassinos pensam? E, no entanto, há algo nele que dá graças ao Universo. Consiste em humildade ou em amor? Não sabe, mas compreende que na incoerência há doçura; ocorre-lhe que uma pobre alma, ao enlouquecer, abandona com gratidão os sofrimentos desta Terra. E mais abaixo dessa piedade, uma força implacável, quase irônica, entorta seu lábio com um trejeito de desprezo.

Os deuses existem. Vivem escondidos sob o manto de certos homens que se lembram da vida no planeta quando a Terra ainda era criança. Ele encerra também um deus. É possível? Toca o nariz, dolorido pelos socos que recebeu de Barsut, e a força implacável insiste nesta afirmação: ele leva um deus escondido sob sua pele dolorida. Mas o Código Penal previu que castigo se pode aplicar a um deus homicida? O que diria o Juiz de Instrução se ele lhe respondesse: "Peco porque levo um deus em mim"?

Mas não é verdade? Esse amor, essa força que ele conduz no amanhecer, sob a umidade das árvores que gotejam orvalho na escuridão, não é uma virtude dos deuses? E novamente da superfície de seu espírito se solta o relevo daquela lembrança: uma ovalada carinha pálida que tinha os olhos esverdeados e cachos negros às vezes enrolados na garganta pelo vento. Como é simples isso! Não necessita dizer nada, tão perfeito é seu arrebatamento. Embora não fosse nada improvável que tivesse ficado louco pensando na colegial sob as árvores que gotejam umidade. Senão, como se explica que a sua alma seja tão diferente daquela que o endemoniava à noite? Ou é que à noite só se pode conceber pensamentos sombrios? Ainda que seja assim, não importa. Ele é outro agora. Sorri junto às árvores. Isso não é magnificamente idiota? O Rufião Melancólico, a Cega depravada, o Ergueta com o mito de Cristo, o Astrólogo, todos esses fantasmas incompreensíveis, que dizem palavras humanas, que têm uma palavra carnal, o que são perto dele, que, apoiado num poste, junto a uma cerca de alfena, sente o avanço da vida que chega a lhe tocar o peito?

É outro homem, e pelo simples fato de ter pensado na criança que num vagão de trem deixava cair a cabeça sobre seu ombro. Erdosain fecha os olhos. O acre cheiro da terra lhe dá calafrios. Uma vertigem sobe de sua carne cansada.

Outro homem avança pelo caminho. Um apito áspero chega da estação. Outros homens de boinas ou chapéus tortos cruzam ao longe.

Na realidade, que diabos faz ali? Erdosain pisca uma pálpebra, tem consciência de que está tapeando Deus, de que representa a comédia de um homem que não pôde desviar a maldição de Deus. No entanto, diante de seus olhos passam, às vezes, rajadas de escuridão, e uma espécie de embriaguez surda vai se apoderando de seus sentidos. Gostaria de violar algo. Violar o senso comum. Se por ali houvesse uma colheita, atearia fogo nela... Algo repugnante intumesce seu rosto: são as expressões torvas da loucura; de repente vê uma árvore, dá um salto, alcança um galho, aferra-se a ele e, prendendo-se no tronco com os pés, ajudando-se com os cotovelos, consegue se encarapitar até a forquilha da acácia.

Os sapatos resvalam na casca lustrosa, os raminhos fustigam-lhe elasticamente o rosto, estica o braço e agarra-se a um galho, assomando a cabeça por entre as folhas molhadas. A rua, lá embaixo, segue em declive rumo a um arquipélago de árvores.

Está em cima da árvore. Violou o senso comum, à toa, sem objetivo, como quem assassina um transeunte que atravessou seu caminho, para ver se depois a polícia pode descobrir. Em direção ao Este, sobre o verdolengo do céu, recortam-se fúnebres chaminés; em seguida, montes de verdura como monstruosos rebanhos de elefantes enchem os baixios de Banfield, e a mesma tristeza está nele. Não é suficiente ter violado o senso comum para sentir-se feliz. No entanto, faz um esforço e diz em voz alta:

— Eh, bestas adormecidas! Eh! Juro que... mas não... eu quero violar a lei do senso comum, tranquilos animaizinhos... Não. O que eu quero é apregoar a audácia, a nova vida. Falo de cima da árvore; não estou "na palmeira" e sim na acácia: eh, bestas adormecidas!

Rapidamente, suas forças diminuem. Olha ao redor, quase espantado de se encontrar em semelhante posição; de repente o semblante da remota criança explode nele como uma flor e, imensamente envergonhado da comédia[7] que representa, desce da planta. Está vencido. É um desgraçado.

[7] NOTA DO COMENTADOR: *Erdosain me deu duas explicações a respeito dessa comédia. A primeira é que sentia um prazer imenso em simular um estado de loucura, prazer que comparava "ao do homem que, tendo bebido um copo de vinho, finge que está bêbado diante dos seus amigos, para inquietá-los". Sorria tristemente ao dar essas explicações, e me manifestou que, ao descer da acácia, estava envergonhado com a mesma vergonha do infeliz que no Carnaval se fantasia, apresenta-se diante de um grupo de pessoas, e suas graças, em vez de fazerem os desconhecidos sorrirem, arrancam-lhes uma frase preconceituosa. "Sentia tal nojo de mim mesmo que até ocorreu-me me matar, e lamentei não estar com o revólver. Depois, ao me despir na minha casa, percebi que na rua tinha esquecido que estava com a arma num bolso da calça."*

CAPÍTULO II

INCOERÊNCIAS

Os dias que sucederam ao sequestro de Barsut, Erdosain passou trancado no quarto de uma pensão, para a qual se transferiu provisoriamente depois de liquidar sua dívida com a Limited Azucarer Company. Havia adquirido terror à rua. Não pensava nunca no projetado sequestro de Barsut, e até deixou de visitar o Astrólogo. Passava o dia na cama, com os punhos apoiados no travesseiro e a testa achatada sobre estes. Outras vezes permanecia horas com os olhos cravados na parede, pela qual achava que subia uma delgada neblina de sonho e desespero.

Durante aquele período, nunca pôde reconstruir o semblante de Elsa.

— Havia se afastado tão misteriosamente do meu espírito, que me custava um grande esforço lembrar dos traços da sua fisionomia.

Em seguida, dormia ou meditava.[1] Tratou, embora inutilmente, de se preocupar com dois projetos que considerava importantes: a mudança eletromagnética para máquinas a vapor, e o de uma tinturaria de cachorros, que lançaria no mercado cães de pelagem tingida de azul-elétrico, buldogues verdes, lebréus violetas, fox terriers lilases, lulus com fotografias de crepúsculos a três tintas no lombo, cachorrinhas com arabescos como tapeçarias persas. Estava intranquilo: uma tarde dormiu e teve este sonho:

Sabia que era noivo de uma das infantas. Esse acontecimento, acompanhado do fato de ser lacaio de sua majestade, Alfonso XIII, regozijava o imensamente, pois os generais o rodeavam, fazendo-lhe perguntas intencionadas. Um espelho d'água mordia os troncos das árvores sempre florescidas em branco enquanto a infanta, uma menina alta, dando-lhe o braço, dizia-lhe, ciciando:

[1] NOTA DO COMENTADOR: *Referindo-se a esses tempos, Erdosain me dizia: "Eu acreditava que a alma me tinha sido dada para gozar das belezas do mundo, a luz da lua sobre a alaranjada crista de uma nuvem, e a gota de orvalho tremendo em cima de uma rosa. Mas, quando pequeno, sempre acreditei que a vida reservava para mim um acontecimento sublime e encantador. Mas à medida que examinava a vida dos outros homens, descobri que viviam entediados, como se habitassem um país sempre chuvoso, onde os raios da chuva deixavam no fundo das suas pupilas tanques de água que deformavam sua visão das coisas. E compreendi que as almas se moviam na Terra como os peixes prisioneiros num aquário. Do outro lado das esverdeadas paredes de vidro estava a encantadora vida cantante e altíssima, onde tudo seria diferente, forte e multíplice, e onde os novos seres de uma criação mais perfeita, com seus belos corpos, saltariam numa atmosfera elástica". Então, eu me dizia: "É inútil, tenho que escapar da Terra".*

— Vós me amais, Erdosain?

Erdosain, dando risada, respondeu à infanta com grosseria: um círculo de espadas brilhou diante dos seus olhos e sentiu que afundava, cataclismos sucessivos separaram os continentes, mas fazia muitos séculos que ele dormia num cubículo de chumbo no fundo do mar. Atrás da envidraçada janelinha iam e vinham tubarões vesgos, furiosos porque sofriam de hemorroidas, e Erdosain regozijou-se silenciosamente, rindo com risinhos do homem que não quer ser ouvido. Agora todos os peixes do mar estavam vesgos, e ele era Imperador da Cidade dos Peixes Vesgos. Uma muralha eterna circundava o deserto nas margens do mar, o céu verde se oxidava nos tijolos do muro, e nas paredes das torres vermelhas, as ondas entrechocavam miríades de peixes gordos e vesgos, monstruosos peixes barrigudos doentes com a lepra marinha, enquanto um negro hidrópico ameaçava com o punho um ídolo de sal.

Outras vezes, Erdosain evocava tempos passados e nos quais havia previsto os atuais acontecimentos, como dissera àquela noite ao capitão. Sofrimentos surdos, rodeios em torno de uma realidade que agora lhe fazia dizer:

— Eu tinha razão, não estava enganado.

Assim, lembrava que uma noite, conversando com Elsa, ela num momento de sinceridade, confessou-lhe que se fosse solteira, não teria se casado, mas sim teria tido um amante.

Erdosain perguntou-lhe:

— Você está falando sério?

Da outra cama, obstinada, Elsa respondeu:

— Estou, homem, teria um amante... Para que se casar?...

Fenômeno curioso: Erdosain teve, subitamente, a sensação do silêncio da morte, um silêncio paralelo como um féretro a seu corpo horizontal. Possivelmente, naquele instante, destruiu-se nele todo o amor inconsciente que o homem sente por uma mulher, e que depois lhe permitirá enfrentar situações terríveis, que seriam insuportáveis por não ter acontecido previamente aquele fenômeno. Parecia-lhe agora encontrar-se no fundo de um sepulcro, pensou que jamais veria a luz, e nesse silêncio leve e negro que enchia o cômodo, moviam-se os fantasmas despertados pela voz de sua esposa.

Mais tarde, explicando esses momentos, lembrou que se mantinha imóvel, na cama, temeroso de romper o equilíbrio de sua enorme infelicidade, que aprumava definitivamente seu corpo horizontal na superfície de uma angústia implacável.

Seu coração batia pesadamente. Parecia-lhe que cada sístole e diástole tinha que vencer a pressão de uma elástica massa de lodo. E era inútil que dali ele tentasse mover as mãos para alcançar o sol que estava mais acima. E a voz da esposa ainda repetia em seus ouvidos:

— Não teria me casado. Teria um amante.

E essas palavras, que para serem pronunciadas não tinham requerido senão o espaço de dois segundos de tempo, estariam agora ressoando a vida toda nele. Fechou os olhos. As palavras estariam a vida toda nele, arraigadas em suas entranhas como um crescimento de carne. E seus dentes rangeram. Queria sofrer mais ainda, esgotar-se de dor, dessangrar-se num lento jorrar de angústia. E com as mãos grudadas nas coxas, teso como um morto em seu ataúde, sem virar a cabeça, retendo o galope de sua respiração, perguntou com voz sibilante:

— E teria gostado dele?

— Para quê?... Quem sabe!... Sim; se fosse bom, por que não?

— E onde teriam se visto? Porque na sua casa não iam tolerar isso.

— Em algum hotel.

— Ah!

Calaram-se, mas Erdosain já a via, na firme infelicidade de sua vida, avançar pela calçada de uma rua pavimentada com lascas de rio. Ela adiantava-se pela ampla calçada. Um tule escuro cobria-lhe metade do semblante e, encaminhando-se para o lugar onde a conduzia o deliberado desejo, avançava com rápidos e seguros passos. E desejoso de martirizar ainda o pouco de esperança que lhe restava, Erdosain continuou, com um sorriso falso que ela não podia distinguir na escuridão, e a voz suave, para que Elsa não reparasse no furor que estremecia seus lábios:

— Está vendo? É lindo assim, num casal, poder falar de tudo com uma confiança de irmãos. E me diz, você teria se despido na frente dele?

— Não diga estupidezes!

— Não, me diz: teria se despido?

— Mas é claro! Não ia ficar vestida!

Se com uma machadada lhe tivessem partido a coluna vertebral, não ficaria mais rígido. Sua garganta ressecou como se por ela entrasse um vento de fogo. Seu coração mal batia; por sobre os miolos, sentiu correr uma neblina que escapava pelos olhos. Caía no silêncio e na escuridão, submergia-se no nada por uma suave descida, enquanto a firme paralisia de sua carne cúbica subsistia para que a sensação da dor se estampasse mais profundamente. Calou, e no entanto, ele gostaria de ter soluçado, ajoelhar-se diante de alguém, levantar-se nesse instante, vestir-se e ir dormir no átrio de alguma casa, no umbral de uma cidade desconhecida.

Enlouquecido, gritou Erdosain:

— Mas você percebe... você percebe o horrível disso, da coisa espantosa que você me disse? Eu devia te matar! Você é uma cadela! Eu devia te matar, sim, te matar! Você percebe?

— Mas o que é que há? Você está louco?

— Você destruiu a minha vida. Agora sei por que você não se entregava a mim, e me obrigou a me masturbar! É, isso mesmo! Fez de mim um trapo de homem. Eu devia te matar. O primeiro que aparecer poderá cuspir na minha cara. Percebe? E enquanto eu roubo e fraudo, e sofro por você, você... é, você está pensando nisso. Que você teria se entregado a um homem bom! Mas você percebe? Um homem bom! Assim, um homem bom!

— Mas você está louco?

Erdosain se vestia rapidamente.

— Onde você vai?

Jogou o sobretudo nas costas; depois, inclinando-se sobre a cama da mulher, exclamou:

— Sabe aonde eu vou? A um prostíbulo, procurar uma sífilis.

INGENUIDADE E IDIOTISMO

O cronista desta história não se atreve a definir Erdosain, tão numerosas foram as desgraças de sua vida que os desastres que mais tarde provocou em companhia do Astrólogo podem ser explicados pelos processos psíquicos sofridos durante seu matrimônio.

Ainda hoje, quando releio as confissões de Erdosain, parece-me inverossímil ter assistido a tão sinistros desenvolvimentos de impudor e de angústia.

Eu me lembro. Durante aqueles três dias em que esteve refugiado na minha casa, confessou tudo.

Nós nos reuníamos num cômodo enorme e sem móveis, onde pouca luz chegava.

Erdosain ficava sentado na beirada de uma cadeira, as costas arqueadas, os cotovelos apoiados nas pernas, as faces trançadas pelos dedos, o olhar fixo no piso.

Falava surdamente, sem interrupções, como se recitasse uma lição gravada a frio por infinitas atmosferas de pressão, no plano de sua consciência obscura. O tom de sua voz, fossem quais fossem os acontecimentos, era idêntico, isócrono, metódico, como o da engrenagem de um relógio.

Se era interrompido, não se irritava e, sim, recomeçava o relato, acrescentando os detalhes pedidos, sempre com a cabeça inclinada, os olhos fixos no chão, os cotovelos apoiados nos joelhos. Narrava com lentidão derivada de um excesso de atenção, para não originar confusões.

Impassivelmente, amontoava iniquidade sobre iniquidade. Sabia que ia morrer, que a justiça dos homens o procurava encarniçadamente, mas ele, com seu revólver no bolso, os cotovelos apoiados nos joelhos, o rosto trançado nos dedos, o olhar fixo no pó do enorme cômodo vazio, falava impassivelmente.

Havia emagrecido extraordinariamente em poucos dias. A pele amarela, grudada aos ossos planos do rosto, dava-lhe a aparência de um tísico. Mais tarde a autópsia revelou que a doença já estava avançada nele.

Dizia-me na segunda tarde em que se encontrava na minha casa:

— Antes de me casar, eu pensava com horror na fornicação. No meu conceito, um homem não se casava senão para estar sempre junto da sua mulher e gozar a alegria de se ver a toda hora; e falar-se, querer-se com os olhos, com as palavras e os sorrisos. É verdade que eu era jovem então, mas quando fui noivo da Elsa senti necessidade de renovar todas essas coisas.

Falava.

Erdosain jamais beijou Elsa, porque era feliz deixando que a vertigem de querê-la lhe apertasse a garganta e porque, além disso, acreditava que "não se deve beijar uma senhorita". E confundia com espiritualidade o que em si não era nada mais que um apetecimento de sua carne.

— Tampouco nos tratávamos por você; essa distância que o termo senhor interpunha entre nós me agradava. Além disso, eu acreditava que não se deve tratar uma senhorita com intimidade. Não ria. Na minha concepção, a "senhorita" era a autêntica expressão de pureza, perfeição e candura. A seu lado eu não conheci o desejo e sim a inquietude de um arrebatamento delicioso que enchia os meus olhos de lágrimas. E era feliz porque amava com sofrimento, ignorando o fim do meu desejo, e porque acreditava que era amor espiritual toda essa convulsão orgânica e terrível que me prostrava feliz perante o olhar quieto dela, um olhar limpo que penetrava com lentidão as subcamadas mais estremecidas do meu espírito.

Enquanto falava, eu olhava para Erdosain. Ele era um assassino, um assassino, e falava de matizes do sentimento absurdo! Continuava:

— E na noite do dia em que nos casamos, já sozinhos no quarto do hotel, ela se despiu com naturalidade diante do abajur aceso. Ruborizado até as têmporas, eu virei a cabeça para não olhá-la e para que não descobrisse a minha vergonha. Depois tirei o colarinho, o paletó e as botas e me enfiei debaixo dos lençóis sem tirar as calças. Sobre o travesseiro, entre seus cachos negros, ela virou o rosto e disse, sorrindo com um sorriso estranho:

— Você não tem medo de que fiquem amarrotadas? Tira elas, bobinho.

Mais tarde, uma distância misteriosa separou Elsa de Erdosain. Entregava-se a ele, mas com repugnância, defraudada sabe-se lá de quê. E ele se ajoelhava na cabeceira de sua cama, e suplicava a ela que desse um instante, mas a mulher, com voz surda de impaciência, respondia-lhe, quase gritando:

— Me deixa tranquila! Não vê que você me dá nojo?

Refreando um terror de catástrofe, Erdosain se afundava outra vez em sua cama.

— Não me deitava e, sim, permanecia sentado, com as costas quase apoiadas no travesseiro, olhando as trevas. Eu sabia que não havia nenhum objetivo em ficar olhando as trevas, mas imaginava que ela, compadecida ao me ver assim, abandonado na escuridão, acabaria por se apiedar e me dizer: "Bom, venha se você quer". Mas nunca, nunca me disse essas palavras, até que uma noite gritei, desesperado: — Mas o que é que você está pensando... que eu vou ficar me masturbando para sempre?".

E então ela, serenamente, respondeu:

— É inútil. Eu não devia ter me casado com você.

E apareceu nele a angústia, mas tão poderosa que de repente Erdosain segurava a cabeça, enlouquecido por uma dor física. Parecia-lhe que a massa encefálica havia se desprendido do crânio e que se chocava com as paredes deste ao movimento da menor ideia.

Sabia que estava irremissivelmente perdido, desterrado da possível felicidade que sempre, algum dia, sorri na face mais pálida: compreendia que o destino abortara-o no caos dessa espantosa multidão de homens esquivos que mancham a vida com suas figuras angustiadas por todos os vícios e sofrimentos.

Ele já não tinha nenhuma esperança, e seu medo de viver tornava-se mais poderoso quando pensava que jamais teria ilusões quando, os olhos obstinadamente fixos num canto do cômodo, reconhecia que lhe era indiferente trabalhar como lavador de pratos num bar ou como empregado num prostíbulo.

O que lhe importava! A angústia o nivelou para o seio de uma multidão silenciosa de homens terríveis que durante o dia arrastam sua miséria vendendo artefatos ou Bíblias, percorrendo, ao anoitecer, os urinóis onde exibem seus órgãos genitais aos mocinhos que entram nos mictórios premidos por outras ansiedades semelhantes.

Essas convicções o prostravam em sombrias meditações. Sentia-se aparafusado a um bloco formidável do qual jamais se evadiria.

Porque aquela angústia chegou a ser tão persistente, de repente descobriu que sua alma estava triste por causa do destino que, na cidade, aguardava seu corpo, um corpo que pesava setenta quilos e que ele só via quando o encaminhava diante de um espelho.

Em outros tempos, com o pensamento, tinha se rodeado com todas as comodidades e prazeres, prazeres que, por não estarem limitados pela matéria, não tinham duração nem fronteiras, enquanto sua tristeza atual referia-se a seu corpo, um corpo sofredor, e no qual às vezes Erdosain pensava como se já não lhe pertencesse, mas com o remorso de não tê-lo feito feliz.

Tal tristeza, assim que se referia a seu pobre físico, tornava-se profunda, como deve ser profunda a dor de uma mãe que nunca pôde satisfazer os desejos de seu filho.

Porque ele não deu para sua carne, que tão pouco tempo viveria, nem uma roupa decente, nem uma alegria que o reconciliasse com o viver; ele não tinha feito nada pelo prazer de sua matéria, enquanto a seu espírito não foi negada nem a geografia dos países para quem os homens ainda não descobriram máquinas para chegar lá.

E, muitas vezes, dizia para si mesmo:

— O que é que eu fiz pela felicidade desse meu corpo infeliz?

Porque a verdade é que se sentia em algumas circunstâncias tão alheio a ele, como o vinho do tonel que o contém.

Em seguida, caía em si de que esse seu corpo era o que acondicionava suas reflexões, nutria-as com seu sangue cansado; um miserável corpo malvestido que nenhuma mulher se dignava a olhar e que sentia o desprezo e o peso dos dias, do qual só eram responsáveis seus pensamentos, que nunca haviam apetecido os prazeres que reclamava em silêncio, timidamente.

Erdosain sentia-se apiedado, entristecido com seu duplo físico, do qual era quase um estranho.

Então, como um desesperado que se atira de um sétimo andar, ele se atirava no delicioso terror da masturbação, querendo aniquilar seus remorsos num mundo do qual ninguém podia expulsá-lo, rodeando-se das delícias que estavam afastadas de sua vida, de todos os mais diferentes e encantadores corpos, para os quais se necessitaria de uma soma imensa de existências e dinheiro para gozar.

Era aquele um universo de ideias gelatinosas, roto em passadiços, onde a obscenidade se vestia com as sedas e rendas e veludos e guipuras mais caros; um mundo resplandecente em sua polpa crepuscular. Transitavam nele as mulheres mais encantadoras da criação, desconhecidas polidas que por ele descobriam seus seios de maçã, oferecendo-os à sua boca, azedada por ignóbeis cigarros, lábios perfumados e palavras pesadas de sensualidade.

E ora eram donzelas altas, finas e polidas, ora colegiais corrompidas, um mundo feminino e diverso do qual ninguém podia expulsá-lo, ele, pobre-diabo, a quem as gerentes dos prostíbulos mais desmantelados olhavam com desconfiança como se fosse defraudar-lhes a importância da fornicação.

Fechava os olhos e entrava na ardente escuridão, esquecido de tudo, como o fumante de ópio que, ao entrar no asqueroso fumódromo onde o dono chinês cheira a excremento, acredita recuperar o céu.

E, por um momento, deslizava sub-repticiamente em direção ao prazer clandestino, envergonhado, mas com a impaciência de um jovenzinho ao entrar pela primeira vez numa casa de tolerância.

O desejo zumbia como uma mutuca em seus ouvidos, mas já ninguém podia arrancá-lo da escuridão sensual.

Essa escuridão era uma casa familiar na qual perdia subitamente as noções do viver comum. Ali na casa negra, eram-lhe habituais os prazeres terríveis que, se lhe suspeitasse a existência de outro homem, o teriam separado dele para sempre.

Embora essa casa negra estivesse em Erdosain, entrava nela fazendo singulares rodeios, tortuosas manobras e, uma vez transposto o umbral, sabia que era inútil recuar porque pelos corredores da casa negra, por um exclusivo corredor sempre envolto em sombras, avançava ao seu encontro, com pés ligeiros, a mulher que um dia na calçada, num bonde ou numa casa, o havia entorpecido de desejo.

Como quem tira de sua carteira um dinheiro que é produto de diferentes esforços, Erdosain tirava das alcovas da casa negra uma mulher fragmentária e completa, uma mulher composta por cem mulheres despedaçadas pelos cem desejos sempre iguais, renovados na presença de semelhantes mulheres.

Porque essa tinha os joelhos de uma moça a quem o vento soerguia a saia enquanto esperava o ônibus, e as coxas que lembrava ter visto num postal pornográfico, e o sorriso triste e desvanecido de uma colegial que fazia muito tempo tinha encontrado no bonde, e os olhos esverdeados de uma modistazinha com a pálida boca rodeada de espinhas que aos domingos saía, ao entardecer, com uma amiga para dançar nesses centros recreativos, onde os lojistas empurram com suas braguilhas sublevadas as mocinhas que gostam de homens.

Essa mulher arbitrária, amassada com a carnadura de todas as mulheres que não pudera possuir, tinha com ele essas complacências que têm as noivas prudentes que já deixaram as mãos nas entrepernas de seus noivos sem por isso deixar de ser honestas. Ia na direção dele. Tinha as nádegas contidas por uma cinta ortopédica, que deixava livres seus seios ligeiramente caídos, e seus modos eram irrepreensíveis como os de uma senhorita educada que sabe raciocinar, o que não lhe impede de deixar que seu noivo perca os dedos no sutiã entreaberto por um esquecimento.

Depois, caía nos abismos da casa negra. A casa negra! Erdosain conservava daqueles tempos uma lembrança abominável; tinha a sensação de que vivera no interior de um inferno, cujo conteúdo diabólico o acompanhava através dos dias, e até poucos dias antes de sua morte, perseguido pela justiça. Quando dirigia sua memória para aquela época, exaltava-se sombriamente, uma chama vermelha brilhava diante de seus olhos, e tal era seu doloroso furor que gostaria de, num salto, chegar mais além das estrelas, de se queimar numa fogueira que limpasse seu presente de todo aquele terrível passado, persistente e inevitável.

A casa negra! Ainda me parece ter diante dos olhos o semblante enrijecido do homem taciturno, que de repente levantava a cabeça na direção do teto, em seguida baixava os olhos até colocá-los na altura dos meus e, sorrindo friamente, acrescentava:

— Vá, diga aos homens o que é a casa negra. E que eu era um assassino. E no entanto eu, o assassino, amei todas as belezas e lutei em mim mesmo contra todas as horríveis tentações que, hora após hora, subiam das minhas entranhas. Sofri por mim e pelos outros, percebe? Também pelos outros...

A CIRCULAR

O sequestro se realizou dez dias depois da fuga de Elsa. No dia 14 de agosto Erdosain recebeu a visita do Astrólogo, mas como havia saído, ao regressar encontrou um envelope jogado sob a porta. Este continha uma circular falsificada, do Ministério da Guerra, comunicando a Erdosain sobre o suposto endereço do capitão Belaunde e um curioso P.S. que dizia assim:

"Eu o esperarei até o dia 20, todas as manhãs, das dez às onze, na companhia de Barsut. Toque e entre sem esperar. Não venha me visitar sozinho."

Erdosain leu a carta do Astrólogo e ficou pensativo. Tinha se esquecido de Barsut. Sabia que tinha que matá-lo, depois tal determinação cobriu-se de trevas, e os dias que ocupavam o intervalo, e que transcorrera embotado, foram-se para sempre. "Tinha que matar Barsut." A explicação da palavra "tinha" poderia ser tomada como a característica da loucura de Erdosain. Quando o interroguei a esse respeito, ele me respondeu: "Eu tinha que matá-lo porque senão não teria vivido tranquilo. Matar Barsut era uma condição prévia para existir, como é, para outros, respirar ar puro".

Assim, nem bem recebera a carta, dirigiu-se à casa de Barsut. Este morava numa pensão da rua Uruguay, um apartamento escuro e sujo ocupado por um fantástico mundo de gente de toda laia. A dona de tal antro dedicava-se ao espiritismo, tinha uma filha vesga e quanto aos pagamentos, era inexorável. Pensionista que atrasava o pagamento vinte e quatro horas, tinha certeza que, ao chegar à noite, encontraria seus baús e trastes jogados no centro do pátio.

Chegou à tardinha na casa do outro. Gregorio estava justamente fazendo a barba quando Erdosain entrou no seu quarto. Barsut deteve-se, pálido, com a navalha sobre a face, depois, olhando Erdosain dos pés à cabeça, exclamou:

— O que é que você quer aqui?

"Outro teria se indignado — comentava mais tarde Erdosain. — Eu o olhei sorrindo 'amistosamente', porque me sentia amigo dele naquele momento e, sem dizer palavra, dei para ele a carta do Ministério da Guerra. Uma alegria inexplicável me mantinha inquieto; lembro que fiquei sentado por um minuto na beira da sua cama, em seguida me levantei, pondo-me a passear nervosamente pelo quarto."

— Então está em Temperley. E você quer que a gente vá buscá-la?

— É, é isso que eu quero. E que você vá buscá-la.

Barsut murmurou algo que Erdosain não entendeu, em seguida, com as mãos, começou a friccionar os músculos dos braços e a epiderme avermelhou-se suavemente. Ia fazer o bigode, sustentou a navalha no ar e virando a cabeça, disse:

— Sabe de uma coisa? Achei que você nunca teria coragem de me visitar.

Erdosain manteve o estriado olhar verde, realmente aquele homem tinha a face de um tigre, e depois de cruzar os braços, argumentou:

— É verdade, eu também achava isso, mas como você está vendo, as coisas mudam...

— Você tem medo de ir sozinho?

— Não, o que eu tenho é interesse em te ver na aventura...

Barsut apertou os dentes. Com o queixo encharcado da espuma do sabão e a testa poderosamente enrugada, considerou Erdosain e acabou dizendo:

— Olha, eu me achava um canalha, mas acho que você... você é pior do que eu. Em resumo, seja o que Deus quiser.

— Por que você diz seja o que Deus quiser?

Barsut parou na frente do espelho, apoiou os punhos na cintura. E o que disse não surpreendeu Erdosain, que, com o semblante sereno, escutou estas palavras:

— Quem me garante que esta circular não esteja falsificada e que você está me fazendo uma "cama" para me assassinar?

"Como a alma do homem é curiosa! — comentava, depois, Erdosain. — Eu escutei essas palavras e nem um só músculo do meu semblante se alterou. Como o Gregorio tinha adivinhado a verdade? Não sei. Ou será que ele também tinha a minha mesma imaginação má?"

Eu acendi um cigarro e lhe respondi estas únicas palavras:

— Faça o que quiser.

Mas Barsut, que estava inspirado para conversar, retrucou:

— Mas por que não? Me diga: por que não? O que teria de estranho se você quisesse me matar? É lógico. Quis roubar sua mulher, te denunciei, te dei uma surra, que diabos! Teria que ser um santo para que não tivesse vontade de me matar.

— Um santo? Não, meu filho, não sou santo. Mas juro que não te matarei amanhã. Algum dia sim, mas amanhã não.

Barsut começou a rir alegremente.

— Sabe que você é notável, Remo? Algum dia me matará. Que curioso! Sabe o que me interessa disso tudo? A cara que você vai fazer ao me matar. Me diz, vai estar sério ou vai dar risada?

As perguntas tinham sido feitas com gravidade amistosa.

— Possivelmente estarei sério. Não sei. Acho que sim. Você há de compreender que matar outra pessoa não é brinquedo.

— E você não tem medo da prisão?

— Não, já que se eu te matasse antes tomaria minhas precauções, e destruiria seu cadáver com ácido sulfúrico.

— Você é um bárbaro... A propósito, eu tenho uma memória fraca: você pagou na Açucareira?

— Paguei.

— Quem te deu o dinheiro?

— Um rufião.

— Você tem poucos amigos, mas bons... Então, a que horas você vem me pegar amanhã?

— Às oito esse homem vai ao comando... então...

— Olha, não consigo achar que seja certo, mas se a Elsa estiver lá vou eu dar tantos sopapos nela que te previno que será preciso passar muitos anos para que ela se esqueça.

Quando Erdosain saiu, dirigiu-se a uma agência do correio e passou um telegrama para o Astrólogo.

TRABALHO DA ANGÚSTIA

Naquela noite não dormiu. Estava extremamente cansado. Tampouco pensava em nada. Pretendeu me dar uma definição daquele estado com estes termos:[2]

— A alma está como se tivesse saído meio metro do corpo. Um aniquilamento muscular extraordinário, uma ansiedade que não termina nunca. O senhor fecha os olhos e parece que o corpo se dissolve no nada, de repente lembra-se de um detalhe perdido, entre os milhares de dias que viveu; o senhor nunca cometa um crime, porque isso, mais do que horrível, é triste. O senhor sente que vai cortando, uma após outra, as amarras que o ligavam à civilização, que vai entrar no escuro mundo da barbárie, que perderá o leme, diz-se, e isso eu também disse ao Astrólogo, que provinha de uma falta de training na delinquência, mas não é isso, não. Na realidade, o senhor gostaria de viver como os demais, ser honrado como os demais, ter um lar, uma mulher, aparecer na janela para olhar os transeuntes que passam e, no entanto, já não há uma só célula do seu organismo que não esteja impregnada

[2] NOTA DO COMENTADOR: *Possivelmente algum dia escreva a história dos dez dias de Erdosain. Atualmente me é impossível fazê-lo, pois não caberia neste livro outro tão volumoso como o que ocuparão tais impressões. Leve-se em conta que a presente memória não ocupa nada mais do que três dias de atividades reais dos personagens e que, apesar do espaço disposto, não pude dar senão certos estados subjetivos dos protagonistas, cuja ação continuará em outro volume que se chamará* Os lança-chamas. *Na segunda parte que estou preparando e na qual Erdosain me deu dados abundantíssimos, figuram fatos extraordinários como a "Prostituta cega", "Aventuras de Elsa", "O homem em companhia de Jesus" e a "Fábrica de gases asfixiantes".*

da fatalidade que essas palavras encerram: tenho que matá-lo. O senhor dirá que racionalizo meu ódio. Como não racionalizá-lo? Se tenho a impressão de que vivo sonhando. Até me dou conta de que falo tanto para me convencer de que não estou morto, não pelo acontecimento e sim pelo estado em que um fato assim o deixa. É a mesma coisa que a pele depois de uma queimadura. Sara, mas o senhor já viu como fica? Enrugada, seca, tensa, brilhante. Assim fica a alma da gente. E o brilho que de vez em quando se reflete queima os olhos. E as rugas que tem, o repugnam. O senhor sabe que leva um monstro no seu interior que a qualquer momento se soltará e não sabe como.

"Um monstro! Muitas vezes fiquei pensando nisso. Um monstro calmoso, elástico, indecifrável, que surpreenderá o senhor mesmo com a violência de seus impulsos, com as oblíquas satânicas que descobre nas reviravoltas da vida e que lhe permitem discernir infâmias de todos os lados. Quantas vezes me detive em mim mesmo, no mistério de mim mesmo, e invejava a vida do homem mais humilde! Ah! Nunca cometa um crime. Veja como eu estou. E me confesso com o senhor porque sim, talvez porque o senhor me compreenda...

"E à noite?... Cheguei tarde em casa. Me atirei vestido em cima da cama. A emoção que pode experimentar um jogador eu a sentia nas afanosas batidas do meu coração. Na realidade, não pensava nos acontecimentos posteriores ao delito, e sim, mantinha à beira do mesmo a curiosidade de saber como me comportaria, o que é que o Barsut faria, de que forma o Astrólogo o sequestraria, e o crime que eu havia lido em alguns romances apresentava-se interessante; eu via agora que era algo mecânico, que cometer um crime é simples, e que nos parece complicado devido ao fato de não estarmos acostumados a ele.

"Tanto é assim que lembro que fiquei deitado com o olhar fixo num canto do quarto às escuras. Pedaços de antiga existência, mas desconexos, passavam, como que empurrados por um vento, diante dos meus olhos. Nunca cheguei a entender o misterioso mecanismo da lembrança, que faz com que nas circunstâncias excepcionais da nossa vida, de repente adquira uma importância quase extraordinária o detalhe insignificante e a imagem que durante anos e anos esteve coberta em nossa memória pelo presente da vida. Ignorávamos que existiam aquelas fotografias interiores e, de repente, o espesso véu que as cobre se rasga, e assim, naquela noite, em vez de pensar no Barsut eu me deixei ficar ali, naquele triste quarto de pensão, na atitude de um homem que espera a chegada de algo, desse algo que falei tantas vezes, e que no meu modo de ver devia dar um rumo inesperado à minha vida, destruir por completo o passado, revelar a mim mesmo um homem absolutamente diferente do que eu era.

"Na realidade, o crime não me preocupava muito, e sim outra curiosidade: de que forma eu me manifestaria depois do crime? Sentiria remorsos? Enlouqueceria, acabaria indo me denunciar? Ou simplesmente viveria como até o presente, dolorido por essa impotência singular que dava a todos os atos da minha vida uma incoerência que agora o senhor diz que são os sintomas da minha loucura?

"O curioso é que às vezes eu sentia grandes impulsos de alegria, desejos de rir para simular um paroxismo de loucura que não existia em mim; mas quebrantado o impulso, tratava de imaginar de que forma sequestraríamos Barsut. Estava certo de que ele se defenderia, mas o Astrólogo não era homem de intervir sem previsão numa empresa. Outras vezes, eu me colocava o problema sobre mediante que forma o Barsut havia adivinhado que a circular do Ministério da Guerra estava falsificada, e me admirava de ter conseguido aquela perfeita presença de espírito quando, virando para mim a cara ensaboada, disse quase ironicamente:

"— Veja só que curioso se a circular estivesse falsificada.

"Na realidade ele era um canalha, mas eu não ficava atrás; a diferença talvez consistiria em que ele não experimentava curiosidade por seus baixos instintos como a sentia eu. Além disso, para mim não tinha a menor importância naquelas circunstâncias. Talvez fosse eu que o matasse, talvez fosse o Astrólogo; o caso é que eu tinha jogado a minha vida numa reviravolta monstruosa, na qual os demônios brincavam com os meus sentidos como com os dados enfiados num copo de jogo.

"Chegavam ruídos longínquos: o cansaço se infiltrava pelas minhas articulações; às vezes me parecia que a carne, como uma esponja, chupava o silêncio e o repouso. Ideias torvas passavam pela minha cabeça em relação a Elsa, um rancor taciturno enrijecia meus músculos nos maxilares; até sentia pena da minha pobre vida.

"No entanto, a única forma de me reabilitar perante mim era assassinando o Barsut, e de repente eu me via de pé junto dele; estava amarrado com cordas grossas e jogado sobre um montão de sacos; dele, só era nítido o verde perfil do olho e o nariz pálido; eu me inclinava suavemente sobre seu corpo, esgrimia um revólver, afastava docemente seu cabelo das têmporas e lhe dizia em voz muito baixa:

"— Você vai morrer, seu canalha.

"O vulto estremecia, eu levantava o revólver, apoiava o cano na pele sobre a têmpora e novamente repetia em voz muito baixa:

"—Você vai morrer, seu canalha.

"Os braços remexiam-se sob as grossas amarras, era uma desesperada faina de ossos e de músculos assustados.

"— Você se lembra, seu canalha, você se lembra das batatas, da salada espalhada sobre a mesa? Eu tenho agora essa cara de infeliz que te preocupava?

"Mas, intempestivamente, sentia vergonha de lhe dizer essas vilanias, e então eu lhe dizia, ou não, não lhe dizia nada, pegava um saco e lhe cobria a cabeça: sob a aniagem espessa, a cabeça remexia-se furiosamente; eu tratava de apertá-la contra o chão para assegurar a eficácia do disparo e a posição certa do cano do revólver, e a aniagem resvalava sobre os cabelos, e todos os meus esforços eram inúteis para domar a coragem dessa fera, que agora resfolegava surdamente para escapar da morte. Se esse sonho se desvanecesse, eu me imaginava viajando pelo arquipélago da Malásia, a bordo de um veleiro no oceano Índico; havia trocado de nome, balbuciava inglês, minha tristeza talvez fosse a mesma, mas agora tinha braços fortes, o olhar sereníssimo; talvez em Bornéu, talvez em Calcutá ou para lá do mar Vermelho, ou do outro lado da Taiga, na Coreia ou na Manchúria, a minha vida se reedificará."

A verdade é que já não eram os sonhos do inventor nem do homem que descobria uns raios elétricos, tão poderosos a ponto de fundir massas de aço como se fossem lentilhas de cera, nem presidiria a mesa envidraçada da Liga das Nações.

Em outros momentos o terror avançava em Erdosain: tinha a sensação de estar agrilhoado, a terrível civilização o havia metido dentro de uma camisa de força da qual não se podia escapar. Via-se acorrentado e com a roupa listrada, atravessando lentamente numa fileira presidiária, entre dunas de neve, rumo aos bosques de Ushuaia. O céu estava no alto, branco como uma chapa de estanho.

Essa visão o atiçou; enceguecido pelo furor lento, levantou-se, caminhando de um lado para outro do quarto, tinha intenções de esmurrar as paredes, gostaria de perfurar os muros com os ossos; em seguida, parou na abertura da porta, cruzou os braços, novamente o sofrimento subiu até sua garganta, era inútil o quanto fizesse, na sua vida havia uma realidade ostensiva, única, absoluta. Ele e os outros. Entre ele e os outros se interpunha uma distância, era talvez a incompreensão dos demais, ou talvez sua loucura. De qualquer forma, nem por isso era menos infeliz. E novamente o passado se levantou por pedaços diante dos seus olhos; a verdade é que teria desejado escapar de si mesmo, abandonar definitivamente aquela vida que continha seu corpo e que o envenenava.

Ah! Entrar num mundo mais novo, com grandes caminhos nos bosques, e onde o fedor das feras fosse mais incomparavelmente doce do que a horrível presença do homem.

E caminhava, queria extenuar o corpo, esgotá-lo definitivamente, esmagá-lo pelo cansaço a tal grau que lhe fosse impossível modular uma só ideia.

Dormiu ao amanhecer.

O SEQUESTRO

Às nove da manhã Erdosain foi buscar Barsut.

Saíram sem dizer palavra. Mais tarde, Erdosain refletia sobre essa estranha viagem na qual o outro homem foi em direção a seu destino sem opor nenhuma resistência.

Referindo-se a essas circunstâncias, dizia:

— Ia com o Barsut como um condenado à morte marcha para o lugar da execução, abandonada toda sua força; com uma sensação persistente, a do vazio ocupando os interstícios das minhas entranhas.

"O Barsut, por sua vez, estava carrancudo; eu compreendia que ele, ali, sentado junto da janelinha, com o cotovelo apoiado no corrimão, acumulava furores para descarregá-los contra o invisível inimigo que seu instinto lhe advertia estava escondido na chácara de Temperley."

Erdosain continuou:

— De vez em quando eu dizia como teria sido curioso para os outros passageiros saber que esses dois homens, afundados no estofamento de couro dos bancos, eram: um, o próximo assassino e o outro, sua vítima.

"E, no entanto, tudo continuava do mesmo jeito; o sol brilhava lá nos campos; tínhamos deixado para trás os frigoríficos, as fábricas de estearina e sabão, as fundições de vidro e de ferro, os bretes com o gado cheirando os postes, as avenidas a pavimentar com suas planícies manchadas de gesso e de sulcos. E agora começava, transposto Lanús, o sinistro espetáculo de Remedios de Escalada, monstruosas oficinas de tijolo vermelho e suas bocarras negras, sob cujos arcos manobravam as locomotivas, e ao longe, nas entrevias, viam-se quadrilhas de infelizes revolvendo o cascalho com a pá ou transportando dormentes.

"Mais adiante, entre uma raquítica vegetação de plátanos intoxicados pela fuligem e pelos fedores de petróleo, cruzava o caminho oblíquo dos sobrados vermelhos para os empregados da empresa, com seus jardinzinhos minúsculos, suas persianas enegrecidas pela fumaça e os caminhos semeados de resíduos e coque."

Barsut ia ensimesmado. Erdosain, para explicar o termo exato, deixava-se estar. Se naquele momento tivesse visto um comboio avançando pela linha em sentido contrário, não teria pestanejado, tão indiferente era-lhe a vida ou a morte.

Assim transcorreu a viagem. Quando chegaram em Temperley, Barsut se sacudiu como se despertasse com calafrios de um sonho penoso, e se limitou a dizer:

— Por onde é?

Erdosain esticou o braço, indicando vagamente a distância que devia caminhar, e Barsut seguiu o rumo.

Agora atravessavam em silêncio as ruas até a chácara do Astrólogo.

Caía o tenro azul da manhã nas sebes das ruas oblíquas.

Troncos, pastéis de todos os verdes e árvores, criavam disformes edifícios vegetais, cristados por penachos flexíveis e bifurcados por labirintos de vermelhas lenhosidades. Isso sob o ar que ondulava suavemente, de tal forma que essas fantásticas construções do botânico acaso pareciam flutuar numa atmosfera de ouro, que tinha a lucidez vítrea de um vidro côncavo, retendo em sua esfericidade o profundo fedor da terra.

— Linda, a manhã — disse Barsut.

E já não falaram mais até chegar na frente da chácara.

— É aqui — disse Erdosain.

Barsut deu um pulo para trás e, olhando-o com uma agudeza incrível, exclamou:

— E como você sabe que é aqui, se não tem número?

Comentando mais tarde essa incidência, Erdosain dizia:

"Pode-se afirmar que há um instinto do crime, um instinto que permite à pessoa mentir instantaneamente sem temor de incorrer em contradições, um instinto que é como o impulso de conservação e que no momento mais agudo da luta lhe permite encontrar recursos de salvação quase inverossímeis."

Erdosain ergueu a vista e com um aprumo inesperado para ele e surpreendente depois, respondeu-lhe:

— Porque ontem vim dar umas voltas por aqui. Queria ver se via a Elsa.

Barsut olhou-o, duvidando.

Teria afirmado que Erdosain mentia,[3] mas o amor-próprio o impedia de recuar, e Erdosain, chamando, bateu fortemente com as palmas das mãos.

Com a metade do rosto coberta pela ampla aba de um chapéu de palha, e em mangas de camisa, parou, diante do portão de arame pintado de vermelho, o Homem que viu a Parteira.

— A senhora está? — perguntou Barsut.

Bromberg, sem responder, correu o ferrolho e abriu o portão: em seguida enfiou-se num caminho que dobrava até a casa por entre o bosque de eucaliptos, e os dois homens o seguiram. Repentinamente, uma voz gritou:

— Onde vocês vão?

Barsut moveu a cabeça. Bromberg girou sobre os calcanhares e, como se tivesse quebrado alguma mola do braço, este se alongou semelhante a um raio.

Barsut abriu a boca num frenesi de ar, dobrando instantaneamente a parte superior do corpo. Ia apertar o estômago com as mãos, mas o braço de Bromberg dilatou o ângulo com outro golpe e, sob o *cross* de mandíbula, os dentes de Barsut se entrechocaram.

[3] NOTA DO COMENTADOR: *Numa conversa que Barsut manteve com o Astrólogo, disse que na noite anterior ao sequestro tinha pensado na possibilidade de uma emboscada para assassiná-lo e que, no último momento, só o amor-próprio o impediu de recuar.*

Caiu, e esmagado por entre a grama, parecia estar morto, com as pernas encolhidas e os lábios ligeiramente entreabertos.

O Astrólogo apareceu e Bromberg, sério, quase triste, inclinou-se sobre o caído.

O Astrólogo segurou-o pela articulação dos braços, com os dedos em forquilha sob os sovacos, e dessa forma o conduziram até a cocheira abandonada. Erdosain fez correr sobre os rodízios o portal pintado de ocre com cheiro de pasto seco, e um torvelinho de insetos escapuliu da grande sala negra. Introduziram o desmaiado até uma baia: uma grossa corrente estava presa a um dos pilares por um cadeado.

Com a ponta da corrente, o Astrólogo prendeu os pés de Barsut, na altura do tornozelo, fez vários nós com os elos, depois prendeu firme com um cadeado, este rangeu ao abrir-se, e Erdosain, inclinando-se sobre o caído, disse, olhando para o Astrólogo:

— Viu? O talão de cheques não está com ele.

Eram dez da manhã. O Astrólogo olhou o relógio e disse:

— Tenho tempo de tomar o expresso que chega a Rosario às seis. Quer me acompanhar até Retiro?

— Como, vai para Rosario?

— Claro, eu não tenho que passar o telegrama para a dona da pensão? O senhor tem o número?

— Sim, tudo.

— É o melhor para se apoderar da bagagem do Barsut sem levantar suspeitas. Não tem mais nada na pensão?

— Tem, o baú e duas malas.

— Perfeitamente. Deixemos de conversa e vamos direto ao ponto. Às seis estarei em Rosario, passo o telegrama para a velha, o senhor dá uma volta amanhã às dez e, fazendo-se de bobo, pergunta se o Barsut ainda não chegou a Rosario, e como eu não cheguei, o senhor acrescenta que sabe que me ofereceram um emprego importante etc. etc. O que acha?

— Muito bem.

Ao meio-dia o Astrólogo subia no trem.

CAPÍTULO III

O CHICOTE

A treta idealizada por Erdosain e levada a cabo pelo Astrólogo foi um sucesso, e este resolveu que na quarta-feira se levasse a cabo a primeira reunião na qual se conheceriam os "chefes".

Na terça-feira, às quatro da tarde, Erdosain recebeu a visita do Astrólogo, o qual o avisou que na quarta-feira daquela semana, às nove da manhã, os chefes se reuniriam em Temperley.

O Astrólogo permaneceu em companhia de Erdosain por alguns minutos, e quando este descia a escada, examinando sobressaltado seu relógio, disse para aquele:

— Caramba... são quatro horas; tenho que ir a um montão de lugares... eu o espero amanhã às nove... Ah! Estive pensando que o único que poderia desempenhar o posto de Chefe de Indústrias era o senhor. Bom, conversaremos amanhã... Ah! Não se esqueça de apresentar... ou melhor, de preparar um projeto sobre turbinas hidráulicas, um tipo para usina de montanha, simples. Seria para a colônia e os trabalhos de eletrometalurgia.

— Quantos quilowatts?

— Não sei... isso o senhor é que deve estudar. Haverá fornos elétricos... Em resumo, o senhor que se vire. Além disso, o Buscador de Ouro chegou, amanhã ele lhe dará detalhes mais concretos. Prepare-se para que o assunto não o surpreenda. Diabos, está tarde... até amanhã... — ajeitando a cartola chamou um chofer que passava e se acomodou no automóvel.

No dia seguinte, Erdosain, caminhando pelas calçadas de Temperley, observava espantado que fazia muito tempo que não gozava de uma emoção de sossego parecida.

Caminhava devagar. Aqueles túneis vegetais lhe davam a sensação de um trabalho titânico e disforme. Olhava, deleitado, os caminhos de sementes vermelhas nos parques, que avançavam suas lâminas escarlates até os prados, toalhas verdes esmaltadas de flores violáceas, amarelas e vermelhas. E se erguia os olhos, deparava com aquosos bocais de poços no zênite, que lhe produziam uma vertigem de queda, pois de repente o céu desaparecia em suas pupilas e deixava em seus olhos uma negrura de cegueira, clareando o pensamento num furtivo borboletear de átomos de prata que, por sua vez, evaporavam-se, transformando-se em terríveis azulados ásperos e secos, agora no alto, como cavernas de azul de metileno. E o prazer que a manhã suscitava nele, o gozo novo, soldava os pedaços de sua personalidade, quebrada pelos sofrimentos anteriores do desastre, e sentia que seu corpo estava ágil para qualquer aventura.

E sem acrescentar mais uma palavra, dizia para si mesmo:

— Augusto Remo Erdosain — tal como se pronunciar seu nome lhe produzisse um prazer físico, que duplicava a energia infiltrada em seus membros pelo movimento.

Pelas ruas oblíquas, sob os cones de sol, avançava sentindo a potência de sua personalidade flamejante: Chefe de Indústrias. O frescor do caminho botânico enriquecia-lhe de grandeza a consciência. E essa satisfação aprumava-o nas ruas, como o lastro de chumbo a esses bonecos de celuloide. Pensava que se mostraria irônico na reunião, e um desprezo malévolo surgia nele para com os frágeis do mundo. O planeta era dos fortes, isso mesmo, dos fortes. Arrasariam o mundo e se apresentariam à canalha que encalha o traseiro nas cadeiras de todos os escritórios, blindados de grandeza, semelhantes a imperadores solitários e cruéis. Imaginava-se novamente num desmesurado salão de paredes envidraçadas cujo centro era ocupado por uma mesa redonda. Seus quatro secretários, com papéis nas mãos e as canetas atrás da orelha, aproximavam-se para consultá-lo, enquanto num canto, com os chapéus nas mãos, inclinadas as cabeças grisalhas, estavam os delegados dos operários. E Erdosain, virando-se para eles, dizia-lhes simplesmente: "Ou amanhã voltam ao trabalho ou os fuzilaremos". Isso era tudo. Falava pouco e em voz baixa, e seu braço estava cansado de assinar decretos. Mantinha-o de pé a ferocidade dos tempos que necessitavam a alma de um tigre para adornar os confins de todos os crepúsculos de sinistros fuzilamentos.

Avançava agora em direção à chácara do Astrólogo com o coração palpitando de entusiasmo, repetindo para si a frase de Lênin, como uma musiquinha cheia de voluptuosidade:

"— Que diabo de revolução é essa se não fuzilamos ninguém!"

Ao chegar à chácara e entreabrir uma das portas, veio vir ao seu encontro o Astrólogo, coberto com um longo avental cinza e um chapéu de palha.

Com amizade, deram-se as mãos fortemente, ao mesmo tempo em que o Astrólogo dizia:

— O Barsut está tranquilo, sabe? Eu acho que não vai opor muita resistência para assinar o cheque. O pessoal já chegou, mas primeiro vamos ver o Barsut. Que esperem, que diabo! O senhor percebe a minha situação? Com esse dinheiro o mundo é nosso.

Agora tinham entrado no escritório e o Astrólogo, fazendo girar o anel com a pedra violeta e olhando para o mapa dos Estados Unidos, prosseguiu:

— Conquistaremos a Terra, realizaremos nossa "ideia"... podemos instalar um prostíbulo em San Martín ou em Ciudadela, e a colônia dos Santos na montanha. Quem mais apto para gerenciar o prostíbulo do que o Rufião Melancólico? Será nomeado Grande Patriarca Prostibulário.

Erdosain aproximou-se da janela... Os roseirais vertiam um perfume fortíssimo, agudo, o espaço inteiro povoava-se de uma fragrância vermelha, fresca como um caudal de água. Mutucas de asas de cristal revoavam em volta das manchas escarlates das romãzeiras. Erdosain permaneceu alguns segundos assim. O espetáculo o retroagiu àquela idêntica tarde em que estivera ali, no mesmo lugar. E, no entanto, não imaginava que a noite o esperava com a surpresa da partida de Elsa.

O verdor multiforme penetrava por seus olhos, mas ele não o via. Lá no fundo de sua existência, com a face apoiada nos mamilos violeta de um quadrado peito masculino, estava sua esposa, lânguida, o olhar frouxo, os lábios entreabertos para a obscena boca do outro.

Um pássaro passou diante de seus olhos e Erdosain, virando-se para o Astrólogo, disse com voz forçosamente suave:

— Homem, faça o que quiser. — Em seguida, sentou-se, acendeu um cigarro, e observando o outro, que com um compasso marcava um círculo num mapa azul, perguntou: — Mas o que o senhor pensa em fazer? O Rufião Melancólico servirá para administrar os prostíbulos?

— Sim, quanto a isso não há problema, e o Barsut não vai opor maior resistência.

— Continua na cocheira?

— Me pareceu prudente sequestrá-lo. Eu o acorrentei na cavalariça.

— Na cavalariça?

— Era o único lugar sólido onde podia guardá-lo. Além disso, num quarto em cima da cocheira está dormindo o Homem que viu a Parteira...

— O que é isso?

— Algum dia lhe contarei. Viu a parteira e não pode dormir de noite. Bom, eu tinha pensado que o senhor...

— Como? Eu vou ser o quê...?

— Me deixe falar. Que o senhor o visse e tratasse de convencê-lo a que assinasse, em resumo, que expusesse a ele nossas ideias...

— E se não assinar?

— Vai ser preciso fazê-lo assinar à força...

— Mas como? Eu, naturalmente, sou inimigo da violência, mas o senhor me entende. A nossa ideia está acima de qualquer sentimentalismo, é isso que o senhor deve avisar para o Barsut, em resumo, que nós não gostaríamos de nos ver na obrigação de queimar os pés dele ou outra coisa pior... para que nos assinasse o cheque.

— E o senhor está disposto?

— Sim, nós estamos dispostos porque não podemos perder essa oportunidade única. Eu contava com o seu invento da rosa de cobre, mas isso é lento. Não convém pedir dinheiro ao Rufião Melancólico. Se ele não tiver, nós o colocaremos num apuro, e se ele tiver e não quiser nos dar, perderemos um amigo. O fato de que tenha sido generoso com o senhor não quer dizer que seja com a gente. Além disso, é um neurastênico que não sabe o que fazer de si mesmo.

Erdosain olhava pelos quadriláteros formados pelos ferros da janela, as manchas escarlates nas copas verdes das romãzeiras. Uma faixa amarela de sol cortava a parede no alto do cômodo. Uma tristeza enorme passou por seu coração. O que é que tinha feito da sua vida?

O Astrólogo reparou em seu silêncio e disse:

— Veja, Erdosain. Não nos resta outro remédio a não ser enfrentar tudo ou abandonar. A vida é assim, triste... mas o que você quer que a gente faça? Eu também sei que o agradável seria fazer as coisas sem sacrifícios.

— É que neste caso o sacrificado é outro...

— E nós, Erdosain, e nós que arriscamos a cadeia e a liberdade por tempo indeterminado. O senhor não leu *Vidas Paralelas* de Plutarco?

— Não...

— Então vou lhe dar de presente para que, lendo-as, aprenda que a vida humana vale menos que a de um cachorro, se para imprimir um novo rumo à sociedade for preciso destruir essa vida. O senhor sabe quantos assassinatos custa o triunfo de um Lênin ou de um Mussolini? Isso não interessa às pessoas. Por que não interessa? Porque Lênin e Mussolini triunfaram. Isso é o essencial, o que justifica toda causa justa ou injusta.

— E quem vai assassinar o Barsut?

— Bromberg, o que viu a parteira...

— O senhor não tinha me dito...

— Nem tinha motivo, porque por esse lado estava tudo resolvido.

Uma rajada de perfume esparramou-se no cômodo. Fez-se nítido o ruído da água que caía no tonel.

— Então, já conhecemos o assunto...

— O senhor, eu e o Bromberg...

— Gente demais para um segredo...

— Não, porque o Bromberg é meu escravo, é escravo de si mesmo, o que é pior.

— Perfeitamente, mas o senhor vai me entregar um documento assinado no qual o senhor e o Bromberg se confessem autores do crime.

— E para que o senhor quer isso?

— Para ter certeza de que não está me enganando.

Com um gesto maquinal o Astrólogo acomodou sua cartola, segurou seu mongólico rosto entre os grossos dedos, e caminhou até o centro do cômodo, assim, com o cotovelo apoiado na palma da outra mão, e disse:

— Não tenho problema algum em dar o que o senhor está me pedindo, mas não se esqueça disto. Eu vivo exclusivamente para realizar minha ideia. Vêm aí tempos extraordinários. Eu não poderia lhe explicar todos os prodígios que vão acontecer porque não tenho tempo nem vontade de discutir. Vêm aí novos tempos, sem dúvida. Quem irá conhecê-los? Os eleitos. No dia que eu encontrar um homem capaz de me substituir e o negócio estiver encaminhado, eu me retirarei para meditar na montanha. Enquanto isso, todos os que me rodeiam me devem absoluta obediência. O senhor deve entender isso se não quiser seguir o caminho do outro...

— Isso não é jeito de falar.

— É jeito sim, porque eu vou assinar o documento que o senhor está me pedindo.

— Não preciso dele...

— O senhor vai precisar de dinheiro?

— Vou, uns dois mil pesos para...

— Não diga... Será entregue...

— Além disso, não quero ter nada a ver com o assunto dos prostíbulos...

— Muito bem, ficará com a contabilidade. Mas sabe do que estamos precisando agora? Descobrir um símbolo vulgar para entusiasmar o populacho.

— Lúcifer.

— Não, esse é um símbolo místico... intelectual... É preciso descobrir algo grosseiro e estúpido... Algo que entre pelos sentidos da multidão como a camisa-negra... Esse diabo teve talento. Descobriu que a psicologia do povo italiano era uma psicologia de barbeiro e tenor de opereta... Em resumo, vamos ver, já pensei numa hierarquia, algo interessante... Falaremos disso outro dia... Pode ser que dê certo...

— O negócio é que a gente possa se sustentar...

— Isso se desconta... Os prostíbulos vão dar... mas vai ver o Barsut? Sabe o que vai dizer para ele?

Erdosain saiu em direção à cocheira, onde estavam instaladas as cavalariças. Aquele era um casarão de grossas paredes e com andar alto onde havia numerosos quartos vazios, percorridos por ratos.

Em um deles morava, ou melhor dizendo, dormia, o sinistro Bromberg, a que Erdosain havia visto no dia do sequestro.

Compreendia que agora ia a caminho de um desmoronamento do qual não imaginava de que forma sua vida sairia destruída, e essa incerteza assim como sua absoluta falta de entusiasmo pelos projetos do Astrólogo davam-lhe a impressão de que estava agindo falsamente, criando-se gratuitamente uma situação absurda. "Tudo tinha sido bancarrota em mim", dir-se-ia mais tarde; mas sobrepondo-se a seu cansaço e indiferença, marchava para a cocheira. Seu coração batia fortemente ao saber que se encontraria "com o inimigo". A cada instante enrugava o cenho e seu rancor era evidente.

Abriu o cadeado, descerrou a corrente e subitamente, curioso, empurrou uma das folhas do portão.

O prisioneiro se preparava para comer, os braços desnudos no círculo da luz amarela que a lâmpada de querosene estendia sobre uma mesa de pinho.

Barsut estava sentado sob o triângulo do cocho metálico, entre as paredes de madeira de uma baia, e ao ver Erdosain enrugando a testa, deteve por um segundo a azeiteira com que regava um pedaço de carne rodeada de batatas; em seguida, sem dizer uma palavra que revelasse sua surpresa, engolfou-se novamente no seu nutrício trabalho. Esticando o braço e pegando entre os dedos uma pitada de sal, polvilhou as batatas. Guardava compostura sombria apesar de um buraco da sua camiseta rosa deixar ver seu sovaco preto.

Os olhos fixos nos frios certificavam que Barsut dava mais importância à sua refeição do que a Erdosain, parado a três passos dali. O resto do estábulo permanecia na escuridão. Pelos interstícios das paredes entravam oblíquas flechas de sol que deixavam na poeira do chão porosos discos de ouro.

Barsut não se dignava a ver nada. Apertou o pão na tábua da mesa, cortou energicamente uma fatia, serviu-se de soda, não sem previamente lançar um jato contra o chão para limpar o gargalo e, em seguida, inclinou-se para ler um livrinho ao lado de seu prato, enquanto mastigava uma mistura de carne, pão e batatas.

Erdosain apoiou-se numa pilastra que sustentava o teto, enjoado pelo cheiro de pasto seco, e com os olhos entrefechados distinguiu Barsut, que tinha meio rosto iluminado pela esverdeada claridade do abajur, enquanto seus maxilares se moviam na luz crua que lançava a mecha da lamparina. Nessas circunstâncias girou a cabeça e distinguiu um chicote pendurado na parede.

Erdosain sobressaltou-se. Tinha o cabo longo e a tira curta, e Barsut, que agora seguia seu olhar, franziu o lábio desdenhosamente. Erdosain olhou sucessivamente para o homem e para o chicote e sorriu novamente. Dirigiu-se para o canto e retirou a chibata. Agora Barsut levantou-se, e com os olhos terrivelmente fixos em Erdosain, colocou o corpo para fora da baia. As veias do seu pescoço se dilataram extraordinariamente. Ia falar, mas o orgulho o impedia de pronunciar uma só palavra. Soou um estalido seco. Erdosain tinha descarregado uma chicotada na madeira para testar a flexibilidade do couro, em seguida encolheu os ombros e a oblíqua solar que cortava as trevas foi atravessada por uma faixa negra, e o chicote caiu no meio do pasto.

Erdosain passeava em silêncio pelo estábulo. Pensava que aquela vida estava em suas mãos, que ninguém poderia arrebatá-la, mas esse sentimento não o tornava mais feliz. Barsut, em cima da divisória de madeira, observava o campo ensolarado, pela fenda deixada pelo portão.

Os tempos haviam mudado. Isso era tudo. Olhou para Barsut com rancor:

— Vai assinar o cheque ou não?

Barsut encolheu os ombros e Erdosain não voltou a perguntar. Talvez ele se encontrasse algum dia, nessa mesma hora, numa cela escura enquanto sua memória evocaria naquele mesmo instante o espetáculo de uma quadra com o piso de saibro, às margens do rio, e as raquetes de algumas garotas jogando tênis, quadriculando o céu. E sem poder se conter, exclamou não tanto dirigindo-se a Barsut como que falando para si mesmo:

— Você se lembra? Para você eu tinha cara de infeliz. Não fale. E você não sabia o que eu estava sofrendo. Nem você nem ela. Cale-se. Você pensa que o seu dinheiro me interessa? Não, homem. O que acontece é que eu estou triste. Você e ela me levaram a tudo isso. Não sei nem por que estou falando. A única coisa que sei é que estou cansado. Mas para que falar... — E preparava-se para sair quando o Astrólogo entrou. Barsut verificou suas mãos com o olhar e o Astrólogo, remexendo a cartola na cabeça, pegou a lamparina, apagou-a e, sentando-se num caixote, disse:

— Vinha vê-lo para que acertássemos essa questão do cheque. O senhor deve saber que é por isso que nós o sequestramos. Claro que eu não falaria ao senhor dessa forma se no talão que encontramos no seu bolso, e que Erdosain quis queimar,[1] impedindo-o eu, não tivesse lido um pensamento simplesmente formidável: "O dinheiro transforma o homem num deus. Logo, Ford é um deus. Se é um deus, pode destruir a Lua".

Aquilo era mentira, mas Barsut não se comoveu.

Erdosain observava o impenetrável rosto romboidal do Astrólogo. Era evidente que ele estava executando uma comédia e que Barsut não acreditava nela, certo de que o outro o enganava.

[1] NOTA DO COMENTADOR: *Na segunda parte desta obra daremos um extrato do talão de Barsut.*

O Astrólogo continuou:

— A princípio esse pensamento me pareceu uma das tantas estupidezes que abundam em suas divagações... No entanto, acabei por me perguntar involuntariamente por que o dinheiro pode transformar um homem num deus, e de repente percebi que o senhor havia descoberto uma verdade essencial. E sabe como comprovei que o senhor tinha razão? Pensando que o Henry Ford, com sua fortuna, podia comprar a quantidade suficiente de explosivo para fazer saltar em pedaços um planeta como a Lua. Seu postulado se justificava.

— Certamente — resmungou Barsut, afagado em seu foro íntimo.

— Então percebi que toda a Antiguidade clássica, que os escritores de todos os tempos, salvo o senhor que tinha escrito essa verdade sem saber explorá-la, jamais haviam concebido que homens como Ford, Rockefeller ou Morgan fossem capazes de destruir a Lua... tiveram esse poder... poder que, como estou lhe dizendo, as mitologias só puderam atribuir a um deus criador. E o senhor, implicitamente, dava como certo um princípio: o começo do reinado do super-homem.

Barsut virou a cabeça para examinar o Astrólogo. Erdosain compreendeu que este falava seriamente.

— Agora, quando cheguei à conclusão de que Morgan, Rockefeller e Ford eram, pelo poder que lhes conferia o dinheiro, algo assim como deuses, percebi que a revolução social seria impossível sobre a terra porque um Rockefeller ou um Morgan podiam destruir uma raça com um só gesto, como o senhor em seu jardim um ninho de formigas.

— Desde que tivessem a coragem de fazê-lo.

— A coragem? Eu me perguntei se era possível que um deus renunciasse a seus poderes... Eu me perguntei se um rei do cobre ou do petróleo chegaria a se deixar despojar de suas frotas, de suas montanhas, de seu ouro e de seus poços, e percebi que para privar-se desse fabuloso mundo seria preciso ter a espiritualidade de um Buda ou de um Cristo... e que eles, os deuses que dispunham de todas as forças, jamais permitiriam sua exação. Consequentemente, teria que acontecer algo extraordinário.

— Não acho... Eu escrevi esse pensamento guiado por outros motivos.

— Pouco importa. O extraordinário é isto: a humanidade, as multidões das enormes terras perderam a religião. Não me refiro à católica. Me refiro a todo credo teológico. Então os homens vão dizer: "Para que queremos a vida?...", Ninguém terá interesse em conservar uma existência de caráter mecânico, porque a ciência cerceou toda fé. E no momento em que se produza tal fenômeno, reaparecerá sobre a terra uma peste incurável... a peste do suicídio... O senhor imagina um mundo de pessoas furiosas, de crânio seco, movimentando-se nos subterrâneos das gigantescas cidades e uivando nas paredes de cimento armado: "O que fizeram do nosso deus?..." E, as mocinhas e as colegiais organizando sociedades secretas para dedicar-se ao esporte do suicídio? E os homens negando-se a gerar filhos que o iludido Berthelot acreditava que se alimentariam com pílulas sintéticas?...

— É supor demais — disse Erdosain.

O Astrólogo virou-se para ele, assustado. Tinha se esquecido dele.

— Claro, não acontecerá enquanto os homens não repararem em que se funda sua infelicidade. É isso o que aconteceu, na realidade, com os movimentos revolucionários de caráter econômico. O judaísmo aproximou seus narizes ao Dever e ao Haver do mundo e disse: "A felicidade está em quebra porque o homem carece de dinheiro para amparar suas necessidades...", Quando devia dizer que: "A felicidade está em quebra porque o homem carece de deuses e de fé".

— Mas o senhor se contradiz! Antes disse que... — objetou Erdosain.

— Cale-se, o que sabe?... E pensando, cheguei à conclusão de que essa era a enfermidade metafísica e terrível de todo homem. A felicidade da humanidade só pode se apoiar na mentira metafísica... Privando-a dessa medida, recai nas ilusões de caráter econômico... e então me lembrei que os únicos que podiam devolver à humanidade o paraíso perdido eram os deuses de carne e osso: Rockefeller, Morgan, Ford... e concebi um projeto que pode parecer fantástico a uma mente medíocre... Vi que o beco sem saída da realidade social tinha uma única saída... e era voltar para trás.

Barsut, cruzando os braços, tinha sentado na beirada da mesa.

Suas pupilas verdes estavam tesas no Astrólogo, que, com o avental abotoado até a garganta e o cabelo desalinhado, pois havia tirado o chapéu, caminhava de um extremo a outro da cocheira, afastando com a ponta de uma botina os talos de pastagem seca que havia jogado no chão. Erdosain, apoiado de costas contra um poste, observava o semblante de Barsut, que lentamente ia se impregnando de atenção irônica, quase malévola, como se as palavras que o Astrólogo dizia só merecessem desdém. Este, como se escutasse a si mesmo, caminhava, parava, por momentos puxava o cabelo. Disse:

— Sim, chegará um momento em que a humanidade cética, enlouquecida pelos prazeres, blasfema de impotência, ficará tão furiosa que será necessário matá-la como a um cão raivoso...

— O que é que está dizendo?...

— Será a poda da árvore humana... uma vindima que só eles, os milionários, com a ciência a seu serviço, poderão realizar. Os deuses, enojados com a realidade, perdida toda ilusão na ciência como fator de felicidade, rodeados de escravos tigres, provocarão cataclismos espantosos, distribuirão as pestes fulminantes... Durante alguns decênios o trabalho dos super-homens e de seus servidores se concretizará para destruir o homem de mil formas, até quase esgotar o mundo... e só um resto, um pequeno resto, será isolado em alguma ilhota, sobre a qual se assentarão as bases de uma nova sociedade.

Barsut pusera-se de pé. Com o sobrecenho carregado, e as mãos enfiadas nos bolsos da calça, encolheu os ombros, perguntando:

— Mas é possível que o senhor acredite na realidade desses disparates?

— Não, não são disparates porque eu os cometeria nem que fosse para me divertir.

E continuou:

— Há infelizes que acreditarão neles.... e isso é suficiente... Mas eis aqui a minha ideia: essa sociedade se comporá de duas castas, nas quais haverá um intervalo... ou melhor, uma diferença intelectual de trinta séculos. A maioria viverá mantida escrupulosamente na mais absoluta ignorância, circundada de milagres apócrifos e, portanto, muito mais interessantes que os milagres históricos, e a minoria será a depositária absoluta da ciência e do poder. Dessa forma fica garantida a felicidade da maioria, pois o homem dessa casta terá relação com o mundo divino, no qual hoje não acredita. A minoria administrará os prazeres e os milagres para o rebanho, e a idade de ouro, idade em que os anjos vagavam pelos caminhos do crepúsculo e os deuses se deixaram ver nos luares, será um fato.

— Mas isso em si é monstruoso. Isso não pode ser.

— Por quê? Eu sei que não pode ser, mas é preciso proceder como se fosse factível.

— Essa desproporção... a ciência...

— Que ciência nem meia ciência! Por acaso o senhor sabe para que serve a ciência? O senhor não caçoa, em seu pensamento, dos sábios, e não os chama de "enfatuados do perecível" ?

— Vejo que o senhor leu essas bobagens.

— Claro. Não é preciso contradizer as pessoas à toa. E a desproporção monstruosa que o senhor adverte na minha sociedade existe atualmente na nossa sociedade, mas ao contrário. Nossos conhecimentos, quero dizer, nossas mentiras metafísicas, estão nos cueiros enquanto nossa ciência é um gigante... e o homem, criatura dolente, suporta nele esse desequilíbrio espantoso... Por um lado sabe tudo... por outro, ignora tudo. Na minha sociedade a mentira metafísica, o conhecimento prático de um deus maravilhoso, será o fim... o todo que preencherá a ciência das coisas, inútil para a felicidade interior, será em nossas mãos um meio de domínio, nada mais. E não discutamos isso, porque é supérfluo. Inventou-se quase tudo mas o homem não inventou uma máxima de governo que supere os princípios de um Cristo, de um Buda. Não. Naturalmente, não discutirei o direito ao ceticismo, mas o ceticismo é um luxo de minoria... Para o resto serviremos a felicidade bem cozinhada e a humanidade engolirá gozosamente a divina bazófia.

— O senhor acha possível?

O Astrólogo parou um momento. Agora girava o anel de aço com a pedra violeta, tirou-o do dedo para observar seu interior; em seguida, aproximando-se de Barsut, mas com um gesto de estranheza, como o de um homem cuja imaginação está distante da realidade, retrucou:

— Acho, tudo o que a mente do homem imagina pode ser realizado no correr dos tempos. Mussolini já não impôs o ensino religioso na Itália? Cito isso como uma prova da eficácia do bastão nas costas dos povos. A questão é apoderar-se da alma de uma geração... O resto se faz sozinho.

— E a ideia?

— Aqui chegamos... Minha ideia é organizar uma sociedade secreta, que não só propague as minhas ideias, mas que seja uma escola de futuros reis de homens. Já sei que o senhor vai me dizer que existiram numerosas sociedades secretas... e é verdade... todas desapareceram porque careciam de bases sólidas, isto é, apoiavam-se num sentimento ou numa idealização política ou religiosa, com exclusão de toda realidade imediata. Em compensação, a nossa sociedade se baseará num princípio mais sólido e moderno: o industrialismo, isto é, a loja terá um elemento de fantasia, se quiser chamar assim tudo o que eu lhe disse, e outro elemento positivo: a indústria, que dará como consequência o ouro.

O tom de sua voz se tornou mais rude. Uma rajada de ferocidade colocava certo desvio de astigmatismo em seu olhar. Mexeu a desgrenhada cabeça para a direita e para a esquerda, como se a agudeza de uma emoção extraordinária lhe espetasse o cérebro, apoiou as mãos nos rins e, retomando o ir e vir, repetiu:

— Ah! O ouro... o ouro... Sabe como os antigos germanos chamavam o ouro? O ouro vermelho... O ouro... O senhor percebe? Não abra a boca, Satanás. Perceba, jamais, jamais, nenhuma sociedade secreta tratou de efetuar tal amálgama. O dinheiro será a solda e o lastro que concederá às ideias o peso e a violência necessários para arrastar os homens. Nós nos dirigiremos em especial às juventudes, porque são mais estúpidas e entusiastas. Prometeremos a elas o império do mundo e do amor... Prometeremos tudo a elas... O senhor me compreende?... e lhes daremos uniformes vistosos, túnicas resplandecentes... capacetes com plumagens de várias cores... pedrarias... graus de iniciação com nomes encantadores e hierarquias... E lá na montanha, levantaremos o templo de papelão... Isso será para rodar um filme... Não. Quando tivermos triunfado, levantaremos o templo das sete portas de ouro... Terá colunas de mármore rosado e os caminhos para chegar a ele estarão cobertos de areia com grãos de cobre. Em torno, construiremos jardins... e lá irá a humanidade para adorar o deus vivo que inventamos.

— Mas o dinheiro... o dinheiro para fazer tudo isso... os milhões...

À medida que o Astrólogo falava, seu entusiasmo contagiava Erdosain. Esquecera-se de Barsut, embora este se encontrasse diante dele. Sem poder evitar, evocava uma terra de possível renovação. A humanidade viveria em perpétua festa de simplicidade, ramalhetes de estrôncio salpicariam a noite de cascatas de estrelas vermelhas, um anjo de asas esverdeadas esquivaria a crista de uma nuvem, e sob as botânicas arcadas dos bosques deslizariam homens e mulheres, envoltos em túnicas brancas, e com o coração limpo da imundície que empesteava. Fechou os olhos, e o semblante de Elsa deslizou por sua memória, mas não despertou nenhum eco, porque a voz do Astrólogo enchia a cocheira desta réplica selvagem:

— Então está interessado em saber de onde tiraremos os milhões? É fácil. Organizaremos prostíbulos. O Rufião Melancólico será o Grande Patriarca Prostibulário... todos os membros da loja terão rendimentos nas empresas... Exploraremos a usura... a mulher, a criança, o operário, os campos e os loucos. Na montanha... será no Campo Chileno... instalaremos tanques para a lavagem do ouro, a extração de metais se efetuará por meio da eletricidade. Erdosain já calculou uma turbina de 500 cavalos. Prepararemos o ácido nítrico, reduzindo o nitrogênio da atmosfera com o procedimento do arco voltaico em turbilhão, e teremos ferro, cobre e alumínio mediante as forças hidroelétricas. Percebe? Enganaremos os operários, e os que não quiserem trabalhar nas minas, mataremos a chicotadas. Não acontece isso hoje no Grande Chaco, nos ervais e nas explorações de borracha, café e estanho? Cercaremos nossas possessões com cabos eletrificados e compraremos com carne de primeira todos os tiras e delegados do Sul. O negócio é começar. O Buscador de Ouro já chegou. Encontrou prazeres no Campo Chileno, vagando com uma prostituta chamada a Máscara. É preciso começar. Para a comédia do deus escolheremos um adolescente... Melhor será criar um menino de excepcional beleza, e será educado para fazer o papel de deus. Falaremos... se falará dele em todos os lugares, mas com mistério, e a imaginação das pessoas multiplicará seu prestígio. O senhor imagina o que dirão os panacas de Buenos Aires quando se propagar o comentário de que lá nas montanhas de Chubut, num templo inacessível de ouro e de mármore, habita um deus adolescente... um fantástico efebo que faz milagres?

— Sabe que os seus disparates são interessantes?

— Disparates? Não se acreditou na existência do plesiossauro que um inglês bêbado descobriu, o único habitante de Neuquén a quem a polícia não deixa usar revólver por sua espantosa pontaria?... As pessoas de Buenos Aires não acreditaram nos poderes sobrenaturais de um charlatão brasileiro que se comprometia a curar milagrosamente a paralisia de Orfilia Rico? Aquele sim que era um espetáculo grotesco e sem um pingo de imaginação. E inúmeros palermas choravam desbragadamente quando o trapaceiro hasteou o braço da doente, que ainda está entrevado, o que prova que os homens desta e de todas as gerações têm absoluta necessidade de acreditar em algo. Com a ajuda de algum jornal, acredite em mim, faremos milagres. Há vários jornais que morrem de vontade de vender ou explorar um assunto sensacional. E nós daremos a todos os sedentos de maravilhas um deus magnífico, adornado de relatos que podemos copiar da Bíblia... Tenho uma ideia: anunciaremos que o mocinho é o Messias prognosticado pelos judeus... É preciso pensar... Tiraremos fotografias do deus da selva... Podemos imprimir uma fita cinematográfica com o templo de papelão no fundo do bosque, o deus conversando com o espírito da Terra.

— Mas o senhor é um cínico ou um louco?

Erdosain olhou mal-humorado para Barsut. Era possível que fosse tão imbecil e insensível à beleza que adornava os projetos do Astrólogo? E pensou: "Este animal estúpido inveja a magnífica loucura do outro. A verdade é essa. Não restará outro remédio senão matá-lo".

— As duas coisas, e escolheremos um meio-termo entre Krishnamurti e Rodolfo Valentino... mas mais místico, uma criatura que tenha um rosto estranho simbolizando o sofrimento do mundo. Nossas fitas serão exibidas nos bairros pobres, no subúrbio. O senhor imagina a impressão que causará no populacho o espetáculo do deus pálido ressuscitando um morto, o dos lavadouros de ouro com um arcanjo como Gabriel custodiando as barcas de metal e prostitutas deliciosamente ataviadas dispostas a serem as esposas do primeiro infeliz que chegar? Vão sobrar solicitantes para ir explorar a cidade do Rei do Mundo e para gozar dos prazeres do amor livre... Dentre essa ralé, escolheremos os mais incultos... e lá embaixo, dobraremos bem suas espinhas a pauladas, fazendo-os trabalhar vinte horas nos tanques.

— Eu imaginava que o senhor fosse um trabalhista.

— Quando estiver conversando com um proletário, serei vermelho. Agora estou conversando com o senhor, e lhe digo: a minha sociedade está inspirada naquela que a princípios do século IX organizou um bandido persa chamado Abdala-Aben-Maimum. Naturalmente, sem o aspecto industrial que eu filtro na minha, e que forçosamente garante seu sucesso. Maimum quis fundir os livres-pensadores, aristocratas e crentes de duas raças tão diferentes como a persa e a árabe, numa seita na qual implantou diversos graus de iniciação e mistérios. Mentiam descaradamente a todo mundo. Aos judeus, prometiam a chegada do Messias; aos cristãos, a de Paracleto; aos muçulmanos, a de Madhi... de tal maneira que uma turba de gente das mais diversas opiniões, situação social e crenças trabalhava em prol de uma obra cujo verdadeiro fim era conhecido por muito poucos. Dessa maneira, Maimum esperava chegar a dominar completamente o mundo muçulmano. É escusado dizer-lhe que os diretores do movimento eram uns cínicos estupendos, que não acreditavam absolutamente em nada. Nós os imitaremos. Seremos bolcheviques, católicos, fascistas, ateus, militaristas, em diversos graus de iniciação.

— O senhor é o rufião mais descarado que eu já conheci... Se tivesse sucesso...

Barsut experimentava um singular prazer em insultar o Astrólogo. É que não queria reconhecer que era inferior ao outro. Além disso, havia algo que o humilhava profundamente, pode parecer mentira, mas o indignava pensar que Erdosain fosse amigo e gozasse da intimidade de semelhante homem. E dizia para si mesmo: "Como é possível que esse imbecil tenha chegado a ser amigo de tal homem?", E por esse motivo sentia intimamente que não havia um único motivo que não contradissesse as palavras do Astrólogo.

— Teremos, já que há a isca do ouro. Os resultados da nossa organização aparecerão nos balancetes que os negócios que vamos empreender lancem. Os prostíbulos serão uma fonte de dinheiro. Erdosain idealizou um aparelho que permitirá controlar diariamente o número de visitas que cada pupila receber. Isso sem contar com as doações, uma nova indústria que pensamos explorar: a rosa de cobre, que o Erdosain inventou. Agora o senhor pode entender por que o sequestramos.

— O que é que a gente faz com a explicação se eu estou preso?

Naquele instante, Erdosain observou consigo mesmo como era singular o fato de que Barsut, em nenhum momento, ameaçasse o Astrólogo com represálias para o momento em que se encontrasse livre, o que o fez dizer a si mesmo: "É preciso ter cuidado com esse Judas, é capaz de nos vender, não por seu dinheiro, mas por inveja". O Astrólogo continuou:

— Seu dinheiro nos servirá para instalar um lenocínio, organizar o pequeno contingente e comprar ferramentas, instalação de radiotelegrafia e outros elementos para o tanque de lavagem do ouro.

— E o senhor não admite que pode se enganar?

— É... eu já pensei nisso, mas procedo como se estivesse no caminho certo. Além disso, uma sociedade secreta é como uma enorme caldeira. O vapor que produz tanto pode mover uma grua como um ventilador...

— E o que é que o senhor quer mover?

— Uma montanha de carne inerte. Nós, os poucos, queremos, necessitamos dos esplêndidos poderes da Terra. Afortunados de nós se com nossas atrocidades pudermos aterrorizar os fracos e inflamar os fortes. E para isso é necessário criar a força, revolucionar as consciências, exaltar a barbárie. Esse agente de força misteriosa e enorme que suscitará tudo isso será a sociedade. Instauraremos os autos de fé, queimaremos vivos nas praças os que não acreditem em Deus. Como é possível que as pessoas não tenham percebido a extraordinária beleza que há nesse ato... o de queimar um homem vivo? E por não acreditar em Deus, percebe? Por não acreditar em Deus. É necessário, compreenda-me, é absolutamente necessário que uma religião sombria e enorme volte a inflamar o coração da humanidade. Que todos caiam de joelhos à passagem de um santo, e que a oração do mais ínfimo sacerdote acenda um milagre no céu da tarde. Ah, se o senhor soubesse quantas vezes pensei nisso! E o que me alenta é saber que a civilização e a miséria do século desequilibraram muitos homens. Esses malucos que não encontram rumos na sociedade são forças perdidas. No mais ignominioso café de bairro, entre dois simplórios e um cínico o senhor vai encontrar três gênios. Esses gênios não trabalham, não fazem nada... Concordo com o senhor que são gênios de latão... Mas esse latão é uma energia que bem utilizada pode ser a base de um movimento novo e poderoso. E este é o elemento que eu quero empregar.

— Manager de loucos?...

— Essa é a frase. Quero ser manager de loucos, dos inúmeros gênios apócrifos, dos desequilibrados que não são aceitos nos centros espíritas e bolcheviques... Esses imbecis... e eu digo isso porque tenho experiência... bem enganados... suficientemente reaquecidos, são capazes de executar atos que deixariam o senhor arrepiado. Literatos de botequim. Inventores de bairro, profetas de paróquia, políticos de café e filósofos de centros recreativos serão a bucha de canhão da nossa sociedade.

Erdosain sorria. Em seguida, sem olhar para o acorrentado, disse:

— O senhor não conhece a insuportável insolência dos fronteiriços do gênio...

— Sim, enquanto não os compreendemos, não é verdade, Barsut?

— Não me interessa.

— É que isso deve lhe interessar porque vai ser um dos nossos. Eu sou dessa opinião. Se se discute com um fronteiriço que ele não é um gênio, toda a insolência e a grosseria desse incompreendido se levantam injuriosas diante do senhor. Mas elogie sistematicamente um monstro do amor-próprio, e esse mesmo sujeito que o teria assassinado à menor contradição, converte-se em seu lacaio. O que deve é saber lhes fornecer uma mentira suficientemente dosada. Inventor ou poeta, será seu criado.

— O senhor também se acha um gênio? — explodiu Barsut, iracundo.

— Eu também me acho um gênio... Claro que me acho... mas por cinco minutos e só uma vez por dia... embora pouco me interesse sê-lo ou não. As frases têm pouca importância aos predestinados a realizar. São os fronteiriços do gênio que engordam com palavras inúteis. Eu me propus esse problema que nada tem a ver com as minhas condições intelectuais. É possível fazer os homens felizes? E começo por me aproximar dos desgraçados, a lhes dar como objetivo de suas atividades uma mentira que os faça felizes inflando sua vaidade... e esses pobres-diabos que, abandonados a si próprios, não teriam passado de incompreendidos, serão o precioso material com que produziremos a potência... o vapor...

— O senhor está se desviando do assunto. Eu estou perguntando que fim pessoal o senhor persegue ao querer organizar a sociedade.

— Sua pergunta é estúpida. Para que Einstein inventou sua teoria? O mundo pode muito bem passar sem a teoria de Einstein. Por acaso eu sei se sou um instrumento das forças superiores nas quais não acredito numa palavra? Eu não sei nada. O mundo é misterioso. Possivelmente eu não seja nada mais que o servente, o criado que prepara uma linda casa na qual há de vir para morrer o Eleito, o Santo.

Barsut sorriu imperceptivelmente. Aquele homem falando do Eleito com sua orelha arrepolhada, sua cabeleira hirsuta e avental de carpinteiro lhe causava uma impressão irônica, indefinível. Até que ponto fingia aquele trapaceiro? E o curioso é que não podia se irritar contra ele, esse homem lhe produzia uma sensação imprecisa, o que ele lhe dizia não era inesperado e, sim, até parecia ter escutado aquelas frases, com o mesmo tom de voz, em outra circunstância distante, como que perdida na cinza paisagem de um sonho.

A voz do Astrólogo fez-se menos imperiosa.

— Acredite, sempre acontece assim nos tempos de inquietude e desorientação. Alguns poucos se antecipam com um pressentimento de que algo formidável deve acontecer... Esses intuitivos, eu faço parte desse grêmio de expectantes, acham-se no dever de excitar a consciência da sociedade... de fazer algo embora esse algo sejam disparates. Meu algo, nessa circunstância, é a sociedade secreta. Grande Deus! Por acaso o homem sabe a consequência de seus atos? Quando penso que vou pôr em movimento um mundo de títeres... títeres que se multiplicarão, estremeço, até chego a pensar que o que pode acontecer é tão alheio à minha vontade como seriam à vontade do dono de uma usina as bestialidades que executasse no painel um eletricista que tivesse enlouquecido repentinamente. E apesar disso, sinto a imperiosa necessidade de pôr isso em funcionamento, de reunir num só punhado a disforme potência de cem psicologias diferentes, de harmonizá-las mediante o egoísmo, a vaidade, os desejos e as ilusões, tendo como base a mentira e como realidade o ouro... o ouro vermelho...

— O senhor está no caminho certo. O senhor vai triunfar.

— Bom, o que é que espera de mim agora? — replicou Barsut.

— Já lhe disse antes. Que assine o cheque para nós, de dezessete mil pesos. Sobrarão três mil para o senhor. Com isso pode ir para o diabo. O resto, nós lhe pagaremos em quotas mensais com o que renderem os prostíbulos e os lavadouros de ouro.

— E sairei daqui?

— Assim que descontarmos o cheque.

— E como o senhor me prova que isso é verdade?

— Certas coisas não se provam... Mas já que o senhor me pede uma prova, eu lhe direi: se o senhor se negar a assinar o cheque, será torturado pelo Homem que viu a Parteira, e depois que tiver assinado o cheque, eu o matarei...

Barsut ergueu seus olhos descoloridos, e agora seu rosto com barba de três dias parecia envolto numa neblina de cobre. Matá-lo! A palavra não lhe causou nenhuma impressão. Nesse momento, carecia de sentido para ele. Além disso, a vida lhe importava tão pouco... Fazia muito tempo que aguardava uma catástrofe; esta havia se produzido e, em vez de se sentir acossado pelo terror, encontrava no interior de si mesmo uma indiferença cínica que encolhia os ombros ante qualquer destino. O Astrólogo continuou:

— Mas não gostaria de chegar a isso... O que eu gostaria é de contar com sua ajuda pessoal... que o senhor se interessasse pelos nossos projetos. Acredite, nós estamos vivendo numa época terrível. Aquele que encontrar a mentira que a multidão necessita será o Rei do Mundo. Todos os homens vivem angustiados... O catolicismo não satisfaz ninguém, o budismo não se presta ao nosso temperamento estragado pelo desejo de gozar. Talvez falemos de Lúcifer e da Estrela da Tarde. O senhor acrescentará aos nossos sonhos toda a poesia de que eles necessitam, e nos dirigiremos aos jovens... Oh! Isso é muito grande... muito grande...

O Astrólogo deixou-se cair sobre o caixote. Estava extenuado. Enxugou o suor da testa com um lenço xadrez como o dos camponeses, e os três permaneceram um instante em silêncio.

De repente Barsut disse:

— Sim, o senhor tem razão, isso é muito grande. Me solte que eu assinarei o cheque.

Tinha pensado que todas as palavras do Astrólogo eram mentiras e aquilo quase o prejudicou.

O Astrólogo se levantou, reflexivo:

— Desculpe, eu o porei em liberdade depois que tiver descontado o cheque. Hoje é quarta-feira. Amanhã ao meio-dia o senhor pode estar em liberdade, mas só poderá abandonar nossa casa dentro de dois meses — disse isso porque reparou que o outro não acreditava em seus projetos. — Não precisa de nada para esta tarde?

— Não.

— Bom, até logo.

— Mas vai embora assim?... Fique...

— Não. Estou cansado. Preciso dormir um pouco. Virei esta noite e conversaremos mais um pouco. Quer cigarros?

— Boa.

Saíram da cocheira.

Barsut se recostou em seu leito de pasto seco e, acendendo um cigarro, soltou algumas baforadas de fumaça que na oblíqua de uma nesga de sol destrançavam seus maravilhosos caracóis de azul-aço. Agora que estava sozinho, seu pensamento ordenava-se cordialmente, e até disse para si mesmo:

"Por que não ajudar 'esse aí'? O projeto que ele tem da colônia é interessante, e agora eu entendo por que essa besta do Erdosain lhe tem tanta admiração. É verdade que ficarei na rua... talvez sim, talvez não... mas de uma forma ou de outra tinha que terminar." E entrefechou os olhos para meditar no futuro.

O Astrólogo, com a cartola caída sobre os olhos, virou-se para Erdosain e disse:

— O Barsut acha que nos enganou. Amanhã, depois de descontar o cheque, teremos de executá-lo...

— Não, terá de executá-lo...

— Não tenho inconveniente... mas o que vamos fazer. Em liberdade, esse invejoso nos denunciaria imediatamente. E ele acha que estamos loucos! E efetivamente estaríamos se o deixássemos com vida.

Pararam perto da casa. Lá em cima, umas nuvens achocolatadas avançavam rapidamente no azul do céu seu dentado relevo.

— Quem vai assassiná-lo?

— O Homem que viu a Parteira.

— Sabe que não é muito agradável morrer às portas do verão...

— Mas assim será...

— E o cheque?

— O senhor o descontará.

— O senhor não tem medo de que eu fuja?

— Não, por enquanto não.

— Por quê?

— Porque não. O senhor mais do que ninguém necessita que a sociedade dê certo para se desentediar. Se o senhor é meu cúmplice, é precisamente por isso... por tédio, por angústia.

— Pode ser. A que horas nos veremos amanhã?

— Bem... às nove na estação. Eu lhe levarei o cheque. A propósito, tem carteira de identidade?

— Tenho.

— Então não há nada a temer. Ah! Uma coisa. Recomendo que fale pouco na reunião e friamente.

— Estão todos?

— Sim.

— O Buscador de Ouro também?

— Sim.

Afastando a folhagem que lhes castigava o rosto, avançaram até o caramanchão. Esse era um quiosque fabricado com treliças de madeira, e nos losangos de madeira os ganchos de uma madressilva carregada de campânulas violeta e brancas prendiam seus caules verdes.

A FARSA

Ao entrar, o círculo de homens pôs-se de pé, mas Erdosain parou, estupefato, ao observar entre os reunidos um oficial do Exército com o uniforme de major.

Estavam ali o Buscador de Ouro, Haffner, um desconhecido e o Major. Os dois primeiros, de cotovelos na mesa. Haffner, relendo uns papéis em branco, e o Buscador de Ouro com um mapa à sua frente. Um pedregulho amarrado impedia que o vento levasse o desenho. O Rufião apertou a mão de Erdosain e este se sentou ao seu lado, pondo-se a observar o Major, que bruscamente havia despertado toda sua curiosidade. Realmente, o Astrólogo era mestre em surpresas.

No entanto, o desconhecido causou-lhe má impressão.

Era um homem de elevada estatura, lívido e com olhos enegrecidos. Havia nele algo de repugnante, e era o lábio inferior redobrado num contínuo esgar de desprezo, o nariz longo e arqueado, enrugado sobre o cenho por três marcas transversais. Um sedoso bigode caía sobre seus lábios vermelhos, e seu olhar mal se fixou em Erdosain, pois nem bem foi apresentado a ele deixou-se cair numa rede, permanecendo assim com a cabeça apoiada num espaldar, a espada entre os joelhos e uma mecha de cabelo grudada na sua testa plana.

E durante alguns minutos todos permaneceram em silêncio, observando-se com evidente mal-estar. O Astrólogo, sentado num canto da entrada do caramanchão, acendeu um cigarro, observando obliquamente os “chefes”. Assim os chamou numa reunião posterior. De repente, levantou a cabeça, olhando para os outros cinco homens que estavam diante da cabeceira da mesa, e disse:

— Não acho necessário que voltemos a repetir o que todos conhecemos e combinamos em reuniões particulares... quer dizer, a organização de uma sociedade secreta cuja sustentação se efetuará mediante comércios morais ou imorais. Nisso estamos todos de acordo, não? O que vocês acham (eu gosto da geometria) de chamarmos "células" aos diferentes chefes radiais da sociedade?

— Assim se chamam na Rússia — disse o Major. — Os componentes de cada célula não poderão conhecer os membros da outra.

— Como... os chefes não se conhecerão entre si?

— Os que não se conhecerão, insisto, não são os chefes, e sim os sócios.

O Buscador de Ouro interrompeu:

— Assim não vai ser possível fazer nada. O que é que liga os membros das diferentes células?

— Mas se a sociedade somos nós seis.

— Não senhor... a sociedade sou eu — objetou o Astrólogo. — Falando seriamente, eu lhes direi que a sociedade são todos... sempre com restrições no que me diz respeito.

O Major interveio:

— Acho que a discussão não tem sentido, porque pelo o que entendi existirá uma hierarquia perfeitamente estabelecida. Cada promoção colocará o membro da célula em contato com um novo chefe. Haverá tantas promoções quanto chefe de células.

— Quantas células totalizam no momento?

— São quatro. Eu estarei encarregado de tudo — continuou o Astrólogo. — O senhor, Erdosain, Chefe de Indústrias; o Buscador de Ouro — um jovem que estava no canto da mesa, inclinou a cabeça — será o encarregado das Colônias e Minas; o Major ramificará nossa sociedade no Exército, e o Haffner será o Chefe dos Prostíbulos.

Haffner se levantou, exclamando:

— Desculpa, eu não serei chefe de nada. Estou aqui como poderia estar em qualquer lugar. A única coisa que faço em obséquio a vocês é dar um orçamento e mais nada. Se os incomodo, posso me retirar.

— Não, fique — retificou o Astrólogo.

O Rufião Melancólico voltou a sentar-se e a traçar rabiscos com um lápis no papel. Erdosain admirou sua insolência.

Mas, sem dúvida alguma, ali quem centralizava a atenção e curiosidade de todos era o Major, com o prestígio de seu uniforme e o caráter estranho de sua sociedade.

O Buscador de Ouro virou-se para ele:

— Como é isso? O senhor tem esperança de infiltrar nossa sociedade no Exército?

Todos haviam se erguido nas poltronas. Aquilo era a surpresa da reunião, o golpe de efeito preparado em silêncio. Indubitavelmente, o Astrólogo tinha toda a pinta de um chefe. O lamentável é que sempre guardasse o segredo de seus procedimentos. Mas Erdosain sentia-se orgulhoso por compartilhar uma cumplicidade com ele. Agora todos tinham se erguido em seus assentos para escutar o Major. Este observou o Astrólogo e, em seguida, disse:

— Senhores, eu lhes falarei com palavras bem pesadas. Senão, não estaria aqui. Acontece o seguinte: nosso Exército está minado de oficiais descontentes. Não vale a pena enumerar os motivos, nem vocês se interessarão. As ideias de "ditadura" e os acontecimentos políticos militares desses últimos tempos, eu me refiro à Espanha e ao Chile, fizeram muitos dos meus camaradas pensar que o nosso país também poderia ser terreno próspero para uma ditadura.

O espanto mais extraordinário abria a boca de todos. Aquilo era o inesperado.

O Buscador de Ouro replicou:

— Mas o senhor acredita que o Exército argentino... digo... os oficiais, aceitarão nossas ideias?

— Claro que aceitarão... desde que vocês saibam ordená-las. Desde já, posso antecipar-lhes que são mais numerosos do que vocês imaginam os oficiais desenganados das teorias democráticas, inclusive o parlamento. Não me interrompa, senhor. Noventa por cento dos deputados do nosso país são culturalmente inferiores a um primeiro-tenente do nosso Exército. Um político que foi acusado de ter intervindo no assassinato de um governador disse de forma muito acertada: "Para governar um povo não se necessita mais aptidões que as de um capataz de fazenda". E esse homem disse a verdade referindo-se à nossa América.

O Astrólogo esfregava as mãos com evidente satisfação.

O Major continuou, os olhares de todos fixos nele:

— O Exército é um estado superior dentro de uma sociedade inferior, já que nós somos a força específica do país. E, no entanto, estamos submetidos às resoluções do governo... e o governo é constituído por quem?... O poder legislativo e o executivo... quer dizer, homens eleitos por partidos políticos amorfos... e que representantes, senhores! Vocês sabem melhor do que eu que para ser deputado é preciso ter tido uma carreira de mentiras, começando como vadio de comitê, transigindo e convivendo com perdulários de toda laia, em resumo, uma vida à margem do código e da verdade. Não sei se isso acontece em países mais civilizados do que os nossos, mas aqui é assim. Na nossa câmara de deputados e de senadores, há sujeitos acusados de usura e homicídio, bandidos vendidos a empresas estrangeiras, indivíduos de uma ignorância tão crassa que o parlamentarismo parece aqui a comédia mais grotesca que haja podido aviltar um país. As eleições presidenciais se fazem com capitais norte-americanos, prévia promessa de outorgar concessões a uma empresa interessada em explorar nossas riquezas nacionais. Não exagero quando digo que a luta dos partidos políticos em nossa pátria não é nada mais que uma briga entre comerciantes que querem vender o país pelo melhor preço.[2]

Todos olhavam estupefatos para o Major. Através dos losangos e das campânulas via-se o celeste céu da manhã, mas ninguém reparava nisso. Erdosain me contava mais tarde que nenhum dos participantes da reunião da quarta-feira havia previsto uma cena de tão alto interesse. O Major passou um lenço nos lábios e continuou:

— Fico alegre que as minhas palavras interessem. Há muitos jovens oficiais que pensam como eu. Até contamos com alguns generais novos... O que convém, e não se espantem com o que vou lhes dizer, é dar à sociedade um aspecto completamente comunista. Digo isso a vocês porque aqui não existe o comunismo, e não se pode chamar de comunistas esse bloco de carpinteiros que matraqueiam sobre sociologia numa quadra onde ninguém tira o chapéu. Desejo explicar-lhes com nitidez meu pensamento. Toda sociedade secreta é um câncer na coletividade. Suas funções misteriosas desequilibram o funcionamento da mesma. Pois bem, nós, os chefes de células, daremos a elas um caráter completamente bolchevique. — Foi a primeira vez que essa palavra foi pronunciada ali, e involuntariamente todos se olharam. — Esse aspecto atrairá numerosos

[2] NOTA DO AUTOR: Este romance foi escrito nos anos 1928 e 1929, editado pela editora Rosso no mês de outubro de 1929. Seria irrisório então acreditar que as manifestações do Major tenham sido sugeridas pelo movimento revolucionário de 6 de setembro de 1930. Indubitavelmente, acaba sendo curioso que as declarações dos revolucionários de 6 de setembro coincidam com tanta exatidão com aquelas que faz o Major e cujo desenvolvimento confirmam numerosos acontecimentos ocorridos depois de 6 de setembro.

desorbitados e, consequentemente, a multiplicação das células. Criaremos assim um corpo revolucionário fictício. Cultivaremos especialmente os atentados terroristas. Um atentado que tem um sucesso mediano desperta todas as consciências escuras e ferozes da sociedade. Se no intervalo de um ano repetimos os atentados, acompanhados de proclamas antissociais que incitem o proletariado à criação dos sovietes... Vocês sabem o que teremos conseguido? Algo admirável e simples. Criar no país a inquietude revolucionária.

"Eu definiria a 'inquietude revolucionária' como um desassossego coletivo que não se atreve a manifestar seus desejos, todos se sentem alterados, excitados, os jornais fomentam a tormenta e a polícia ajuda detendo inocentes que, pelos sofrimentos padecidos, se transformam em revolucionários; todas as manhãs as pessoas acordam ansiosas por novidades, esperando um atentado mais feroz do que o anterior e que justifique suas presunções, as injustiças policiais excitam os ânimos dos que não as sofreram, não falta um exaltado que descarregue seu revólver no peito de um tira, as organizações operárias se revoltam e decretam greves, e as palavras *revolução* e *bolchevismo* infiltram em todos os lugares o espanto e a esperança. Agora, quando numerosas bombas tiverem estourado pelos cantos da cidade e os proclamas foram lidos e a inquietude revolucionária estiver madura, então nós interviremos, os militares..."

O Major afastou suas botas de um raio de sol, e continuou:

— Sim, nós, os militares, interviremos. Diremos que em vista da pouca capacidade do governo para defender as instituições da pátria, do capital e da família, nos apoderamos do Estado, proclamando uma ditadura transitória. Todas as ditaduras são transitórias para despertar confiança. Capitalistas burgueses especialmente os governos estrangeiros conservadores reconhecerão imediatamente o novo estado de coisas. Culparemos o governo dos Sovietes de nos obrigar a assumir uma atitude semelhante e fuzilaremos alguns pobres-diabos convictos e confessos de fabricar bombas. Suprimiremos as duas câmaras, e o orçamento do país será reduzido a um mínimo. A administração do Estado será posta nas mãos da administração militar. O país alcançará assim uma grandeza nunca vista.

O Major calou-se e, no caramanchão florido, os homens prorromperam em aplausos. Uma pomba começou a voar.

— Sua ideia é encantadora — disse Erdosain —, mas o caso é que nós trabalharemos para vocês...

— Vocês não queriam ser chefes?

— Sim, mas o que vamos receber serão as migalhas do banquete...

— Não, senhor... o senhor está confundindo... o que se pensou...

Interveio o Astrólogo:

— Senhores... nós não nos reunimos para discutir orientações que não interessam agora... e sim para organizar as atividades dos chefes de célula. Se vocês estão dispostos, vamos começar.

Um moço robusto, que até então permanecera calado, interveio na discussão.

— Vocês me permitem?

— Como não.

— Pois então acho que o assunto deve ser colocado desta forma: vocês querem ou não a revolução? Os detalhes de organização devem ser posteriores.

— Isso... isso, são posteriores... sim, senhor.

O desconhecido acabou por explicar-se:

— Sou amigo do sr. Haffner. Sou advogado. Renunciei aos benefícios que a minha profissão poderia me proporcionar por não transigir com o regime capitalista. Tenho ou não o direito de opinar assim?

— Sim, senhor, tem.

— Pois então asseguro de que o que foi dito pelo Major imprime uma nova orientação à nossa sociedade.

— Não — objetou o Buscador de Ouro. — Pode ser a base dela sem a exclusão de seus outros princípios.

— Claro.

— Sim.

A discussão ia se renovar. O Astrólogo se levantou:

— Senhores, discutirão outro dia. Trata-se agora da organização comercial... não de ideias. Portanto, suprimiremos tudo o que se afastar disso.

— Isso é a ditadura — exclamou o advogado.

O Astrólogo o olhou um momento, em seguida disse parcimoniosamente:

— O senhor se sente com pinta de chefe, pelo que estou vendo... Acho que tem. Seu dever, se o senhor é inteligente, é organizar longe de nós outra sociedade. Assim provocaremos o desmoronamento da atual. Aqui, o senhor me obedece ou se retira.

Durante um instante, os dois homens se examinaram; o advogado se levantou, deteve os olhos no Astrólogo, inclinou-se com um sorriso de homem forte e saiu.

A voz do Major terminou com o silêncio de todos. Disse para o Astrólogo:

— O senhor agiu muito bem. A disciplina é a base de tudo. Estamos escutando.

Losangos de sol imprimiam seu mosaico de ouro na terra negra do caramanchão. Ao longe, soava a bigorna de uma ferraria, inumeráveis pássaros começavam a soltar seus gorjeios entre os galhos. Erdosain chupava a flor branca da madressilva e o Buscador de Ouro, os cotovelos apoiados nos joelhos, olhava atentamente o chão.

O Rufião fumava e Erdosain espiava o mongólico semblante do Astrólogo, com seu avental cinza abotoado até a garganta.

Seguiu-se a essas palavras um incômodo silêncio. O que esse intruso procurava ali? Erdosain, subitamente mal-humorado, levantou-se, exclamando:

— Aqui haverá toda disciplina que vocês queiram, mas é absurdo que estejamos falando de ditadura militar. Para nós, só podem nos interessar os militares subjugados a um movimento vermelho.

O Major ergueu-se no seu assento e, olhando para Erdosain, disse, sorrindo:

— Então o senhor reconhece que eu faço bem o meu papel?

— Papel?...

— Sim, homem... eu sou tão Major quanto o senhor.

— Vocês percebem agora o poder da mentira? — disse o Astrólogo. — Disfarcei este amigo de militar e vocês próprios já acreditavam, apesar de estar quase em segredo, que tínhamos revolução no Exército.[3]

— E então?

— Esse não foi nada mais que um ensaio... já que representaremos a comédia a sério, algum dia.

As palavras ressoaram tão ameaçadoras que os quatro homens ficaram observando o Major, que disse:

— Na realidade, não passei de sargento — mas o Astrólogo interrompeu suas explicações, dizendo:

— Amigo Haffner, tem o orçamento?

[3] NOTA DO COMENTADOR: *Mais tarde comprovou-se que o Major não era um chefe apócrifo, e sim autêntico, e que mentiu ao dizer que estava representando uma comédia.*

— Tenho... aqui está.

O Astrólogo folheou por uns minutos os papéis rabiscados de cifras e explicou à audiência:

— A base mais sólida da parte econômica da nossa sociedade são os prostíbulos.

O Astrólogo continuou:

— O senhor me entregou um orçamento que se refere à instalação de um prostíbulo com dez pupilas. Eis aqui os gastos a serem efetuados. E leu:

Dez jogos de dormitórios, usados	$2.000
Aluguel da casa, mensal	$400
Depósito, três meses	$1.200
Instalação, cozinha, banheiros e bar	$2.000
Propina mensal para o delegado	$300
Propina para o médico	$150
Propina para o chefe político para a concessão	$2.000
Imposto municipal mensal	$50
Piano elétrico	$1.500
Gerente	$150
Cozinheiro	$150
Total	$ 9.900

"Cada pupila abona 14 pesos por semana por conta de gastos com comida, e tem que comprar na casa a erva-mate, açúcar, querosene, velas, meias, pós, sabão e perfumes."

Prosseguiu o Astrólogo.

"Fora todos os gastos, podemos contar com uma entrada mínima de dois mil e quinhentos pesos por mês. Em quatro meses teremos recuperado o capital investido. Com cinquenta por cento das entradas líquidas instalaremos outros bordéis; vinte e cinco por cento será destinado a cobrir as dívidas e a outra terceira parte será destinada à manutenção das células. Autoriza-se o gasto de dez mil pesos ou não?

Todos inclinaram a cabeça, aprovando, menos o Buscador de Ouro, que disse:

— Quem é o contador?

— Será eleito, terminado tudo.

— De acordo.

— O senhor também, Major?

— Sim.

Erdosain levantou a cabeça e olhou o pálido semblante do pseudosargento, cujos olhos avessos tinham se detido numa borboleta branca que movia suas asas nas plantas, e dessa vez não pôde senão dizer a si mesmo como era possível que o Astrólogo movesse tais comediantes. Mas o Astrólogo o interpelava:

— O senhor, Erdosain, quanto precisa para instalar o laboratório de galvanoplastia?

— Mil pesos.

— Ah! O senhor é o inventor da rosa de cobre? — disse-lhe o Major.

— Sou.

— Felicito-o. Eu acho que a venda será um sucesso. Naturalmente, é preciso metalizar flores em grande quantidade.

— É isso mesmo. Eu pensei em acrescentar o ramo da fotografia. Ajudaria nos gastos da oficina.

— Isso fica a seu critério.

— Além disso, eu já conto com um prático amigo meu para a galvanoplastia — ao dizer isto, pensava na família Espila, que bem podia ingressar na sociedade secreta, mas o Astrólogo interrompeu suas reflexões, dizendo:

— O Buscador de Ouro vai nos dar notícias da região onde pensamos instalar nossa colônia — e este se levantou.

Erdosain se espantou ao considerar o físico do outro. Tinha o imaginado de acordo com os cânones da cinematografia, um homem enorme, de barbas loiras enormes, fedendo a bebida. Não era assim.

O Buscador de Ouro era um jovem da sua idade, a pele grudada nos ossos planos do rosto e palidíssima, e enegrecidos olhos vivazes. A enorme caixa torácica parecia pertencer a um homem duas vezes mais desenvolvido do que ele. As pernas eram finas e arqueadas. Entre o cinto de couro e o tecido da calça via-se o cabo de um revólver. Tinha a voz clara, mas nele tudo revestia um continente estranho, como se o sujeito estivesse composto de diferentes partes humanas correspondentes a homens de distintos estados.

Assim, sua cara era a de um homem do pano verde acostumado a espiar atrás das cartas, seu peito o de um boxeador, e as pernas pertencentes a um jóquei. E ele tinha um pouco dessa argamassa, naquela realidade disforme que transcendia de seu corpo. Até os catorze anos tinha vivido no campo, depois matou um ladrão a tiros e, mais tarde, o medo da tuberculose jogou-o novamente na planície, e tinha galopado dias e noites extensões incríveis. Erdosain simpatizou com ele assim que o conheceu.

O Buscador de Ouro desembrulhou umas pedras. Eram pedaços de quartzo aurífero. Em seguida, disse:

— Aqui está o certificado de análise da Secretaria de Minas e Hidrologia.

As pedras passaram rapidamente de mão em mão. Os olhos afirmavam uma voracidade extraordinária, e as pontas dos dedos tocavam com deleite o quartzo com escamas e compactos enxertos de ouro. O Astrólogo, enrolando lentamente um cigarro, observava todos os semblantes que haviam recebido uma descarga de alma... uma tentação os tencionava ao examinar as pedras. O Buscador de Ouro voltou a se sentar e disse, conversando com todos:

— Tem muito ouro lá embaixo. Ninguém sabe disso. É no Campo Chileno. Primeiro estive em Esquel... lá estão largadas as máquinas de uma exploração que fracassou, depois andei em Arroyo Pescado... caminhei... lá, não sei se vocês sabem, os dias não contam e entrei no Campo Chileno. Selva, puro bosque de milhares de quilômetros quadrados. A Máscara me acompanhava, uma prostituta de Esquel que conhecia uma picada para entrar, porque antes ela tinha estado com um mineiro que foi assassinado ao voltar. Bom, lá embaixo se mata uma pessoa por nada. Estava sifilítica e ficou no bosque. A Máscara. Sim, eu me lembro! Fazia vinte anos que dava voltas por essas bandas. De Porto Madryn foi para Comodoro, depois para Trelew, depois para Esquel. Ela conheceu todos os buscadores de ouro. Primeiro fomos até Arroyo Pescado... é quarenta léguas mais ao sul de Esquel... mas não havia a não ser um pouquinho de pó nas areias... seguimos quinze dias a cavalo e, entre montes e montes, chegamos ao Campo Chileno.

Com voz clara e fixa no motivo do relato, o Buscador de Ouro narrava sua odisseia no Sul. Escutando-o, Erdosain tinha a impressão de atravessar, na companhia da Máscara, gigantescos desfiladeiros negros e glaciais, fechados nos confins por triângulos violeta de mais montanhas. Os altiplanos desapareciam sob o altíssimo avanço do bosque perpétuo de troncos avermelhados e folhagem de negro-verde, e eles, alucinados, seguiam adiante sob o espaço profundo e plano como um deserto de gelo celeste.

Com gestos lentos, indiferente ao espanto que seu relato suscitava, o Buscador de Ouro contava a aventura de meses. Todos o escutavam absortos.

Depois, uma manhã, chegou ao desfiladeiro negro. Era um círculo de pedra negra, basáltica, cristada, um bocal empenachado de estalagmites escuras, onde o celeste do espaço fazia-se infinitamente triste. Pássaros errantes roçavam em seu voo os blocos de pedra, sombreados por outros círculos de montes mais altos... E no fundo daquele balde, um lago de água de ouro, onde refluíam fiapos de cascatas destrançadas pelos matagais.

Nunca o Buscador de Ouro estivera em paragens tão sinistras. Aquela profundidade de água de bronze espelhando as escarpas negras o deteve, espantado. Os muros de pedra caíam perpendicularmente, salpicados de sarcomas esverdeados, de longas malaquitas, e naquele fundo de bronze sua figura pálida e barbuda refletia-se com os pés para o céu.

No primeiro momento ocorreu-lhe que a água seria de ouro, mas descartou a hipótese por ser absurda, porque nunca tinha lido nem ouvido nada semelhante, e continuou contando:

— Mas ao voltar, encontrando-me um dia em Rawson, esperando na sala de um dentista, ocorreu-me folhear uma revista chamada *A Semana Médica*, que havia numa das mesas do vestíbulo... e aqui produz-se o prodígio. Abro o folheto ao acaso e, na primeira página que olho, vejo um artigo intitulado: "A água de ouro, ou o ouro coloidal na terapêutica do lúpus eritematoso". Eu me pus a ler e então aprendi que o ouro é suscetível de ficar suspenso na água em partículas microscópicas... e que esse fenômeno, que para mim era flamejante, tinha sido descoberto pelos alquimistas, que o chamavam de "água de ouro". Eles a obtinham pelo procedimento mais simples que é dado imaginar: jogando um pedaço incandescente de ouro na água da chuva. Imediatamente me lembrei do lago cuja coloração atribuí a substâncias vegetais. Eu estivera, sem reconhecê-lo, junto a um lago de ouro coloidal que talvez quantos séculos tinha levado para se formar pela passagem da água junto dos veios. Vocês percebem, agora, o que é a ignorância? Se o acaso não joga essa revista nas minhas mãos, eu teria ignorado para sempre a importância dessa descoberta...

— E o senhor voltou? — interrompeu o Major.

— Mas, naturalmente. Voltei dessa história só faz uns oito meses, foi quando escrevi para o senhor... mas eu estava partindo de um erro... tenho que estudar a obtenção metálica do ouro... além disso, há veios lá... é questão de trabalhar... conseguir uma roupa de mergulhador, porque o fundo da água é dourado e a água em si não tem cor.

Haffner disse:

— Sabe que é interessante o que está contando? Supondo que não existisse ouro, aquilo é sempre mais divertido do que essa porca cidade.

O Major acrescentou:

— Se se instalar a colônia no Campo Chileno, será necessário contar com uma estação telegráfica.

Erdosain replicou:

— Se é assim, pode-se montar uma estação portátil com longitude de onda de 45 a 80 metros. Custaria quinhentos pesos e tem um alcance de três mil quilômetros.

O Major interveio novamente:

— A colônia tem toda minha preferência porque ali se poderá instalar a fábrica de gases asfixiantes. O senhor, Erdosain, conhece algo a respeito.

— Sim, que o aristol pode ser fabricado eletroliticamente, mas não estudei nada nesse sentido, embora os gases asfixiantes e o laboratório bacteriológico são as coisas que devem nos preocupar em maior grau. Sobretudo o laboratório de cultivo de micróbios da peste bubônica e a cólera asiática. Teríamos que conseguir algumas bactérias "tipo", cuja vantagem consiste no enorme barateamento da produção.

O Astrólogo interveio:

— Acho que o mais conveniente seria deixar a organização da colônia para mais adiante. Por enquanto, devemos nos limitar a realizar o projeto do Haffner. Só quando dispusermos de fundos, organizaremos o primeiro contingente que partirá para a colônia. O senhor, Erdosain, tinha me falado de uma família?

— Sim, os Espila.

Haffner retrucou:

— Que diabo! Parece que não fazemos nada além de falar bobagens. Se bem que é verdade que eu, na sociedade de vocês, não passo de um simples informante, me parece que agora mesmo deveria se resolver algo.

O Astrólogo olhou para ele e retrucou:

— O senhor está disposto a dar o dinheiro para fazer algo? Não. E então? Espere até dispormos de um capital, que teremos dentro de poucos dias, e então, vai ver.

Haffner levantou-se e, olhando para o Buscador de Ouro, disse:

— Já sabe, companheiro, quando o assunto da colônia estiver pronto, me avise; e se precisar de gente, o melhor do melhor, eu lhe proporcionarei um bando de malandros que não vai ter nenhum inconveniente em deixar Buenos Aires — e colocando o chapéu, sem dar a mão para ninguém, e cumprimentando todos com um gesto, ia sair, quando, lembrando de alguma coisa, exclamou, dirigindo-se ao Astrólogo: — Se se apressar para conseguir o dinheiro, tem um magnífico prostíbulo à venda. Tem anexo e churrascaria e, além disso, se joga muito. O dono é um uruguaio e está pedindo 15.000 à vista, mas com dez mil e os outros cinco no prazo de um ano, acho que se conformará.

— O senhor pode vir aqui na sexta-feira?

— Posso.

— Bom, me procure na sexta, acho que resolveremos o assunto.

— Salve. — Assim cumprimentou o Rufião, e saiu.

O BUSCADOR DE OURO

Depois que Haffner saiu, Erdosain, que tinha desejo de conversar com o Buscador de Ouro, despediu-se do Astrólogo e do Major. Erdosain estava novamente inquieto. Antes de se retirar, o Astrólogo lhe disse num particular:

— Não falte amanhã, às nove, é preciso descontar o cheque.

Tinha se esquecido "daquilo". De repente Erdosain olhou ao redor como que aturdido por um golpe. Precisava conversar com alguém; esquecer-se da sombria obrigação que agora acelerava as batidas de suas veias, sob o ardente sol do meio-dia.

O Buscador de Ouro pareceu-lhe simpático. Por isso se aproximou dele e disse:

— O senhor quer me acompanhar? Gostaria de conversar sobre aquilo "lá embaixo".

O outro o observou com seus olhinhos faiscantes, e em seguida disse:

— Como não. Encantado. O senhor me pareceu muito simpático.

— Obrigado.

— Sobretudo pelo que o Astrólogo me disse do senhor. Sabe que é formidável seu projeto de fazer a revolução social com bacilos de peste?

Erdosain ergueu os olhos. Esses elogios quase o humilhavam. Era possível que alguém desse importância às bobagens que pensava?

O Buscador de Ouro insistiu:

— Isso e os gases asfixiantes, é admirável. Percebe? Deixar um garrafão de aço no Departamento de Polícia, na hora em que estiver esse bandido do Santiago! Envenenar todos os tiras feito ratos! — e soltou uma gargalhada tão estentórea que três pássaros se soltaram de um limoeiro num grande voo em arco. — Sim, amigo Erdosain, o senhor é um colosso. Peste e cloro. Sabe que revolucionaremos esta cidade? Já imagino esse dia, os comerciantes saindo como lebres assustadas de suas tocas e nós limpando de imundície o planeta com uma metralhadora. Com mil pesos se pode comprar uma régia metralhadora. Duzentos e cinquenta tiros por minuto. Papa-fina. E depois, cortinas de cloro ou de aristol... Ah! Devia publicar seus projetos no jornal, acredite em mim...

Erdosain interrompeu o panegírico com esta pergunta:

— Então o senhor encontrou o ouro, não?... O ouro...

— Suponho que não vai acreditar nessa história dos "prazeres".

— Como história? Então o ouro...?

— Existe, é claro que existe... mas é preciso encontrá-lo.

A decepção de Erdosain era tão profunda que o Buscador de Ouro acrescentou:

— Veja, meu irmão... eu falei com o senhor porque o Astrólogo me disse que podia fazê-lo.

— Sim, mas eu achava...

— O quê?

— Que entre tantas mentiras essa seria uma das poucas verdades.

— No fundo é verdade. O ouro existe... só é preciso encontrá-lo. O senhor devia se alegrar de que tudo esteja sendo organizado para ir procurá-lo. Ou acha que esses animais se mexeriam se não fossem empurrados pelas mentiras extraordinárias? Ah! Quanto eu tenho pensado. Nisto se baseia a grandeza da teoria do Astrólogo: os homens só se sacodem com mentiras. Ele dá ao falso a consistência do verdadeiro; pessoas que jamais teriam caminhado para alcançar nada, sujeitos desfeitos por todas as desilusões, ressuscitam na virtude de suas mentiras. O senhor quer, por acaso, algo maior? Repare que na realidade acontece a mesma coisa e ninguém o condena. Sim, todas as coisas são aparências... perceba... não há homem que não admita as pequenas e estúpidas mentiras que regem o funcionamento da nossa sociedade. Qual é o pecado do Astrólogo? Substituir uma mentira insignificante por uma mentira eloquente, enorme, transcendental. O Astrólogo, com suas falsidades, não parece um homem extraordinário, e não o é... e é; é... porque não tira proveito pessoal de suas mentiras, e não o é porque ele não faz outra coisa senão aplicar um velho princípio posto em prática por todos os vigaristas e reorganizadores da humanidade. Se algum dia se escrever a história desse homem, os que a lerem e tenham um pouco de sangue-frio, dirão: era grande porque para chegar a concretizar seus ideais só utilizava os meios ao alcance de qualquer charlatão. E o que para nós parece novelesco e inquietante, não é nada mais que o desalento dos espíritos débeis e medíocres, que só acreditam no sucesso quando os meios para alcançá-lo são complicados, misteriosos, e não simples. E, no entanto, o senhor devia saber que os grandes atos são simples, como a prova do ovo de colombo.

— A verdade da mentira?

— Isso mesmo. O que acontece é que nos falta a coragem para enormes empresas. Imaginamos que a administração de um Estado é mais complicada do que a de uma modesta casa, e colocamos nos acontecimentos um excesso de novelesco, de romantismo idiota.

— Mas o senhor sente na sua consciência, quero dizer, a realidade lhe dá uma impressão de que teremos sucesso?

— Completamente, e acredite... seremos, no mínimo, donos do país... se não do mundo. Temos que sê-lo. O que o Astrólogo projeta é a salvação da alma dos homens esgotados pela mecanização da nossa civilização. Já não há ideais. Não há símbolos bons nem maus. O Astrólogo falava, da última vez, das colônias fundadas no mundo antigo pelos vadios que não estavam bem em seu país. Nós faremos a mesma coisa, mas dando à Sociedade um sentido de jogo enérgico... jogo que seduz até a alma dos lojistas quando vão ao cinematógrafo assistir a uma aventura de caubóis. O que o senhor sabe, meu irmão, das confusões que pensamos armar?... Em último caso, plantaremos bombas de trinitrotolueno para nos divertirmos um pouco com o espanto da canalha. O que o senhor acha que eram as velhas gangues e os bandidos dos arrabaldes? Homens que não tinham encontrado canais onde lançar sua energia. E então a desafogavam arrebentando um almofadinha ou um turco. Veja... Comodoro... Puerto Madryn, Trelew, Esquel, Arroyo Pescado, Campo Chileno, conheço todos os caminhos e todas as solidões... Acredite... a gente vai organizar um corpo de juventude admirável — tinha se entusiasmado. — O senhor acha que não há ouro? Me lembra as crianças que, na mesa, têm os olhos maiores que a barriga. No nosso país tudo é ouro.

Erdosain sentia-se arrastado pelo calor do outro. O Buscador de Ouro falava convulsivamente, piscando os olhos, erguendo ora uma sobrancelha, ora outra, sacudindo-o amistosamente pelo braço.

— Acredite, Erdosain... há muito ouro... mais do que o senhor possa imaginar... mas a realidade não é essa. Existe outra: o tempo que se leva. Esquel, Arroyo Pescado, Río Pico... Campo Chileno... léguas... caminhos de dias e dias... e o senhor sabe, sabe que para tirar o certificado de um cavalo que não vale dez pesos caminha-se semanas, o tempo não vale nada... Tudo é grande... enorme... eterno lá. Tem que se convencer. Eu me lembro quando, com a Máscara, íamos por Arroyo Pescado. Não só ouro... o ouro vermelho... Lá se salvam as almas que a civilização adoeceu. Mandaremos para a montanha todos os nossos. Veja... eu tenho vinte e sete anos... e arrisquei minha pele à bala várias vezes — sacou o revólver. — Está vendo aquele pardal? — estava a cinquenta passos, ergueu o revólver até o queixo, apertou o gatilho e ao soar do estampido o pássaro se soltou verticalmente do galho. — Viu? Assim arrisquei a pele muitas vezes. Não precisa ficar triste. Veja, tenho vinte e sete anos. Arroyo Pescado, Esquel, Río Pico, Campo Chileno... todas as soledades serão nossas... organizaremos a escolta da Nova Alegria... A Ordem dos Cavaleiros do Ouro Vermelho... O senhor acha que eu estou exaltado. Não, homem! É preciso ter estado ali para perceber. E nessas circunstâncias, a gente concebe a necessidade, a imprescindível necessidade de uma aristocracia natural. Desafiando a solidão, os perigos, a tristeza, o sol, o infinito da planície, a gente se sente outro homem... diferente do rebanho de escravos que agoniza na cidade. O senhor sabe o que é o proletário, anarquista, socialista, das nossas cidades? Um rebanho de covardes. Em vez de irem despedaçar a alma na montanha ou nos campos, preferem as comodidades e os divertimentos à heroica solidão do deserto. O que fariam as fábricas, as casas de moda, os mil mecanismos parasitários da cidade se os homens fossem para o deserto... se cada um deles levantasse sua loja lá embaixo? O senhor compreende agora por que eu estou com o Astrólogo? Nós, os jovens, criaremos a nova vida; sim, nós. Estabeleceremos uma aristocracia bandida. Fuzilaremos os intelectuais contagiados do idiotismo de Tolstói e, o resto, colocaremos para trabalhar para nós. Por isso admiro Mussolini. Naquele país de bandolinistas, estabeleceu o uso do cassetete, e aquele reinado de opereta se transformou, do dia para a noite, no mastim do Mediterrâneo. As cidades são o câncer do mundo. Aniquilam o homem, o modelam covarde, astuto, invejoso, e é a inveja que afirma seus direitos sociais, a inveja e a covardia. Se esses rebanhos fossem compostos por bestas corajosas, teriam feito tudo em pedaços. Acreditar na massa é acreditar que se pode tocar a lua com a mão. Veja o que aconteceu a Lênin com o campesinato russo. Mas já está tudo organizado e não há outra coisa a não ser dizer: no nosso século, os que não se sentem bem na cidade que se mudem para o deserto. É isso o que o Astrólogo propõe. Tem toda razão. Quando os primeiros cristãos se sentiram mal nas cidades, foram para o deserto. Ali, do seu jeito, construíram a felicidade. Hoje, ao contrário, a chusma das cidades ladra nos comitês.

— Sabe que eu gosto da sua comparação do deserto?

— Mas claro, Erdosain. O Astrólogo diz: esses que não estão à vontade nas cidades não têm direito de incomodar os que a gozam. Para os descontentes e incomodados das cidades há a montanha, a planície, a margem dos grandes rios.

Erdosain não imaginava tal violência no Buscador de Ouro. O outro adivinhou o pensamento, porque disse:

— Nós pregaremos a violência, mas não aceitaremos nas células os teóricos da violência, mas aquele que queira nos demonstrar seu ódio para com a atual civilização terá que dar uma prova de sua obediência à sociedade. O senhor percebe agora o objetivo da colônia? O ouro não é também uma encantadora ilusão? Aquele que quiser que se sacrifique conosco. O esforço o transformará num super-homem. Então lhe outorgarão poderes. Não acontece a mesma coisa com as ordens monacais? O Exército não está organizado assim? Mas homem, não abra a boca! Nas próprias empresas comerciais... por exemplo, na casa Gath e Chaves, na Harrods, os empregados me contaram que o pessoal é governado com uma disciplina perto da qual a disciplina militar é fichinha. Como você pode ver, Erdosain, nós não inventamos nada. Substituímos um fim mesquinho por um fim extraordinário, nada mais.

Erdosain se sentia humilhado ante o Buscador de Ouro. Invejava no outro a violência, irritavam-lhe suas verdades densas e indiscutíveis, e teria desejado contradizê-lo, ao mesmo tempo que dizia para si mesmo:

"Eu sou menos personagem de drama do que ele, eu sou o homem sórdido e covarde da cidade. Por que não sinto sua agressividade e seu ódio? Sim, ele tem razão. E sorrio com suas palavras, prudentemente, como se temesse que me dê uma bofetada, e acontece que sua violência me assusta, sua coragem me enoja."

— Em que está pensando, meu irmão? — disse o Buscador de Ouro.

Erdosain olhou-o longamente, e em seguida:

— Estava pensando que é muito triste ter se criado como um covarde.

O Buscador de Ouro encolheu os ombros.

— O senhor pensa que é um covarde porque as circunstâncias da vida não o obrigaram a arriscar a pele. Eu quero ver o senhor no dia em que sua vida dependa do gatilho de um revólver, se é covarde ou não. O que acontece é que na cidade não se pode ser valente. O senhor sabe que, se arrebentar a cara de um desgraçado, os trâmites policiais vão te amolar tanto, que o senhor prefere tolerar a fazer justiça com as próprias mãos. Essa é a realidade. E a gente se acostuma a ser resignado, a refrear os impulsos...

Erdosain olhou-o:

— Sabe que é notável?

— Não se preocupe, sócio. O senhor já vai ver como vai se animar dentro de pouco tempo... e vai se encontrar com a alma de um valente... É preciso começar, nada mais.

À uma da tarde, os dois homens se despediram.

A COXA

Nesse mesmo dia, pouco antes de Erdosain chegar ao último lance da escada em caracol, distinguiu, parada no patamar, uma senhora envolta num casaco de lontra e touca verde, que conversava com a dona da pensão. Um "aí vem" o fez compreender que era a ele que esperavam, e ao parar no corredor, a desconhecida, virando o rosto ligeiramente sardento, perguntou-lhe:

— O senhor é o Erdosain?

"Onde já vi essa cara?", perguntou-se Erdosain, ao responder afirmativamente à desconhecida, que então se apresentou:

— Sou a esposa do sr. Ergueta.

— Ah! A senhora é a Coxa? — mas subitamente, envergonhado da inconveniência que assustou a dona da pensão a ponto de fazê-la olhar os pés da desconhecida, Erdosain desculpou-se:

— Desculpe, estou aturdido... A senhora compreende, eu não esperava... Não quer entrar?

Antes de abrir a porta de seu quarto, Erdosain voltou a se desculpar pela desordem que a visita encontraria nele, e Hipólita, sorrindo ironicamente, replicou:

— Está bem, senhor.

No entanto, o olhar frio que filtravam as transparentes pupilas verde-cinza da mulher irritava Erdosain. E pensou:

— Deve ser uma perversa — pois tinha reparado que sob a touca verde, o cabelo vermelho de Hipólita descia ao longo das têmporas em duas partes lisas que cobriam a ponta de suas orelhas. Voltou a observar seus cílios fixos e vermelhos e os lábios que pareciam inchados na rosada morbidez do rosto sardento. E disse para si mesmo: — Que diferente daquela da fotografia!

Ela, parada diante dele, observava-o como que dizendo:

— Este é o homem — e ele, próximo da mulher, sentia sua presença sem compreendê-la, como se ela não existisse ou estivesse distante dele por muitas léguas do rumo interior. No entanto, estava ali e era preciso dizer algo, e não lhe ocorrendo outra coisa, disse, depois de acender a luz e oferecer uma cadeira à senhora, ocupando ele o sofá:

— Então a senhora é a esposa do Ergueta? Muito bem.

Não conseguia compreender o que é que essa vida fazia implantada de repente em seu desconcerto. Uma rajada de curiosidade lhe sublevava a alma, mas gostaria de estar de outro modo, sentir-se familiar ao semblante da mulher, cujas ovaladas linhas tinham algo do vermelho do cobre, como esses raios de sol de chuva, que nos quadros de santos brotam em mil feixes dentre um pináculo de nuvens. E dizia para si mesmo:

— Eu estou aqui, mas a minha alma, onde está? — e tornou a dizer: — Então a senhora é a esposa do Ergueta? Muito bem.

Ela, que havia cruzado as pernas, esticou a ponta do vestido bem mais abaixo do joelho, o tecido franziu entre seus dedos rosados, e levantando a cabeça como se lhe custasse um grande esforço esse movimento na estranheza de um ambiente que não conhecia, disse:

— É preciso que o senhor faça alguma coisa pelo meu marido. Ele enlouqueceu.

— Minha curiosidade não recebeu nenhum grande golpe — disse a si mesmo Erdosain, e satisfeito por se manter insensível como um desses banqueiros dos romances de Xavier de Montépin, acrescentou, com a alegria interior de poder representar a comédia do homem impassível: — Então ele enlouqueceu? — mas de repente, compreendendo que não poderia prolongar esse papel, disse: — A senhora percebe? A senhora me dá uma notícia extraordinária e, no entanto, eu permaneci impassível. Me dói estar assim, vazio de qualquer emoção; gostaria de sentir algo e estou como um paralelepípedo. A senhora tem que me desculpar. Não sei o que está acontecendo comigo. A senhora vai me desculpar, não? Em outros tempos, no entanto, eu não era assim. Lembro que eu era alegre como um pardal. Fui mudando pouco a pouco. Não sei, olho para a senhora, gostaria de sentir que sou seu amigo e não posso. Se eu visse a senhora agonizar, possivelmente não lhe daria nem um copo d'água. Percebe? E no entanto... Mas onde ele está?

— No Hospício das Mercedes.

— Que curioso! Vocês não moravam no Azul?

— Sim, mas faz quinze dias que estamos aqui...

— E quando aconteceu "isso"?

— Faz seis dias. Eu mesma não sei explicar. É como o senhor dizia antes, referindo-se a mim. Perdoe se o faço perder tempo. Eu pensei no senhor, que o conhecia, ele sempre me falava do senhor. Quando foi a última vez que o viu?

— Antes de se casar... Sim, me falou da senhora. Ele a chamava de Coxa... e de Rameira.

Pareceu a Erdosain que a alma de Hipólita lhe ia esmaltando serenamente as pupilas. Tinha a certeza de que podia falar de tudo com ela. A alma da mulher estava imóvel ali, como que para recebê-lo naturalmente. Ela tinha apoiado as mãos cruzadas sobre a saia em cima do joelho, e essa posição tornava fácil o tempo de confidência. O ocorrido durante a manhã na casa do Astrólogo lhe parecia algo remoto, só algum pedacinho de árvore e de céu cruzava sua lembrança de vez em quando, e o deslizamento das imagens truncadas deixava-lhe apoiado na consciência um prazer lento e injustificado. Esfregou as mãos com satisfação e disse:

— Não vá se ofender, senhora... mas acho que ele já estava louco ao se casar com a senhora...

— Me diga... O senhor sabe se ele jogava, antes de se casar comigo?

— Jogava... Além disso, lembro que estudava muito a Bíblia, porque entre outras coisas, ele me falou dos novos tempos, do quarto selo e mais um montão de coisas. Além disso, jogava. Ele sempre me interessou porque via nele um temperamento frenético.

— Isso mesmo. Um frenético. Chegou a aceitar uma aposta de cinco mil pesos numa mesa de pôquer. Vendeu minhas joias, um colar que um amigo tinha me dado...

— Mas como?... A senhora não deu esse colar para a empregada pouco antes de se casar com ele? Assim ele me disse. Que a senhora deu o colar e a baixela de prata... e o cheque de dez mil pesos que o outro lhe deu...

— Mas o senhor acha que eu estou louca!... Por que eu ia dar para a minha empregada um colar de pérolas?

— Então mentiu.

— É o que me parece.

— Que curioso!...

— Não estranhe. Mentia muito. Além disso, nestes últimos dias, estava perdido. Estudou uma mutreta para aplicar na roleta. O senhor teria dado risada se o tivesse visto. Montou um livro de números que ninguém entendia a não ser ele. Que homem! Não podia dormir de preocupação; não ligava para a farmácia; às vezes, estando a luz apagada e eu quase dormindo, sentia uma grande batida no chão; era ele que havia se jogado da cama, acendia a luz, anotava umas cifras como se tivesse medo que lhe escapassem... Mas então ele disse ao senhor que eu tinha dado meu colar de pérolas? Que homem!

O que fez foi empenhá-lo antes de a gente se casar... Bom, como eu estava dizendo... o mês passado foi ao Real de San Carlos...

— E, logicamente, perdeu...

— Não, com setecentos pesos ganhou sete mil. O senhor tinha que ver como chegou... Calado... Eu disse a mim mesma: Pronto! Perdeu... mas o notável é que estava assustado com a sorte que tinha tido... ele próprio, até então, tinha tido uma relativa confiança na sua mutreta...

— Sim... percebo... Preferia acreditar nela a testá-la.

— Claro, de medo do fracasso. Mas já lhe digo... durante alguns dias ficou como que transtornado. Lembro que uma tarde, na hora da sesta, me disse: "Bom, minha nega, você vai se resignar a ser a rainha do mundo".

— Sempre a mania de grandeza...

— Previno-o de que em parte eu também acreditei, depois disso, no sucesso da mutreta. Ele tinha jogado de acordo com os números que apareciam na sua tabela de cálculos, e então, para quebrar a banca, sacou três mil pesos do banco... Estavam no meu nome, eu lembro, e mais os seis mil e quinhentos... Tinha pago umas contas na farmácia... Saímos para Montevidéu... e perdeu tudo.

— Em quanto tempo?

— Vinte minutos... Eu achava que desmaiava pelo caminho... mas então ele disse para o senhor que eu tinha dado o meu colar para a empregada?... Que homem!

— Vai ver era para me dar uma ideia melhor da senhora. E na viagem, como foi?

— Nada... não disse uma palavra. Tinha, isso sim, os olhos vidrados, a cara como que desfeita, relaxada, sabe? Assim que chegamos em Buenos Aires se deitou... era uma segunda-feira. Ficou na cama até o anoitecer, depois foi para a rua, não sei por que o coração me dizia que algo ia acontecer... Às dez da noite ainda não tinha voltado, e então me deitei; lá pela uma da madrugada seus passos no quarto me acordaram, eu ia acender a luz quando ele deu um grande salto e me pegando por um braço, o senhor sabe a força espantosa que ele tem, me tirou da cama de camisola e, me arrastando pelos corredores, me levou até a porta do hotel.

— E a senhora?

— Eu não gritava porque sabia que ia deixar ele furioso. Já na porta do hotel, ele ficou me olhando como se não me conhecesse, com a testa feito um monte de rugas, os olhos grandes. Batia um vento que fazia as árvores dobrarem, eu me cobria com os braços, e ele, sem dizer palavra, não fazia outra coisa senão olhar, quando diante de nós parou um vigilante, enquanto o porteiro, que tinha acordado com o ruído, agarrava-o por trás, pelos braços. E ele gritava tanto que podiam escutá-lo da esquina: "Esta é a rameira... a que amou os rufiões que têm a carne como a carne do mulo...".

— Mas como a senhora se lembra dessas palavras?

— Tudo o que aconteceu é como se eu estivesse vendo agora. Ele, entre uma folha da porta, puxando para dentro; lá de fora, o vigilante esticando-o, enquanto o porteiro o abraçava pela garganta para fazê-lo perder as forças, e eu na porta esperando que isso terminasse, pois várias pessoas haviam se juntado e, em vez de ajudar o vigilante, entretinham-se em olhar para mim. Ainda bem que eu sempre usei uma camisola comprida... Finalmente, com a ajuda de outros vigilantes que um garçom lá de dentro avisou com chamados de socorro, puderam levá-lo para a delegacia. Achavam que estava bêbado... mas era um ataque de loucura... Assim diagnosticou o médico. Delirava com a arca de Noé...

— Perfeitamente... e em que posso servi-la? — Outra vez Erdosain sentia que o importante do personagem reaparecia em sua vida como um elemento novelesco que é preciso cuidar como se cuida do laço da gravata na desordem de um baile.

— Em resumo, eu estava incomodando o senhor para ver se o senhor podia me ajudar provisoriamente. Com a família dele não posso contar para absolutamente nada.

— Mas a senhora não se casou na casa dele?

— Sim, mas quando voltamos de Montevidéu, depois que casamos, um dia fomos visitar... imagine só... visitar uma casa onde eu tinha sido empregada.

— Que colossal!

— O senhor não imagina a indignação dessa gente. Uma tia dele... mas, mas para que contar tantas mesquinharias?... Não acha? A vida é assim e pronto. Nos expulsaram e saímos. Paciência, azar.

— O estranho é que a senhora tenha sido empregada.

— Não tem nada de mais...

— É que a senhora não dá essa impressão...

— Obrigada... o caso é que ao sair do hotel eu tive que empenhar um anel... e preciso administrar o pouco dinheiro que tenho...

— E a farmácia?

— Está aos cuidados de uma pessoa idônea. Telegrafei para que mande dinheiro... mas ela me respondeu que tem ordens da família do Ergueta de não me entregar um centavo. Enfim...

— E o que a senhora pensa fazer?

— Isso é que eu não sei... Se voltar para Pico ou esperar aqui.

— Que confusão!

— Acredite, já estou farta.

— Bom, acontece que hoje eu não tenho dinheiro. Amanhã, sim, terei...

— Sabe? Quero reservar esses poucos pesos para se por acaso...

— Enquanto a senhora averigua algo sério... se quiser pode ficar aqui. Exatamente ao lado, há um quarto vazio. E o que mais deseja?

— Ver se o senhor pode tirá-lo do hospício.

— Como eu vou tirá-lo se está louco? Veremos. Bom... esta noite a senhora dorme aqui. Eu me arranjarei no sofá... embora seja provável que não durma aqui.

A mulher filtrou outra vez entre os cílios vermelhos seu malévolo olhar esverdeado. Era como se projetasse sua alma sobre o relevo das ideias do homem, para apanhar um decalque de suas intenções.

— Bom, aceito...

— Amanhã, se quiser, eu lhe darei dinheiro para que vá viver tranquila num hotel se preferir não ficar aqui.

Mas de repente, irritado com Hipólita por um pensamento que acabava de resvalar no seu entendimento, disse:

— Sabe que a senhora não deve gostar do Eduardo?...

— Por quê?

— É evidente. A senhora chega aqui, me fala de todo esse drama com uma tranquilidade que assusta... e naturalmente, então... o que é que a gente vai pensar da senhora?

Ao dizer essas palavras, Erdosain tinha começado a passear no reduzido espaço do quarto. Sentia-se inquieto e, de soslaio, examinava aquele ovalado rosto sardento com as finas sobrancelhas vermelhas sob a viseira verde do chapéu, e os lábios como que inchados, enquanto as duas pontas de cabelo cor de cobre cingiam as têmporas lhe cobrindo as orelhas, e as pupilas transparentes lançavam feixes de olhar.

— Quase não tem seios — pensou Erdosain. Hipólita olhava ao redor; de repente, sorrindo amavelmente, perguntou-lhe:

— O que é que o senhor, meu filho, esperava de mim?

Erdosain sentiu-se irritado por esse "meu filho" intempestivo e prostibulário que se somava ao canalha "paciência, azar". Finalmente, disse:

— Não sei, enfim, imaginava a senhora menos fria... há momentos em que a senhora dá a impressão de que é uma mulher perversa... pode ser que eu esteja enganado, mas... enfim... lá a senhora...

Hipólita levantou-se:

— Meu filho, eu nunca dissimulei. Vim até o senhor simplesmente porque sabia que o senhor era o melhor amigo dele. O que o senhor quer?... Que me ponha a chorar como uma Madalena se não o sinto?... Já chorei bastante...

Ela também tinha ficado de pé. Olhava-o com firmeza, mas a dureza de linhas que estava rígida sob a epiderme de seu semblante, como uma armadura de vontade, descompôs-se de fadiga. Com a cabeça inclinada ligeiramente para um lado, lembrou a Erdosain sua esposa... bem podia ser ela... estava na porta de um cômodo desconhecido... o capitão, indiferente, olhava-a marchar para sempre e não a detinha... a rua abria-se diante dela... talvez fosse parar num hotel de paredes sujas e então, apiedado, disse:

— Desculpe... estou um pouco nervoso. A senhora está na sua casa. A única coisa que sinto é que tenha me encontrado sem dinheiro. Mas amanhã terei.

Hipólita voltou a ocupar a cadeira e Erdosain, ao mesmo tempo em que caminhava, tomou seu pulso. As veias batiam rapidamente. Fatigado da tarde passada com o Astrólogo e Barsut, disse com amargura:

— A vida é dura, não?...

A intrusa olhava em silêncio a ponta de seu sapatinho. Ergueu os olhos e uma fina ruga estriou sua testa sardenta. Em seguida:

— Parece que o senhor está preocupado. Está acontecendo alguma coisa?

— Nada... me diga... sofreu muito ao lado dele?...

— Um pouco. É violento...

— Que curioso! Gostaria de imaginá-lo no manicômio e não posso. Só distingo um pedaço de cara e um olho... Previno-lhe de que eu pressenti o desastre. Eu o encontrei uma manhã, ele me contou tudo, e de repente tive a impressão de que seria infeliz a seu lado... mas a senhora deve estar cansada. Eu tenho que sair. Vou dizer à dona da pensão para que sirva seu jantar aqui.

— Não... não tenho vontade.

— Bom, então, com licença. Aqui está o biombo. Faça como se estivesse na sua casa.

Quando Erdosain saiu, a Coxa envolveu-o num olhar singular, olhar de leque que corta com uma oblíqua o corpo de um homem dos pés à cabeça, apanhando em tangente toda a geometria interior de sua vida.

NA CAVERNA

Já na rua, Erdosain observou que chuviscava, mas continuou caminhando, empurrado por um rancor surdo, mau humor de não poder pensar.

Os acontecimentos se complicavam... e ele, enquanto isso, o que era em meio a essas engrenagens que o iam bloqueando, metendo-se cada vez mais dentro da vida, submergindo-o num lamaçal que o desesperava? Além disso, havia aquilo... essa impotência de pensar, de pensar com raciocínio de linhas nítidas, como são as jogadas de xadrez, e uma incoerência mental que o indispunha contra todos.

Então sua irritação se voltou contra a bestial felicidade dos lojistas, que das portas de suas bibocas cuspiam na obliquidade da chuva. Imaginou que estavam tramando eternos trambiques, enquanto suas desventuradas mulheres se deixavam ver lá dos fundos, estendendo toalhas em mesas bambas, arrebanhando ignóbeis guisados que, ao serem destapados, jogavam na rua flatulências de pimentão e de sebo, e ásperos relentos de bifes à milanesa requentados.

Caminhava carrancudo, investigando com furor lento as ideias que se encubariam sob essas testas estreitas, olhando descaradamente as lívidas caras dos comerciantes, que pela cova dos olhos espiavam com uma faísca de ferocidade os compradores que se moviam nas lojas da frente; e de vez em quando Erdosain sentia ímpetos de insultá-los, desejo de tratá-los de cornos, de ladrões e de filhos da puta, dizendo-lhes que tinham a falsa gordura dos leprosos e que se alguns estavam magros era de invejar o sucesso de seus próximos. E em seu foro íntimo ia injuriando-os atrozmente, imaginando que aqueles negociantes estavam ligados a próximas quebras por espantosas promissórias, e que a infelicidade que o jogava no fundo do desespero se abateria também sobre suas ensebadas mulheres, que, com os mesmos dedos com que momentos antes haviam retirado os trapos em que menstruavam, cortariam agora o pão que eles devorariam entre maldições dirigidas aos seus concorrentes.

E sem poder explicar a si mesmo, dizia que o mais educado desses trapaceiros era de uma grosseria solapada e profunda, todos invejosos até a medula e mais desalmados e implacáveis do que cartagineses.

À medida que ia passando em frente de colchoarias e armazéns e lojas, pensava que esses homens não tinham nenhum objetivo nobre na existência, que passavam a vida esquadrinhando com gozos malvados a intimidade de seus vizinhos, tão canalhas como eles, regozijando-se com palavras de falsa compaixão das desgraças que ocorriam a estes, fofocando a torto e a direito de tão entediados que estavam, e isso produziu-lhe subitamente tanta aversão que de repente aceitou que o melhor que poderia fazer era ir embora, pois senão teria um incidente com esses brutamontes, sob cujas cataduras enfáticas via alçar-se a alma da cidade, acanalhada, implacável e feroz como eles.

Não tinha um propósito determinado, reconhecia que tinha o espírito sujo de asco à vida e, de repente, ao ver que passava um bonde para a Plaza Once, a grandes saltos subiu na plataforma. Já na bilheteria, comprou passagem de ida e volta para Ramos Mejía. Ia para lá como poderia ir em outra direção. Cansado, desconcertado com a certeza de que havia jogado sua alma num fosso do qual não poderia sair nunca mais. E esperando-o, a Coxa. Não teria sido preferível ser capitão de navio e comandar um super-*dreadnought*? As chaminés vomitariam torrentes de fumaça e no convés de comando conversaria com o comandante da torre, enquanto no coração se lhe desenharia a imagem de uma mulher que por acaso não fosse sua esposa. Mas por que sua vida era assim? E a dos outros também, também "assim", como se o "assim" fosse um cunho de desgraça que visto em outro era de relevo mais apagado.

O que tinha sido feito da vida forte, que certos homens contêm em sua embalagem como o sangue de um leão? A vida forte que de repente faz com que uma existência apareça para nós sem os tempos prévios de preparação e que tem a perfeita desenvoltura das composições cinematográficas. Por acaso não eram assim as fotografias dos heróis? Quem conservava uma fotografia de Lênin discutindo num quartinho de Londres, ou de Mussolini vagabundo pelos caminhos da Itália? E, no entanto, de repente eram revelados numa sacada arengando para a multidão barbuda, ou entre colunas truncadas de umas ruínas recentes, com sapatos esportivos e um chapéu-panamá que não desmentia a fereza do semblante de conquistador. Em compensação, ele sentia ali, localizada em sua vida, as pequenas imagens da Coxa, do capitão, de sua esposa, de Barsut, todas as existências que assim que se afastavam de seus olhos ficavam restituídas à minúscula dimensão que a distância confere aos corpos físicos.

Apoiou a cabeça no vidro da janelinha. O vagão deslizou e em seguida parou, ao segundo apito do guarda-linha, arrancou o comboio, e este entrou rangendo ferozmente nas entrevias que batiam ferreamente ao serem afastadas pelo fio das rodas.

As luzes verdes e vermelhas do metrô lhe ofuscaram os olhos por um instante, depois voltou a fechá-los. Na noite, o trem comunicava sua trepidação aos trilhos, e a massa multiplicada pela velocidade imprimia em seus pensamentos a vertigem de uma marcha igualmente implacável e vertiginosa.

Cracc... cracc... cracc... arrancavam as rodas em cada junta de trilho, e essa monorritmia surda e formidável o aliviava de seu rancor, tornava seu espírito mais leve, enquanto a carne deixava-se estar na sonolência que a velocidade comunica aos sentidos.

Em seguida pensou que Ergueta já estava louco. Lembrou das palavras do outro quando estava à beira da desgraça: "se manda, safado, se manda", e firmando a cabeça no canto acolchoado do espaldar, pensou nos tempos idos, fechando os olhos para distinguir com clareza as imagens de uma lembrança. Esta lhe causava certa estranheza, pois era a primeira vez que observava que numa lembrança certas figuras têm a dimensão normal com que foram conhecidas na realidade, enquanto outras figuras ou coisas são pequenininhas como soldadinhos de chumbo ou tão somente apresentam um perfil carecendo de profundidade. Assim, junto à corpulência de um negro cuja mão se perdia no traseiro de uma criança, via uma mesinha minúscula, como para bonecas, sobre a qual estavam esmagadas as pequenas cabeças de uns homens ladrões, enquanto o teto, da altura real, dava um aspecto de desolação mais extraordinária à cinzenta paragem da lembrança.

Uma multidão escura se movia ali, no interior de sua alma; em seguida, a sombra, como uma nuvem, cobria seu penar de cansaço, e junto da mesinha onde dormiam os pequeninos ladrões adultos, erguiam-se gigantescos e beiçudos como um crânio de boi, o perfil do dono do boteco, com os dedos enganchados nas musculosas bolas dos seus braços. E outra lembrança demonstrava-lhe quão exato era seu pressentimento de iminente queda, quando ainda não tinha nem pensado em defraudar a Açucareira, mas já procurava nas sinistras paragens uma imagem de sua possível personalidade.

Quantos caminhos havia em seu cérebro! Mas agora ia pelo que conduzia ao boteco, o enorme boteco que fundia seu cubo taciturno como um açougue até as últimas dobras do seu cerebelo, e embora o relevo desse cubo que nascia na sua testa e terminava na nuca fosse de vinte graus, as minúsculas mesinhas com os ladrõezinhos adultos não resvalavam pelo piso como teria sido lógico, senão que o cubo endireitava-se sob o contrapeso de um costume instantâneo, o de pensar nele, e sua carne já acostumada à velocidade multiplicada pela massa do trem elétrico deixava-se estar numa inércia vertiginosa; e agora que a lembrança tinha vencido a inércia de todas as células, aparecia diante de seus olhos o boteco, como um quadrilátero exatamente recortado. O qual parecia que afundava suas retas para o interior do seu peito, de modo que quase podia admitir que, se se olhasse num espelho, a frente de seu corpo apresentaria um salão estreito, afundado em direção à perspectiva do espelho. E ele caminhava no interior de si mesmo, sobre um pavimento enlameado de cusparadas e serragem, e cuja moldura perfeita se biselava para o infinito das sensações adjacentes.

E pensava que se a Coxa estivesse ao seu lado, ele lhe teria dito, referindo-se a uma lembrança:

— Eu ainda não era ladrão.

Erdosain imaginou que a Coxa o olhava, e ele, com um tom entediado, continuou:

— Ao lado do velho edifício do *Crítica*,[4] na rua Sarmiento, tinha um boteco.

Hipólita ergueu os olhos como se o interrogasse; de repente, entre a agitação infernal dos carros ao cruzar as entrevias de Caballito, Erdosain imaginou

[4] Um dos jornais mais importantes e populares de Buenos Aires nos anos 1920-30. De caráter sensacionalista, sua relevância se deve ao fato de haver inaugurado um novo estilo jornalístico. Roberto Arlt trabalhou lá, na seção policial. (N. T.)

que era um personagem que tinha vivido como um bandido, mas que já tinha se regenerado, e então continuou dizendo a seu interlocutor invisível:

— E ali se reuniam vendedores de jornais e ladrões.

— Ah, é?

O dono, para evitar que os tumultos formados por essa canalha acabassem quebrando os vidros das vitrines, tinha as portas de aço continuamente baixadas.

A luz entrava no salão pelos vidros da claraboia tingidos de azul, de forma que nessa espelunca de paredes pintadas de cinza, como os de um açougue turco, flutuava uma escuridão que tornava leitosa a fumaceira dos charutos.

Naquele cubo sombrio, de teto cruzado por enormes vigas, e que a cozinha do boteco inundava de neblinas de minestra e de sebo, movia-se o tumulto escuro, uma "cambada" de ladrões, sujeitos de testas ensombrecidas pelas viseiras das boinas e lenços frouxamente amarrados no decote das camisetas.

Das onze às duas da tarde, apinhavam-se em torno das ensebadas mesas de mármore, para chupar conchas de mariscos podres ou jogar cartas entre copos de vinho.

Naquela bruma fedorenta os semblantes afirmavam gestos canalhescos, viam-se fuças como que alongadas pela violência de um estrangulamento, as mandíbulas caídas e os lábios frouxos em forma de funil; negros de olhos de porcelana e brilhantes dentaduras entre as hemorroidas de seus beiços, que tocavam o traseiro dos menores fazendo ranger os dentes; gatunos e "dedos-duros" com perfil de tigre, a testa afundada e a pupila tesa.

Esses bandos escarrapachados nos bancos e acotovelados nos mármores vomitavam um vozerio rouco, entre os quais deslizavam os punguistas, de terno decente, colarinho frouxo, colete cinza e chapéu-coco de sete pesos. Alguns acabavam de sair de Azcuénaga e davam notícias dos novos presos, transmitindo recados, outros para inspirar confiança usavam óculos de tartaruga, e todos, ao entrar, olhavam o antro de esguelha, com rapidíssimos olhares. Falavam em voz baixa, sorrindo convulsivamente, pagando garrafas de cerveja a estranhos cupinchas e saíam e entravam várias vezes em um quarto de hora, chamados por misteriosas diligências. O dono dessa caverna era um homem enorme, cara de boi, olhos verdes, nariz adunco e apertadíssimos lábios finos.

Quando se encolerizava, seus rugidos sobressaltavam a canalha, que o temia. Agia com esta utilizando uma violência surda. Um perdulário fazia mais escândalo do que o tacitamente tolerado e, de repente, o dono do boteco se aproximava, o arruaceiro sabia que o outro lhe daria uma surra, mas aguardava em silêncio, e então o gigante descarregava com o fio do punho terríveis golpes curtos na borda do crânio do culpado.

Um emudecimento gozoso acompanhava o castigo, o desgraçado era lançado à rua aos pontapés, e o vozerio se renovava mais injurioso e ressonante, deslocando nuvens de fumaça para o envidraçado quadrilátero da porta. Às vezes nessa espelunca entravam músicos ambulantes, frequentemente um bandoneón e um violão.

Afinavam os instrumentos e um silêncio de expectativa encolhia cada fera em seu canto, enquanto uma tristeza movimentava seu marulho invisível nessa atmosfera de aquário.

O tango carcerário surgia pranteador das caixas, e então os miseráveis compassavam inconscientemente seus rancores e suas infelicidades. O silêncio parecia um monstro de muitas mãos que levantava uma cúpula de sons sobre as cabeças derrubadas nos mármores. Sabe-se lá em que pensavam! E essa cúpula terrível e alta adentrada em todos os peitos multiplicava a languidez do violão e do bandoneón, divinizando o sofrimento da puta e o horrível tédio da prisão que cutuca o coração quando se pensa nos amigos que estão lá fora "jogando" até a vida.

Então nas almas mais latrinosas, sob as fuças mais porcas, explodia um tremor ignorado; em seguida tudo passava e não havia mão que se estendesse para deixar cair uma moeda na boina dos músicos.

— Eu ia ali — dizia Erdosain à sua interlocutora hipotética. — Em busca de mais angústia, da afirmação de me saber perdido, e pensando na minha esposa que, sozinha na minha casa, sofreria por ter se casado com um inútil como eu. Quantas vezes, abandonado nesse boteco, imaginei a Elsa uma fugitiva com outro homem. E eu caía sempre mais abaixo, e esse antro não era nada mais que a antecipação do pior que iria me acontecer mais adiante. E muitas vezes, olhando para esses miseráveis, eu me dizia: não chegarei a ser como um destes? Ah, eu não sei como, mas sempre tive o pressentimento do que aconteceria mais adiante. Nunca me enganei. A senhora percebe? E ali, na caverna, um dia encontrei o Ergueta meditando. É, ele mesmo. Estava sozinho numa mesa, e alguns jornaleiros olhavam para ele com espanto, embora outros devessem achar que era um ladrão bem-vestido, nada mais.

Erdosain imaginou que a Coxa agora lhe perguntava:

— Como, o meu marido estava ali?

— Estava, e com sua cara de "trambiqueiro" roía a empunhadura da sua bengala, enquanto um negro bolinava o traseiro de um menor. Mas ele não ligava para nada. Parecia que estava cravado no chão da caverna. É verdade que me disse que havia ido esperar por um treinador que tinha que lhe passar umas "dicas" para a próxima corrida, mas a verdade é que estava ali, como se de repente tivesse se sentido perdido e entrou nesse lugar para buscar um sentido para a vida. Essa talvez seja a verdade exata. Procurar sentido para a vida entre os acontecimentos que vive a canalha. Ali eu soube pela primeira vez da sua determinação de se casar com uma prostituta, e quando perguntei pela sua farmácia, respondeu que havia deixado uma pessoa idônea em Pico encarregada dela, porque num primeiro momento supus que tinha vindo para jogar. Não sei se a senhora sabe que o expulsaram de um clube por trapacear. Até se disse que tinha falsificado fichas, mas esse assunto nunca foi esclarecido. Só me falou da senhora quando lhe perguntei pela noiva, uma moça milionária de Cacharí e que estava muito apaixonada por ele.

— Terminei, já faz tempo — me respondeu.

— Por quê?

— Não sei... me "enchia"... eu estava entediado.

Eu insisti:

— Mas por que você a deixou?

Uma luz acre convulsionava sua pupila. Mal-humorado, insistiu, afastando com um safanão as moscas que faziam círculo na sua caneca de cerveja:

— Sei lá! De farto... de idiota que eu sou. E gostava de mim, a pobrezinha. Mas o que ela ia fazer comigo. Além disso, já não tem remédio...

— O Ergueta lhe disse que isso já não tinha remédio?

— Disse, senhora; disse assim: "Isso já não tem remédio porque amanhã vou me casar".

O trem elétrico deixou Flores para trás. Erdosain, largado na poltrona, lembrou que olhou seriamente para o farmacêutico, em cujo rosto difundia-se esse espreitador movimento dos músculos que dá ao semblante uma expressão malévola.

— E com quem você vai se casar?

O semblante de Ergueta empalideceu até as orelhas. À medida que inclinava a cabeça em direção a Erdosain, piscava uma pálpebra, enquanto o outro olho imóvel tratava de apanhar toda surpresa que demudaria Erdosain dentro de um segundo:

— Vou me casar com a Rameira. — Depois levantou a cabeça e só se via o branco dos seus olhos. — Eu não me movi — dizia-me mais tarde Erdosain.

O farmacêutico tinha no semblante uma expressão de arrebatamento como a que se vê nos santinhos populares, nos quais aparece um santo ajoelhado com o canto das mãos apoiado no peito.

E Erdosain lembrava que, nessas circunstâncias, o negro que tocava o traseiro do menor agora levava as mãos deste às suas partes pudentas, enquanto uma roda de jornaleiros armava um vozerio infernal e o dono gigantesco atravessava o salão com um prato de sopa numa mão e outro de guisado vermelho, para uma comandita de dois gatunos que devoravam num canto.

No entanto, sua resolução não o surpreendeu. Ergueta tinha essas desesperadas resoluções das naturezas frenéticas que obedecem ao império das obsessões com furor lento, uma explosão profunda da qual eles não escutaram o estampido, mas cujo aumento de volume centuplica o instinto. No entanto, aparentando uma grande serenidade, perguntei-lhe:

— A Rameira?... Quem é a Rameira?

Uma onda de sangue lhe corava o semblante. Até seus olhos sorriam.

— Quem é, meu chapa?... Um anjo, Erdosain. Na minha cara, na minha própria cara, rasgou um cheque de mil pesos que um cliente lhe deixou. Para a empregada, deu um colar de pérolas que valia cinco mil pesos. Para os porteiros do apartamento, toda a baixela de prata. "Entrarei nua na sua casa", ela me disse.

— Mas se tudo isso é mentira! — sentia agora que Hipólita lhe dizia em suas recordações.

— Eu acreditei nele naquelas circunstâncias. E ele continuou me contando:

— Se você soubesse o que essa mulher sofreu. Uma vez, era o sétimo aborto que lhe faziam, estava tão desesperada que foi se atirar pela janela do quarto andar. De repente, que maravilha, meu chapa... Jesus apareceu para ela no terraço. Esticou o braço e não a deixou passar.

Ergueta ainda sorria. Subitamente, enfiou a mão no bolso e estendeu um retrato para Erdosain.

A deliciosa criatura o sugestionou.

Ela não sorria. Às suas costas os espaços estavam atapetados de palmas e samambaias. Sentada num banco com a cabeça ligeiramente inclinada, olhava uma revista que seu joelho sustentava, pois cruzava uma perna sobre outra. Dessa forma, a pouca distância do gramado, o voo de seu vestido suspendia um sino. O penteado alto e os cabelos retirados das suas têmporas tornavam mais clara e ampla a lua de sua testa. Ao lado do fino nariz, o arco das sobrancelhas era delgado como convém aos olhos que são ligeiramente oblíquos no seu rosto delicadamente ovalado.

E olhando-a, Erdosain soube de cara que junto a Hipólita ele jamais experimentaria nenhum desejo, e essa certeza o alegrou de tal forma que pensou na delícia de acariciar, com dois dedos em forquilha, o queixo da estranha jovem e escutar o rangido da areia sob a sola de seus sapatinhos. Em seguida murmurou:

— Como é linda!... Deve ter uma grande sensibilidade!...

Como era diferente na realidade!

O trem elétrico cruzava agora por Villa Luro. Entre montes de carvão e os gasômetros velados pela neblina, reluziam tristemente os arcos voltaicos. Grandes buracos negros abriam-se nos galpões das locomotivas, e as luzes vermelhas e verdes, suspensas irregularmente na distância, tornavam mais tétrico o chamado das locomotivas.

Como a Coxa era diferente na realidade! No entanto, lembrava que tinha dito a Ergueta:

— Como é linda!... Deve ter uma grande sensibilidade!...

— Sim, é isso mesmo; além disso, é muito delicada em seus modos. Gosto de aventura. Olha só com que cara vão ficar os que duvidavam do meu comunismo. Deixei plantada uma ricaça, uma virgem, para me casar com uma prostituta. Mas a alma da Hipólita está acima de tudo. Ela também gosta de aventura e dos corações nobres. Juntos faremos grandes coisas, porque os tempos chegaram...

Erdosain apanhou a frase do farmacêutico:

— Então você acredita que os tempos chegaram?

— Sim, coisas terríveis têm que acontecer. Você não se lembra que uma vez você me disse que o presidente Roosevelt havia feito um grande elogio da Bíblia?

— Sim... mas faz tempo.

Erdosain respondeu com tais palavras porque na realidade não lembrava de jamais ter feito uma citação dessa natureza ao farmacêutico. Este continuou:

— Fora isso, eu li bastante a Bíblia...

— O que não te impede de "jogar".

— Isso não te interessa — interrompeu Ergueta, áspero.

Erdosain olhou-o, enfadado, o farmacêutico sorriu com seu sorriso pueril, e enquanto o dono depositava outro meio litro de cerveja no mármore, disse:

— Repare só que palavras misteriosas estão escritas na Bíblia: "E salvarei a coxa, e recolherei a desgarrada e as colocarei por louvor e por renome em todo país de confusão".

Produziu-se um silêncio extraordinário no boteco. Só se viam cabeças inclinadas ou grupos que olhavam pensativamente o vaivém das moscas na gordura das mesas. Um ladrão mostrava a um comparsa um anel de brilhantes, e as duas cabeças permaneciam conjuntamente inclinadas na observação das pedras.

Pela porta entreaberta de vidros opacos penetrava um raio de sol que, como uma barra de enxofre, cerceava em dois a atmosfera azulada.

O outro repetiu: "e salvarei a coxa, e recolherei a desgarrada", insistindo e piscando maliciosamente uma pálpebra ao repetir isto: "e as colocarei por louvor e por renome em todo país de confusão...".

— Mas a Hipólita não é coxa...

— Não, mas ela é a desgarrada e eu o fraudulento, o "filho de perdição". Fui de bordel em bordel, e de angústia em angústia, procurando o amor. Eu achava que era o amor físico, e depois lendo esse livro que me iluminou, compreendi que meu coração buscava o amor divino. Percebe? O coração se orienta por conta própria. Você está envaidecido, quer fazer sua vontade, e falha... por que falha... é mistério... Depois, um dia, de repente, sem saber como, a verdade aparece. E olha que eu já vivi. "Filho de perdição", essa é minha vida. O meu pai, antes de morrer em Cosquín, me escreveu uma carta terrível, entre vômitos de sangue e me recriminando, sabe? E não assinava a carta com o seu nome, mas colocava: "Teu pai, O Maldito". Você percebe?

— e outra vez piscou a pálpebra, levantando de tal forma as sobrancelhas que Erdosain se perguntou:

— Será que este aí não está louco?

Depois saíram do boteco. Os automóveis deslizavam pela rua Corrientes cintilando sob o sol, passava muita gente que se dirigia ao trabalho, e sob os toldos amarelos o rosto das mulheres aparecia rosado. Entraram no café Ambos Mundos. Rodas de "gigolôs" rodeavam as mesas. Jogavam cartas, dados ou bilhar. Ergueta olhou em volta, em seguida, cuspindo, disse em voz alta:

— Todos cafetões. Será preciso enforcá-los sem olhar suas caras.

Ninguém tomou conhecimento.

Erdosain, sem querer, ficou matutando sobre algumas palavras do outro. "Buscava o amor divino." Então Ergueta levava uma vida frenética, sensual. Passava as noites e os dias nas casas de jogos clandestinos e nos prostíbulos, dançando, embriagando-se, travando espantosas lutas com meliantes e cafifas. Um ímpeto surdo levava-o a realizar as mais brutais façanhas.

Uma noite, Ergueta encontrava-se na praça de Flores, em frente da confeitaria de Niers. Estava ali o bêbado Delavene, que tinha se formado em advocacia fazia um mês, e muitos outros da patota do Clube de Flores. Mexiam com os que passavam. De repente, Ergueta, ao ver um galego se aproximar, abriu a braguilha, e quando o outro chegou até ele, molhou-o com um jato de urina. O homem foi prudente, e desapareceu resmungando. Então o farmacêutico disse, olhando Delavene que fanfarroneava em excesso:

— Bom... quer apostar que você não mija no primeiro que passar?

— Ah é?

Todos se regozijaram, porque o basco Delavene era um selvagem. Um homem dobrou a esquina e Delavene começou a urinar. O desconhecido desviou-se para o lado, mas o "basco", quase o atropelando, molhou-o.

Aconteceu algo terrível.

Sem pronunciar uma palavra, o ofendido parou, a patota olhava dando risada e assobiando, de repente o desconhecido sacou o revólver, ouviu-se um estampido, e Delavene caiu de joelhos, apertando o ventre com as mãos. A agonia do "basco" foi longa e dolorosa. Antes de morrer, nobremente reconheceu que tinha provocado o drama, e quando Ergueta estava bêbado e chamava Delavene, aquele se ajoelhava e, com a língua, fazia uma cruz na poeira.

Erdosain perguntou:

— Você lembra do Basco?

Enquanto enrolava um cigarro, o farmacêutico respondeu a uma pergunta de Erdosain sobre Delavene:

— Sim, era um nobre coração... um amigo único. Eu pagarei por ele algum dia — mas deslocando seu pensamento para uma preocupação mais atual, disse: — Ah! Pensei muito nestes últimos tempos. E eu me dizia se era justo que um homem estéril, doente, vicioso e imoral se casasse com uma virgem...

— A Hipólita... sabe?

— Sim, ela sabe tudo. Além disso, uma virgem merece um nome de virgem. Um homem que tenha a alma e o corpo virgem. Assim será algum dia. Você imagina um macho lindo e virgem e forte?

— Assim devia ser — sussurrou Erdosain.

O farmacêutico observou seu relógio.

— Você tem alguma coisa para fazer?

— Tenho, daqui a pouco vou para casa ver a Hipólita.

— Dessa vez me espantei — contava mais tarde Erdosain ao cronista desta história. — A casa da família Ergueta era suntuosa e o espírito das pessoas que se moviam ali como os caracóis, absolutamente conservador e rotineiro. Erdosain perguntou-lhe:

— Como?... Você levou ela para sua casa?

— E as histórias que tive que inventar!... Ela não queria ir, isto é, aceitava ir, mas do jeito que era...

— Foi capaz?...

— Tão capaz que só ao final pude convencê-la. Para a minha mãe, disse que a havia roubado no momento de ela embarcar com seus tios para a Europa... uma "lorota" do tamanho de um bonde.

— E a sua mãe?

Erdosain ia perguntar se a mãe dele acreditou em semelhante mentira, como se Hipólita levasse escrito no semblante os trabalhos que haviam convulsionado sua vida...

— E a sua mãe, como recebeu a notícia?

— Me disse que a levasse imediatamente. Quando a apresentei, abraçou-a e disse: "Ele te respeitou, filha?", E ela, baixando os olhos, respondeu: "Sim, mamãe". O que é verdade. Previno-o de que a minha mãe e a minha irmã Sara estão encantadas com a Hipólita.

Naquele momento, Erdosain teve o pressentimento que esses infelizes tinham preparado para si um desastre futuro. Não se enganou, e ao recordar agora no trem elétrico a certeza de que não tinha falhado, disse a si mesmo, ao passar por Liniers: "É curioso, as primeiras impressões nunca enganam a gente", e ao perguntar a Ergueta quando ia se casar, este respondeu:

— Saímos amanhã para Montevidéu. Vamos casar lá, para o caso de não nos entendermos. — Ao pronunciar essas palavras voltou a piscar a pálpebra, sorrindo cinicamente, e acrescentou: — Não nasci ontem, meu chapa.

Erdosain ficou incomodado com esse luxo de precauções. Não podendo se conter, disse-lhe:

— Como... você nem casou e já está pensando no divórcio? Que façanha de comunista é a sua? No fundo você continua sendo um jogador trapaceiro.

Mas o farmacêutico deleitava-se com a suficiência de um agiota a quem não importam os insultos, se são dirigidos no momento de pagar os juros. Mal-educado, retrucou:

— É preciso ser vivo, meu chapa.

Erdosain estava assombrado diante de tanta grosseria.

Pensou na deliciosa criatura e a imaginou suportando esse brutamontes sob um céu escurecido por grandes nuvens de poeira e incendiado por um sol amarelo e espantoso. Ela murcharia como uma samambaia transplantada num pedregal. Agora Erdosain examinou novamente o farmacêutico, mas com raiva.

O jogador reparou na malevolência de seu companheiro e disse:

— É preciso fazer algo contra esta sociedade, meu chapa. Há dias em que sofro de um modo insuportável. Parece que todos os homens se transformaram em animais. Dá vontade de sair na rua e pregar o extermínio ou colocar uma metralhadora em cada esquina. Você percebe? Vêm aí tempos terríveis. "O filho se levantará contra o pai e o pai contra o filho." É preciso fazer algo contra esta maldita sociedade. Por isso vou me casar com uma prostituta. Bem dizem as Escrituras: "E você, filho de homem, não julgarás você a cidade derramadora de sangue e lhe mostrará todas suas abominações". E estas outras palavras, repare nestas outras palavras: "E enamorou-se de seus rufiões cuja carne é como carne de asno e cujo fluxo como fluxo de cavalos".

— E apontando para os "cafetões", que jogavam em volta das mesas, disse: — Aí estão. Entre no Royal Keller, no Marzzoto, no Pigall, no Maipú, em todos os lugares onde você entrar vai encontrá-los. Forças perdidas. No fundo, até essa canalha se entedia. Quando a revolução chegar, serão enforcados ou mandados para a primeira fila. Bucha de canhão. Eu pude ser como eles e renunciei. Agora vêm aí tempos terríveis. Por isso, diz o livro: "E salvarei a coxa e recolherei a desgarrada e a colocarei por louvor e por renome em todo país de confusão". Porque hoje a cidade está apaixonada por seus rufiões, e eles arruinaram a coxa e a desgarrada, mas terão que humilhar-se e beijar os pés da coxa e da desgarrada.

— Mas você gosta ou não da Hipólita?

— Claro que gosto dela. Às vezes acho que ela desceu da lua por uma escada. Onde ela estiver todos se sentirão felizes.

E Erdosain acreditou por um instante que ela teria descido da lua para que todos os homens acudissem para extasiar-se em sua simplicidade, tranquila.

O farmacêutico continuou:

— Agora vêm tempos de sangue, meu chapa, de vingança. Os homens estão chorando dentro de suas almas. Mas não querem escutar o choro de seu anjo. E as cidades estão como as prostitutas, apaixonadas por seus rufiões e por seus bandidos. Isso não pode continuar assim.

Olhou um instante para a rua, e depois, com a atenção fixa como num som interior, o jogador disse com voz patética no café do tédio:

— Deverá vir um homem, um anjo, eu sei lá. Ele se ajoelhará no meio da Avenida de Mayo. Os automóveis pararão, os gerentes dos bancos e os ricos dos hotéis aparecerão nos terraços, e mexendo os braços, indignados, lhe dirão:

— "O que você quer, cara de sapo? Não nos incomode — mas ele se levantará — e quando virem sua carinha triste e seus olhos queimando de febre, todos abaixarão os braços, e ele se dirigirá aos ricaços, falará com eles, perguntará por que fizeram mal, por que se esqueceram do órfão e massacraram o homem e fizeram um inferno da vida que era tão linda. E eles não saberão o que responder, e a voz do anjo derradeiro ressoará de tal forma que ficarão arrepiados, e até os mais rufiões chorarão".

A bocarra do farmacêutico se deformou de angústia. Era como se mastigasse um veneno elástico e amargo.

— Sim, é preciso que Cristo venha outra vez. Os homens mais cachorros, os cínicos mais latrinosos sofrem ainda. E se ele não vier, quem vai nos salvar?

OS ESPILA

O trem parou em Ramos Mejía. O relógio da estação marcava oito da noite. Erdosain desceu.

Uma neblina densa pesava nas ruas lamacentas do vilarejo.

Quando se encontrou sozinho na rua Centenario, bloqueado pela frente e pelas costas por duas muralhas de neblina, lembrou que no dia seguinte assassinariam Barsut. Era verdade. Iriam assassiná-lo. Gostaria de ter um espelho diante dos seus olhos para ver seu corpo assassino, tão inverossímil lhe parecia ser ele (o eu) quem, com tal crime, ia se separar de todos os homens.

Os lampiões ardiam tristemente, vertendo, através do lodaçal, cataratas de luz algodoada que gotejavam nas lajotas, tornando invisível o vilarejo para além de dois passos. Um enorme desconsolo estava em Erdosain, que avançava mais triste do que um leproso.

Tinha agora a sensação de que sua alma havia se afastado para sempre de todo afeto terrestre. E sua angústia era a de um homem que leva em sua consciência uma sinistra jaula, onde entre ossos de pescados bocejam, tingidos de sangue, elásticos tigres, firmando o olho numa projeção de salto.

E Erdosain, à medida que avançava, pensava em sua vida como se fosse a de outro, tratando de compreender essas forças escuras que lhe subiam desde as raízes das unhas até agrupar-se, assobiando, nas suas grades, como o simum.

Envolto na neblina que levava até a última célula do seu pulmão uma gota de umidade pesada, Erdosain chegou à rua Gaona, onde parou para enxugar a testa coberta de suor.

Bateu numa porta de tábuas, a única entrada de uma enorme frente de fábrica em cujo lado estava pendurada uma lamparina de querosene... De repente uma mão abriu o portão e o jovem, balbuciando palavrões, seguiu as laterais de uma grande muralha por um caminho de tijolos que se dobravam no lodo sob suas pegadas.

Deteve-se na frente dos vidros de uma porta iluminada, bateu palmas e uma voz rouca gritou:

— Entre.

Erdosian entrou.

Uma lamparina de acetileno iluminava, com fuliginosa chama, as cinco cabeças da família Espila, que fazia um instante que estavam inclinadas sobre os pratos. Todos o cumprimentaram sorrindo com alegres vozes, enquanto Emílio Espila, um rapagão alto, magro e cabeludo, correu até ele para lhe dar a mão.

Erdosain cumprimentou por ordem, primeiro a anciã Espila, encurvada pelo tempo e coberta de roupas pretas; depois as duas irmãs moças, Luciana e Elena; depois, o surdo Eustaquio, um gigantão grisalho e magro como se estivesse tuberculoso, que, segundo seu costume, comia com o nariz no prato, enquanto seus olhos cinza vigiavam o hieróglifo de uma revista, interpretando-o ao mesmo tempo em que mastigava.

Erdosain se sentiu um pouco reanimado pelo sorriso cordial de Luciana e Elena.

Luciana tinha o rosto comprido e era loira, com nariz arrebitado e a boca de longos e finos lábios sinuosos pintados de rosa. Elena tinha aspecto de freira, com seu semblante ovalado e cor de cera e as saias compridas e as mãos gorduchas e pálidas.

— Você quer jantar? — disse a anciã.

Erdosain, ao observar quão enxuta estava a travessa, respondeu que já o havia feito.

— Verdade que você já jantou?

— Verdade... vou tomar um pouco de chá.

Deram-lhe lugar na mesa, e Erdosain sentou-se entre o surdo Eustaquio, que continuava vigiando seu hieróglifo, e Elena, que distribuía o resto do guisado entre Emílio e a anciã.

Erdosain os observou, compadecido. Fazia muitos anos que conhecia os Espila. Em outros tempos, a família ocupava uma posição relativamente folgada, depois uma sucessão de desastres jogara-os em plena miséria, e Erdosain, que um dia encontrou casualmente Emílio na rua, visitou-os. Fazia sete anos que não os via e assustou-se ao reencontrar todos vivendo numa espelunca, eles, que em outros tempos tinham empregada, sala e antessala. As três mulheres dormiam no quarto abarrotado de móveis velhos e que fazia, nas horas de jantar ou almoçar, as vezes de sala de jantar, enquanto Emílio e o surdo refugiavam-se numa cozinhazinha de chapas de zinco. Para ajudar nos gastos da casa, efetuavam os trabalhos mais extraordinários: vendiam manuais de boas maneiras, aparelhos caseiros para fabricar sorvetes, e as duas irmãs costuravam. Um inverno, a pobreza era tanta, que roubaram um poste de telégrafos e o serraram à noite. Outra vez, levaram todos os pilares de um alambrado, e as aventuras que corriam para munir-se de dinheiro ao mesmo tempo divertiam e compadeciam Erdosain.

A impressão que teve a primeira vez que os visitou foi brutal. Os Espila viviam num casarão perto do cemitério Chacarita, um bloco de três andares e divisórias de chapas de ferro. O edifício tinha o aspecto de um transatlântico, e os pirralhos brotavam dali como se o cortiço fosse um falanstério. Durante alguns dias, Erdosain percorreu as ruas pensando nos sofrimentos que os Espila deveriam suportar, para resignar-se a essa catástrofe e, mais tarde, quando inventou a rosa de cobre, disse para si mesmo que para levantar o espírito dessa gente era necessário injetar-lhes uma esperança, e com parte do dinheiro roubado na Açucareira, comprou um acumulador usado, um amperímetro e os diversos elementos para instalar um primitivo laboratório de galvanoplastia.

E convenceu os Espila de que deviam se dedicar a esse trabalho nas horas vagas, pois se tivessem sucesso todos enriqueceriam. E ele, cuja vida carecia por completo de consolo e esperanças, ele, que se sentia perdido havia muito tempo, chegou a sugestioná-los com esperanças tão intensas que os Espila concordaram em iniciar os experimentos, e Elena se dedicou muito a sério a estudar galvanoplastia, enquanto o surdo preparava os banhos e ficava craque nesse trabalho de unir em série ou tensão os cabos do amperímetro e em manipular a resistência. Até a anciã participou dos experimentos, e ninguém duvidou, quando conseguiram cobrear uma chapa de estanho, que em breve tempo enriqueceriam se a rosa de cobre não fracassasse.

Além disso, Erdosain lhes falou em confeccionar rendas de ouro, cortininhas de prata, gases de cobre, e até esboçou um projeto de gravata metálica que espantou a todos. Seu plano, em essência, era simples. Seriam fabricadas camisas de peitilho, punhos e colarinhos metálicos, pegando o tecido, banhando-o numa solução salina e submetendo-o a um banho galvanoplástico de cobre ou níquel. Gath e Chaves, Harrods ou San Juan poderiam comprar-lhe a patente, e Erdosain, que não acreditava a não ser em parte nessas aplicações, chegou a pensar um dia que tinha passado dos limites ao fazer essa gente sonhar, porque agora, apesar de não pagarem ninguém e de quase morrerem de fome, o mínimo com que sonhavam era adquirir um Rolls-Royce e um sobrado, que se não fosse na Avenida Alvear não lhes interessava como propriedade. Erdosain se inclinou sobre a xícara de chá, e então Luciana, que estava ligeiramente corada, correspondeu ao sorriso petulante de Emílio com um sinal, mas este, que por estar extraordinariamente desdentado não podia falar a não ser ciciando muito, disse:

— Ssabe... a rossa é um fato...

— É, graças a Deus conseguimos obtê-la. — Mas Luciana saltou, impaciente, abriu uma gaveta do lavatório e Erdosain sorriu entusiasmado.

Entre os dedos da loira donzela, erguia-se a rosa de cobre.

Na miserável espelunca, a maravilhosa flor metálica desfolhava suas pétalas vermelho-escarlate. O tremor da chama da lamparina de acetileno fazia brincar uma transparência vermelha, como se a flor se animasse de uma botânica vida, que, já queimada pelos ácidos, constituía sua alma.

O surdo levantou o nariz do prato de escarola e, com voz tonante, exclamou, depois de examinar o hieróglifo e a rosa:

— Não tem jeito, meu chapa... Erdosain... você é um gênio...

— Ssim... dessta feita nóss ficaremoss ricoss...

— Deus te ouça — murmurou a anciã.

— Mas mamãe... não sseja tão ssética...

— Te deu muito trabalho?

Elena, com uma gravidade sorridente e ares de cientista, explicou-se:

— Veja só, Remo, que como a primeira rosa era submetida a um excesso de amperagem, ela se queimava...

— E o banho não se precipitou?

— Não... isso sim, o aquecemos um pouquinho...

— Para dar o banho nesta; passamos cola...

— Ssabe... um banho de cola fina... ssuave...

Remo examinou novamente a rosa de cobre, admirando sua perfeição. Cada pétala vermelha era quase transparente, e sob a película metálica mal se distinguia a forma nervada da pétala natural, que a cola havia enegrecido. O peso da flor era leve, e Erdosain acrescentou:

— Que leve!... Pesa menos do que uma moeda de cinco centavos...

Em seguida, observando uma sombra amarela que cobria os pistilos da flor, estriando-se ao subir às pétalas, acrescentou:

— No entanto, quando tirarem as flores do banho vocês têm que lavá-las com muita água. Estão vendo estas estrias amarelas? É o cianeto do banho que ataca o cobre. — Todas as cabeças formavam um círculo em torno dele, e o escutavam com religioso silêncio. Continuou: — Forma-se cianeto de cobre, que é preciso evitar, porque senão não ataca o banho de níquel. Quanto durou?

— Uma hora.

Ao levantar os olhos da rosa, seu olhar se encontrou com o de Luciana. Os olhos da donzela pareciam aveludados de uma calidez misteriosa e seus lábios sorriam deixando entrever os dentes brilhantes. Erdosain olhou-a, admirado. O surdo examinava a rosa e todas as cabeças apertadas contra ele seguiam com atenção os traços amarelos do cianeto. Luciana não baixou as pálpebras. De repente Erdosain lembrou que no dia seguinte interviria no assassinato de Barsut, e uma tristeza enorme o fez baixar os olhos: em seguida, subitamente hostil para com essa gente iludida e que não tinha ideia dos seus sofrimentos e das angústias que havia meses estava suportando, levantou-se e disse:

— Bom, até logo.

Até o surdo olhou-o, desfigurado.

Elena deixou a cadeira e a anciã ficou com o braço imóvel, segurando um prato que ia colocar diante de Eustaquio.

— O que é que você tem, Remo?

— Mas, Erdosain... meu chapa...

Elena observou-o seriamente.

— Você está sentindo alguma coisa, Remo?

— Nada, Elena... acredite...

— Você está chateado? — perguntou Luciana, os olhos cheios de sua calidez misteriosa e triste.

— Não, nada... eu estava com uma vontade enorme de ver vocês... Agora tenho que ir...

— Verdade que você não está chateado?

— Não, senhora.

— Ssão ass preocupaçõess... entendo...

— Cale-se, traste...

O surdo resolveu abandonar o hieróglifo e insistiu no que dissera antes.

— Eu te previno de que você tem que levar isso a sério, porque vai te enriquecer.

— Mas você não está sentindo nada?

Erdosain apanhou seu chapéu. Experimentava uma repugnância enorme ao pronunciar palavras inúteis. Tudo estava resolvido. Para que falar, então? No entanto, esforçou-se e disse:

— Acreditem... gosto muito de vocês... como antes... Não estou chateado... fiquem tranquilos... eu tenho mais ideias... Abriremos uma tinturaria de cachorros e venderemos cachorros tingidos de verde, de azul, de amarelo e de violeta... Como podem ver, ideias não me faltam... Vocês vão sair desta horrível miséria... eu vou tirá-los... como podem ver, não me faltam ideias.

Luciana o olhou compadecida e disse:

— Eu te acompanho — assim, saíram juntos até a rua.

A neblina encaixava no beco um cubo no qual reverberavam tristemente os pavios dos lampiões a querosene.

De repente, Luciana segurou o braço de Erdosain e lhe disse com voz muito suave:

— Eu te amo, te amo muito!

Erdosain a olhou ironicamente, sua pena havia se transfigurado em crueldade. Olhou-a:

— Já sei disso.

Ela continuou:

— Eu te amo tanto que para te agradar estudei como é um alto-forno e o transformador de Bessemer. Você quer que eu te diga o que são os equipamentos e como funciona a refrigeração?

Erdosain a envolveu num olhar frio, pensando: "Esta mulher está mal".

Ela continuou:

— Sempre pensava em você. Quer que te explique a análise dos aços e como se funde o cobre, olhe, e o tanque de ouro e o que são os muflas?

Erdosain, apertando obstinadamente os lábios, caminhava pelo beco pensando que a existência dos homens era um absurdo, e outra vez o rancor injustificado brotava dele para a doce garota, que, apertada contra seu braço, dizia:

— Você se lembra daquela vez em que falou de que seu ideal era ser chefe de um alto-forno? Você me deixou louca. Por que você não fala? Então eu me pus a estudar metalurgia. Você quer que te explique a diferença que existe entre uma distribuição irregular de carbono e outra molecular perfeita? Por que você não fala, querido?

Sentiu-se o fragor surdo do trem que passou ao longe, a leitosidade da neblina se transformava em escuridão a pouca distância dos lampiões, e Erdosain teria gostado de falar, explicar-lhe suas infelicidades, mas aquela malignidade surda e exasperada mantinha-o rígido junto à donzela, que insistiu:

— Mas o que é que você tem? Está chateado com a gente? No entanto, vamos dever nossa fortuna a você.

Erdosain olhou-a dos pés à cabeça, apertou o braço da moça e disse-lhe, baixinho:

— Você não me interessa.

Em seguida deu-lhe as costas, e antes que ela atinasse a se virar para ele, a passos rápidos perdeu-se por entre a neblina.

Compreendia que tinha ultrajado a moça gratuitamente, e essa convicção lhe proporcionou uma alegria tão cruel que murmurou entre dentes:

— Tomara que todos se danem e me deixem tranquilo.

DUAS ALMAS

Às duas da madrugada, Erdosain ainda andava entre muralhas de vento, pelas ruas do centro, à procura de um lenocínio.

Um rumor surdo arfava em suas orelhas, mas seguindo o frenesi do instinto, caminhava à sombra que as altas fachadas lançavam até o calçamento. Havia uma tristeza horrível nele. Nesse momento não tinha rumo.

Sonâmbulo, marchava, com os olhos imóveis nas flechas niqueladas que nos capacetes dos vigilantes faziam reluzir nas esquinas os cilindros de luz que caíam dos arcos voltaicos... Um impulso extraordinário lançava seu corpo em longas passadas... Assim vinha Plaza de Mayo, e agora, por Cangallo, deixava para trás a estação do Once.

Havia uma tristeza horrível nele.

Seu pensamento, imóvel num fato, repetia:

— É inútil, sou um assassino — mas, de repente, ao aparecer o cubo vermelho ou amarelo do saguão de um lenocínio, parava, vacilava um instante banhado pela neblina avermelhada ou amarelada, em seguida, dizendo-se: — Será em outro — continuava seu caminho.

Silencioso, a seu lado, rodava um automóvel no veloz desaparecimento, e Erdosain pensava na felicidade que nunca teria e em sua juventude perdida, e sua sombra se adiantava rapidamente nas lajotas, em seguida perdia longitude, e iniciando-se pisoteada, brincava sobre suas costas ou oscilava na grade brilhosa de um bueiro... Mas sua angústia fazia-se a cada instante mais pesada, como se fosse uma massa de água, fatigando com uma maré a verticalidade de seus membros. Apesar disso, Erdosain imaginava que, por benefício de sua providência, tinha entrado num prostíbulo singular.

A gerente abria para ele a porta do dormitório, ele se jogava vestido em cima do leito... num canto, fervia a água de um caldeirão sobre o fogareiro de querosene... subitamente, entrava a pupila seminua... e parando espantada por um motivo que só ele e ela conheciam, a rameira exclamava:

— Ah! É você?... Você... finalmente você veio!

Erdosain respondia:

— Sim, sou eu... Ah, se você soubesse quanto eu te procurei!

Mas como era impossível que isso acontecesse, sua tristeza ricocheteava como bola de chumbo numa parede de borracha. E bem sabia que seus anseios de ser subitamente compadecido por uma rameira desconhecida seriam, durante o desenrolar dos dias, sempre ineficazes, como essa bola, para perfurar a vida espessa. Novamente repetiu para si mesmo:

— Ah! É você? Você... Ah, finalmente você veio, meu triste amor... — mas tudo era inútil, ele jamais encontraria essa mulher, e uma energia impiedosa, de desespero, dilatava-lhe os músculos, difundia-se nos setenta quilos de seu peso, movendo-o com agilidade através das trevas, enquanto no cubo de seu peito uma tristeza enorme tornava pesadas as batidas de seu coração.

De repente, encontrou-se diante do portão da pensão onde morava; então, resolveu entrar. Seu coração batia impaciente.

Pé ante pé, atravessou a galeria e aproximando-se da porta de seu quarto, abriu-a sigilosamente. Em seguida, com as mãos estendidas na escuridão, foi até o canto onde estava o sofá e lentamente se encolheu ali, evitando que as molas rangessem. Mais tarde, não encontrou explicação para essa atitude. Esticou as pernas no sofá e durante alguns minutos permaneceu com a nuca apoiada no entrelaçamento de suas mãos. E havia mais escuridão em sua alma do que naquele momento de trevas, que se transformaria num cubo empapelado se acendesse a lamparina. Queria fixar seu pensamento em algo objetivo, o que lhe foi impossível. Isso lhe causou certo medo pueril; durante uns instantes aguçou sua atenção, mas nenhum som chegava até ele, e então fechou os olhos. Seu coração trabalhava com golpes roucos, propulsando a massa do seu sangue, e uma frieza de água eriçou o pelo das suas costas. Com as pálpebras tesas e o corpo rígido, aguardava um acontecimento. De repente compreendeu que se continuasse nessa postura gritaria de medo e, recolhendo os calcanhares, com as pernas cruzadas como um Buda, aguardou na escuridão. Seu aniquilamento era intenso, mas não podia chamar ninguém, nem tampouco chorar. E, no entanto, não era motivo para continuar assim a noite toda, de cócoras.

Acendeu um cigarro e um grande frio o imobilizou.

A Coxa estava de pé junto do canto do biombo, examinando-o com seu venenoso olhar frio. O cabelo dividido em duas partes lisas cobria-lhe as orelhas com suas pontas vermelhas, e os lábios da mulher estavam apertados. Tudo nela denotava um excesso de atenção, mas Erdosain teve medo. Finalmente, conseguiu dizer:

— A senhora!

O fósforo queimava suas unhas... e de repente, um impulso mais forte do que sua timidez o levantou. Na escuridão, caminhou até ela, e disse:

— A senhora?... A senhora não estava dormindo?

Ele sentiu que ela esticava o braço; a mão da mulher tomou seu queixo entre os dedos e Hipólita disse com uma voz profunda:

— O que é que o senhor tem que não dorme?

— A senhora está me acariciando?

— Por que não dorme?

— A senhora está me tocando?... Mas como a sua mão está fria!... Por que a sua mão está tão fria?

— Acenda a lamparina.

Sob a luz vertical, Erdosain ficou contemplando-a. Ela se sentou no sofá.

Erdosain murmurou timidamente:

— Quer que eu me sente a seu lado? Não conseguia dormir.

Hipólita abriu espaço e, junto da intrusa, Erdosain não pôde conter a força que levantava suas mãos, e com a ponta dos dedos acariciou a testa dela.

— Por que a senhora é assim? — ele perguntou.

A mulher o olhou, serena.

Erdosain a contemplou um instante com mudo desespero; e afinal, pegou sua fina mão. Ia levá-la aos lábios, mas uma força estranha bateu em sua sensibilidade e, soluçando, desmoronou sobre a saia da mulher.

Chorava convulsivamente à sombra da intrusa erguida e de seu olhar imóvel no sacudir de sua cabeça. Chorava acegado, a vida retorcida por um furor rouco, contendo gritos cujas dilacerações incompletas renovavam sua dor horrível, e o sofrimento brotava dele inesgotavelmente, inundava-se de mais pesar, um pesar que subia aos soluços em sua garganta. Assim agonizou vários minutos, mordendo seu lenço para não gritar, enquanto o silêncio dela era uma suavidade em que recostava seu espírito extenuado. Depois, o sofrimento gritante se esgotou; lágrimas tardias brotavam de seus olhos, um ronquido surdo trafegava em seu peito, e encontrou consolo em estar caído assim, com as faces molhadas, sobre o regaço de uma mulher. Um enorme cansaço o angustiava, a figura de sua esposa distante acabou por apagar-se da superfície de seu pesar e, enquanto permanecia assim, uma calmaria crepuscular veio para resigná-lo a todos os desastres que haviam se preparado.

Levantou o avermelhado rosto, riscado pelas dobras do tecido e úmido de lágrimas.

Ela o olhava, serena.

— Está triste? — perguntou.

— Estou.

Em seguida se calaram, e um relâmpago violeta iluminou os cantos do pátio escuro. Chovia.

— Quer que tomemos um mate?

— Sim.

Em silêncio, preparou a água. Ela olhava abstraída os vidros onde tamborilava a chuva, enquanto Erdosain preparava a erva. Em seguida, sorrindo entre as lágrimas, disse:

— Eu tenho um jeito próprio de cevar. Vai gostar.

— Por que estava triste?

— Não sei... a angústia... há muito tempo que não vivo tranquilo.

Agora tomava o mate em silêncio e, no quarto com o papel de parede descolado num canto, a figura da mulher tornava-se mais perfeita, enrolada no casaco de lontra com o cabelo vermelho repartido em duas partes que cobriam a ponta de suas orelhas.

Com sorriso pueril, acrescentou Erdosain:

— Quando estou sozinho... às vezes costumo tomar.

Ela sorriu amigavelmente com uma perna cruzada sobre a outra, as costas ligeiramente inclinadas, um cotovelo apoiado na palma da mão e os dedos da outra segurando o mate, cuja bomba niquelada chupava com lentidão.

— Sim, estava angustiado — repetiu Erdosain. — Mas como as suas mãos são frias!... São sempre assim, frias?

— Sim.

— Quer me dar sua mão?

A intrusa endireitou as costas e, quase senhorial, estendeu-a. Erdosain pegou-a com precaução e levou-a aos lábios, e ela o olhou longamente, derretida a frieza de suas pupilas num calor súbito que lhe corou as faces. Erdosain lembrou então do acorrentado e, sem que isso pudesse vencer a pálida alegria que estava nele, disse:

— Veja... se a senhora me pedisse agora que eu me matasse, eu o faria. De tão contente que estou.

O calor que havia um instante convulsionava as águas dos seus olhos perdeu-se outra vez na frieza de seu olhar. A mulher o examinava, encuriosiada.

— Estou falando seriamente. Vou... é melhor... peça que eu me mate... me diga, a senhora não acha que certas pessoas fariam melhor partindo?

— Não.

— Mesmo que façam o pior?

— Isso está nas mãos de Deus.

— Então não vale a pena que falemos disso.

Outra vez tomavam o mate em silêncio, um silêncio que sobrevinha para que ele pudesse gozar o espetáculo da mulher de cabelo vermelho, enrolada em seu casaco de lontra, com as transparentes mãos segurando os joelhos por sobre o vestido de seda verde.

E de repente, não podendo conter a curiosidade, exclamou:

— É verdade que a senhora foi empregada?

— É sim... o que tem de mais?

— Que estranho!

— Por quê?

— É, é estranho. Às vezes eu acho que vou encontrar em outra vida o que falta na minha. E se a gente pensa que há pessoas que descobriram o segredo da felicidade... e que se nos contarem seu segredo nós também seremos felizes.

— A minha vida, no entanto, não é nenhum segredo.

— Mas a senhora nunca sentiu a estranheza de viver?

— Sim, isso sim.

— Me conte.

— Foi quando era mocinha. Trabalhava numa linda casa da Avenida Alvear. Havia três meninas e quatro empregadas. E eu levantava de manhã e não parava de me convencer de que era eu quem me mexia entre esses móveis que não me pertenciam e essa gente só falava comigo para que os servisse. E às vezes me parecia que os outros estavam bem postos na vida, e em suas casas, enquanto eu tinha a sensação de estar solta, ligeiramente presa à vida por um cordão. E as vozes dos outros soavam em meus ouvidos como quando se está adormecida e não se sabe se está sonhando ou acordada.

— Deve ser triste.

— Sim, é muito triste ver os outros felizes e ver que os outros não compreendem que você será infeliz para toda a vida. Lembro que na hora da sesta eu entrava no meu quartinho e em vez de cerzir minha roupa, pensava: eu serei empregada a vida toda? E o trabalho já não me cansava, mas sim meus pensamentos. O senhor já não notou como são obstinados os pensamentos tristes?

— Sim, nunca vão embora. Que idade a senhora tinha nessa época?

— Dezesseis anos.

— E já não tinha se deitado com nenhum homem?

— Não... mas estava raivosa... raivosa de ser empregada para toda a vida... além disso, havia algo que me impressionava mais do que tudo. Era um dos meninos. Estava noivo e era muito católico. Eu o surpreendi mais de uma vez acariciando-se com uma prima que era sua noiva, agora percebo: uma moça sensual, e eu me perguntava como era possível conciliar o catolicismo com essas porcarias. Involuntariamente, acabei espionando-o... mas ele, que era tão assíduo com sua noiva, era corretíssimo comigo. Depois percebi que o desejara... mas era tarde... eu estava em outra casa...

— E?...

— Sempre com o peso das minhas ideias. O que é que eu queria da vida? Então não sabia? Em todos os lugares foram amáveis comigo. Mais tarde, ouvi falar mal das pessoas ricas... mas eu não soube ver essa maldade. Eles viviam assim. Que necessidade tinham de ser maus, não é verdade? Elas eram as meninas e eu a empregada.

— E?...

— Lembro que um dia eu ia no bonde acompanhando uma das minhas patroas. No banco vinham conversando dois moços. O senhor já observou que há dias em que certas palavras soam nos ouvidos como bombas... como se a gente tivesse estado sempre surda e pela primeira vez escutasse as pessoas falarem? Bom. Um dos moços dizia: "Uma mulher inteligente, mesmo que fosse feia, se caísse na vida enriqueceria e, se não se apaixonasse por ninguém, poderia ser a rainha de uma cidade. Se eu tivesse uma irmã, eu a aconselharia assim". Ao escutá-lo, fiquei fria no banco. Essas palavras derreteram instantaneamente minha timidez, e quando chegamos ao final da viagem, me parecia que não eram os desconhecidos os que tinham pronunciado essas palavras, e sim eu, eu que não me lembrava delas até esse momento. E durante muitos dias me preocupou o problema de como ser uma mulher de vida fácil.

Erdosain sorriu:

— Que maravilha!

— O primeiro salário que recebi, gastei num montão de livros que falavam da vida fácil. Me enganei, porque quase todos eram livros pornográficos... estúpidos... essa não era a vida fácil, e sim a vida fácil do prazer... E, pode acreditar, nenhuma das minhas amigas sabia me explicar, em substância, o que era a vida fácil.

— Continue... agora não me é estranho que o Ergueta tenha se apaixonado pela senhora. A senhora é uma mulher admirável.

Hipólita sorriu, ruborizada.

— Não exagere... sou uma mulher sensata, mais nada.

— Conte, deliciosa criatura.

— Como o senhor é criança!... Bom — Hipólita fechou as lapelas do casaco sobre o peito e continuou: — Trabalhava como antes, o dia todo, mas o trabalho tornou-se estranho... quero dizer, enquanto esfregava ou fazia uma cama, meu pensamento estava longe e ao mesmo tempo tão dentro de mim que às vezes parecia que se esse pensamento aumentasse ia arrebentar a minha pele. Mas o problema não se resolvia. Escrevi para uma livraria perguntando se não tinham nenhum manual para ser uma mulher de vida fácil, e não me responderam, até que um dia decidi ver um advogado para que me esclarecesse esse ponto. Fui até os tribunais e dei voltas por uma porção de ruas, olhava uma placa, outra, outra, até que, enveredando pela rua Juncal, parei diante de uma casa luxuosa, falei com o porteiro e ele me levou à presença de um doutor em leis. Lembro como se fosse hoje. Era um homem delgado, sério, tinha toda a cara de um bandido perverso, mas ao sorrir sua alma parecia a de um fedelho. Mais tarde, pensando, cheguei à conclusão de que esse homem deve ter sofrido muito.

Chupou longamente o mate e, em seguida, devolvendo-o, disse:

— Que calor está fazendo aqui! Não quer abrir a porta?

Erdosain entreabriu uma folha. Ainda chovia. Hipólita continuou:

— Sem me alterar, disse-lhe: "Doutor, venho vê-lo porque quero saber o que é a vida fácil". O outro ficou olhando para mim, espantado. Depois de refletir por uns momentos, ele me disse: "Com que objetivo a senhora deseja saber isso?", Eu lhe expliquei tranquilamente meus propósitos e ele me escutava com atenção, franzindo o cenho, matutando minhas palavras. Finalmente, disse: "Na mulher se chama vida fácil os atos sexuais executados sem amor e para lucrar". Quer dizer, retruquei eu, que mediante a vida fácil, a gente se livra do corpo... e fica livre.

— A senhora respondeu isso para ele?

— Respondi.

— Que estranho!

— Por quê?

— E depois?

— Quase sem me despedir, saí para a rua. Estava contente, nunca estive mais contente do que naquele dia. A vida fácil, Erdosain, era isso, livrar-se do corpo, ter a vontade livre para realizar todas as coisas que te der na telha. Eu me sentia tão feliz que me entreguei ao primeiro bom-moço que passou e me desejou com bonitas palavras.

— E depois?

— Que surpresa! Quando o homem... já lhe disse que era um bonito moço, caiu como uma rês depois de se satisfazer. A primeira coisa que me ocorreu foi que estava doente... eu nunca tinha imaginado aquilo. Mas quando o outro me explicou que aquilo era natural em todos os homens, não pude conter a vontade de rir. Então o homem, cuja fortaleza parecia imensa como a de um touro... em resumo, o senhor nunca viu um ladrão num quarto cheio de ouro? Nesse momento eu, a empregada, era o ladrão no quarto cheio de ouro. E compreendi que o mundo era meu... Depois, antes de me lançar à prostituição, resolvi estudar... sim, não me olhe espantado, eu lia de tudo... tinha chegado à conclusão, lendo romances, de que o homem admitia extraordinárias faculdades de amor na mulher culta... não sei se me explico bem... quero lhe dizer que a cultura era um disfarce que valorizava a mercadoria.

— A senhora encontrou prazer na possessão?

— Não... mas voltando ao começo: eu lia de tudo.

Erdosain sentiu-se entusiasmado pelo cinismo da mulher e, enternecido, disse-lhe:

— Quer me dar sua mão?

Ela entregou-a, séria.

Erdosain pegou-a com precaução; em seguida, levou-a aos lábios, e ela o olhou longamente; mas Remo, de repente, lembrou do acorrentado; agora ele estaria acordado no estábulo, e sem que isso pudesse vencer a doçura que amodorrava seus sentidos, disse:

— Olha, se você... se a senhora me pedisse agora que me matasse, eu o faria, encantado.

Ela olhou-o longamente através de seus cílios vermelhos.

— Estou falando sério. Amanhã... hoje... é melhor... peça que me mate... me diga, a senhora não acha que certas pessoas deveriam ir embora da Terra?

— Não... isso não se faz.

— Mesmo que cheguem a ser bandidos?

— Quem pode julgar o outro?

— Então não falemos mais.

Outra vez chupavam em silêncio a bomba. Erdosain compreendia a doçura de muitas coisas. Olhou-a e, em seguida, disse:

— Que criatura estranha é a senhora!

Ela sorriu lisonjeada, e uma festa entrou na alma dele.

— Quer que coloque mais erva?

— Quero.

De repente Hipólita o olhou, séria.

— De onde o senhor tirou essa sua alma?

Erdosain ia falar de seus sofrimentos, mas reteve-se por pudor e disse:

— Não sei... muitas vezes pensava na pureza... eu gostaria de ter sido um homem puro — e entusiasmando-se, continuou: — Muitas vezes senti a tristeza de não ser um homem puro. Por quê? Não sei. Mas a senhora imagina um homem de alma branca, apaixonado pela primeira vez... e que todos fossem iguais? A senhora imagina que amor enorme entre uma mulher pura e um homem puro? Então, antes de se entregarem um ao outro, se matariam... ou não; seria ela que um dia se ofereceria a ele... em seguida se suicidariam, compreendendo a inutilidade de viver sem ilusões.

— No entanto, isso não é possível.

— Mas existe. A senhora já não viu quantos lojistas e modistas se suicidam juntos? Eles se amaram... não podem se casar... vão a um hotel... ela se entrega e em seguida se matam.

— Sim, mas o fazem de inconscientes.

— Talvez.

— Onde o senhor jantou ontem à noite?

Erdosain falou dos Espila, explicando-lhe a queda desse pessoal na miséria.

— E por que não trabalham?

— Onde arrumar trabalho? Procuram e não encontram. O terrível é isso. Até me pareceu observar que a miséria havia destruído neles o desejo de viver. O surdo Eustaquio tem talento para a matemática... sabe cálculo infinitesimal; mas isso não lhe serve para nada. Também sabe o *Dom Quixote* de memória... mas não deve regular muito bem... este fato vai te dar uma ideia: aos dezesseis anos mandaram ele comprar erva e foi a uma farmácia em vez de ir a um armazém. Depois de muitas explicações, disse que a erva era um produto medicinal... que assim tinha estudado em botânica.

— Não tem senso prático.

— Isso mesmo. Além disso, é jogador reflexivo... para resolver uma charada é capaz de perder a refeição, e quando tem alguns centavos entra nas confeitarias para se empanturrar de doces.

— Que estranho!

— Em compensação, o Emílio é um bom rapaz. Tem... assim me disse, a certeza de que esse estado psíquico deles, abúlico e estranho, é consequência hereditária, e sobre essa base rege toda sua vida, move-se com a lentidão de uma tartaruga. É capaz de demorar duas horas para se vestir... parece que faz todas as suas coisas numa atmosfera de indecisão extraordinária.

— E as irmãs?

— As coitadas fazem o que podem... costuram... uma cuida, na casa de uma amiga, de um menino hidrocéfalo com a cabeça maior que um melão.

— Que horror!

— O que eu não entendo é como se acostumaram a tudo aquilo. Por isso, depois que os visitei, senti grande necessidade de iludi-los... e como eu falava bastante bem, consegui. E dedicaram-se à rosa de cobre.

— O que é isso?

Erdosain explicou-lhe suas reflexões de inventor. Tinha sido no começo, pouco depois que se casou, quando sonhava enriquecer com uma descoberta. Sua imaginação ocupava as noites com máquinas extraordinárias, pedaços incompletos de mecanismos girando suas engrenagens lubrificadas...

— Mas então o senhor é um inventor?...

— Não... agora não... aquilo teve importância para mim. Houve uma época em que tinha a fome... a terrível fome do dinheiro... possivelmente estivesse doente de uma loucura que mudou... Agora, quando eu falei para eles sobre isso, não era porque o assunto me interessava economicamente, mas sim porque necessitava vê-los iludidos, necessitava ver com meus olhos essas pobres moças sonhando com vestidos de seda, com um noivo de bem, e com um automóvel na porta de um sobrado que não teriam. E agora estou seguro de que acreditam em tudo isso.

— O senhor sempre foi assim?

— Não, às vezes. Já não aconteceu de a senhora sentir num dado momento o desejo de fazer obras de misericórdia? Lembro agora deste outro fato. Vou contá-lo porque a senhora me perguntou antes que alma era a minha. Me lembro. Faz um ano. Era um sábado, às duas da madrugada. Lembro que estava triste e entrei num prostíbulo. A sala cheia de gente que esperava a vez. De repente a porta do dormitório se abriu, aparecendo uma mulher... imagine a senhora... uma carinha redonda de menina de dezesseis anos... olhos azul-claros e um sorriso de colegial. Estava enrolada num casaco verde e era mais para alta... mas sua carinha era a de uma colegial... Ela olhou em volta... já era tarde; um negro espantoso, com lábios de carvão, levantou-se, e então ela, que havia envolvido todos nós numa promessa, retrocedeu triste para o dormitório, sob o duro olhar da gerente.

Erdosain deteve-se um momento, em seguida, com a voz mais pura e lenta, continuou:

— Acredite... é muito vergonhoso esperar num prostíbulo. Uma pessoa não se sente mais triste do que ali dentro, rodeado de caras pálidas que querem esconder com sorrisos falsos, fugas, a terrível urgência carnal. E além do mais há algo humilhante... não se sabe o que é... mas o tempo corre nas orelhas, enquanto o ouvido afinado escuta o rangido de uma cama ali dentro, em seguida, um silêncio, mais tarde, o ruído da lavagem... mas antes que alguém ocupasse o lugar do negro, deixei minha cadeira e fui para a outra. Esperava com o coração dando grandes batidas, e quando ela apareceu no umbral, eu me levantei.

— Sempre isso... um atrás do outro.

— Me levantei e entrei, outra vez a porta se fechou; deixei o dinheiro em cima do lavatório, e quando ela ia entreabrir o roupão, eu a segurei pelo braço e disse: "Não, eu não entrei para me deitar com você".

Agora a voz de Erdosain havia adquirido uma fluidez vibrante.

— Ela me olhou e seguramente a primeira coisa que pensou foi se eu não seria algum depravado; mas olhando-a seriamente, acredite, eu estava comovido, disse-lhe: "Olha, entrei porque você me dava pena". Agora tínhamos sentado junto ao console de um espelho dourado e ela, com sua carinha de colegial, me examinava com seriedade. Me lembro!... Como se fosse agora. Disse-lhe: "É, você me dava pena. Eu já sei que você deve ganhar dois ou três mil pesos por mês... e que há famílias que se dariam por felizes em ter o que você gasta em sapatos... já sei... mas você me deu pena, uma pena enorme, vendo tudo de lindo que ultraja em você". Ela me olhava em silêncio, mas eu não estava cheirando a vinho. "Então pensei... me ocorreu depois da entrada do negro, deixar para você uma lembrança linda... e a lembrança mais linda que me ocorreu deixar para você foi esta... entrar e não tocar em você... e depois você vai se lembrar para sempre desse gesto." Veja que, enquanto eu falava, o roupão da prostituta tinha se entreaberto acima dos seios, enquanto sobre a perna cruzada se... de repente ela, ao se olhar no espelho percebeu e, apressadamente, baixou o vestido sobre os joelhos, fechando o decote. Esse gesto me deu uma impressão estranha... ela me olhava sem dizer uma palavra... sei lá o que estava pensando... de repente a gerente bateu com os dedos na porta, ela olhou naquela direção com aflição, em seguida sua carinha se virou para mim... me olhou um momento... se levantou... pegou os cinco pesos e, forcejando, enfiou-os no meu bolso ao mesmo tempo em que dizia: "Não venha mais porque senão faço o porteiro te botar para fora". Estávamos de pé... eu já ia sair pela outra porta e, de repente, com o olhar fixo no meu, senti que seus braços aninhavam-se no meu pescoço... me olhou ainda nos olhos e me beijou na boca... o que eu posso dizer para a senhora desse beijo!... Passou a mão pela minha testa e quando já estava no umbral, me disse: "Adeus, nobre homem".

— E o senhor não voltou mais?

— Não, mas tenho a esperança de que algum dia nos encontraremos... sei lá onde, mas ela, Lucién, nunca se esquecerá de mim. Passarão os tempos, rodará pelos prostíbulos mais miseráveis... ficará monstruosa... mas eu sempre estarei nela como tinha me proposto, como a lembrança mais preciosa de sua vida.

A chuva batia nos vidros da porta e nas lajotas do pátio. Erdosain chupava lentamente seu mate.

Hipólita se levantou, foi até os vidros e olhou um instante o pátio negro. Em seguida virou-se e disse:

— Sabe que o senhor é um homem estranho?

Erdosain refletiu um instante.

— Estou sendo sincero... eu não sei o que vai ser da minha vida... mas, acredite em mim, não estava em minhas mãos ser um homem bom. Outras forças obscuras me desviaram... me puxaram para baixo.

— E agora?

— Agora vou fazer um experimento. Encontrei um homem admirável que está firmemente convencido de que a mentira é a base da felicidade humana e me decidi a segui-lo em tudo.

— E isso faz o senhor feliz?

— Não... faz tempo que senti que nunca mais serei feliz.

— Mas acredita no amor?

— Para que falar disso! — mas, de repente, vislumbrou qual era o motivo de todas as incoerências que estava dizendo havia alguns minutos, e disse: — O que é que a senhora pensaria de mim se amanhã... me refiro a qualquer dia... se qualquer dia soubesse que eu assassinei um homem?

Hipólita, que tinha se sentado, levantou lentamente a cabeça e deixando-a apoiada no espaldar do sofá, olhou longamente o teto. Em seguida, revirando os olhos, disse filtrando um olhar frio entre seus cílios vermelhos:

— Pensaria que o senhor era imensamente infeliz.

Erdosain deixou sua poltrona, guardou o aquecedor, a erva e o mate na gaveta do armário, e então Hipólita disse:

— Venha aqui... aos meus pés.

Uma enorme doçura estava nele.

Sentou-se no tapete de forma que sua lateral se apoiava nas pernas dela, abandonou a cabeça em seus joelhos, e Hipólita fechou os olhos.

Estava bem assim. Repousava no regaço da mulher, e o calor dos seus membros trespassava o tecido, aquecendo-lhe a face. Além disso, aquela situação parecia-lhe muito natural; a vida adquiria esse aspecto cinematográfico que sempre havia perseguido, e não lhe ocorreu pensar que Hipólita, tesa no sofá, pensava que ele era um fraco e um sentimental. O tique-taque do relógio espaçava no intervalo de sua engrenagem uma gota de som que caía sucessivamente como uma lentilha-d'água no cúbico silêncio do quarto. E Hipólita disse para si mesma:

— A vida toda não fará nada mais que se queixar e sofrer. Para que me serve um rapaz assim? Teria que sustentá-lo. E a rosa de cobre deve ser uma bobagem. Que mulher vai levar no chapéu enfeites de metal pesados, e que ficam pretos? Todos são assim, no entanto. Os fracos, inteligentes e inúteis; os outros, brutos e chatos. Ainda não encontrei entre eles um digno de cortar o pescoço dos outros, ou de ser um tirano. Dão pena.

Pensava assim frequentemente, à medida que a realidade desluzia os fantoches que sua imaginação tingia de vivos arrogantes por um momento. Podia indicá-los com o dedo. Esse fantoche erguido, perfumado e severo que nos dias úteis fazia reputação do seu visual e do seu silêncio, era um infeliz lascivo, aquele outro pequeno e bem-educadinho, sempre gentil, discreto e sensato, era vítima de vícios atrozes, aquele brutal como um caminhoneiro e forte como um touro, mais inexperiente do que um escolar, e assim todos passavam diante de seus olhos aninhados pelo desejo semelhante e inextinguível, todos tinham abandonado por um instante as cabeças em seus joelhos nus, enquanto ela, alheia às mãos torpes e aos transitórios frenesis que entorpeciam os fantoches tristes, pensava, áspera, na sensação de viver como uma sede no deserto.

— Assim era. Os homens só eram movidos pela fome, pela injúria e pelo dinheiro. Assim era.

Angustiada, dizia para si mesma que o único que a havia interessado era o farmacêutico, capaz de se levantar por uns instantes por cima da sua carnadura veemente, mas o terrível jogo tinha desvanecido seu mecanismo, e agora jazia mais roto do que os outros bonecos.

Que vida a sua! Em outros tempos, quando era mocinha desvalida, pensava que nunca teria dinheiro nem uma casa enfeitada com encantadores móveis, nem baixela reluzente, e essa impossibilidade de riqueza a entristecia tanto como hoje saber que nenhum homem dos que podiam ir para a cama com ela tinha garra para se transformar num tirano ou conquistador de terras novas.

A VIDA INTERIOR

— Sim, como havia sonhado!

Dias houve em que imaginou um encontro sensacional, algum homem que lhe falasse das selvas e tivesse em sua casa um leão domesticado. Seu abraço seria infatigável, e ela o amaria como uma escrava; então, por ele, encontraria prazer em se depilar debaixo dos braços e em pintar os seios. Disfarçada de rapaz, percorreria com ele as ruínas onde dormem as centopeias e os vilarejos onde os negros têm suas cabanas nas forquilhas das árvores. Mas não tinha encontrado leão em nenhum lugar, e sim cachorros pulguentos, e os cavaleiros mais aventureiros eram cruzados do garfo e místicos do caldeirão. Afastou-se com nojo dessas vidas estúpidas.

No transcurso dos dias, os raros personagens de romance que encontrara não eram tão interessantes como no romance, porém aquelas características que os tornavam nítidos nos romances eram precisamente os aspectos odiosos que os tornavam repulsivos na vida. E, no entanto, entregara-se a eles.

Mas, já saciados, afastavam-se dela como se sentissem humilhados por lhe terem oferecido o espetáculo de sua fraqueza. Agora submergia na esterilidade do seu viver igual a um areal geograficamente explorado.

Assim como era impossível transmutar o chumbo em ouro, assim era impossível transformar a alma do homem.

Quantas vezes havia caído nua entre os braços de um desconhecido e dissera-lhe: "Não gostaria de ir para a África?". O outro se sacudiu como se a seu lado tivesse silvado uma cascavel. E então tinha a impressão de que esses corpos armados de ossos, enovelados em músculos, eram mais frágeis do que os dos tenros infantes, mais assustadiços que as crianças no bosque.

As mulheres lhe eram odiosas. Via-as abater-se sob a sensualidade dos machos para oferecer por todos os lados a feiura de seus ventres inchados. Tinham exclusivamente capacidade para o sofrimento, este era um mundo de gente fatigada, fantasmas mal despertos que empesteavam a Terra com sua grávida sonolência, como nas primeiras idades os monstros preguiçosos e gigantescos. Dali que toda sua alma voadora se sentisse esmagada pela inutilidade opressora dos próximos.

Porque Hipólita teria gostado de mover-se num universo menos denso, um mundo leve como uma bolha de sabão onde a matéria não estivesse submetida à gravidade, e ficava imaginando a felicidade risonha de percorrer todas as calçadas do planeta metamorfoseadas segundo sua vontade e dando aos dias a realidade de uma brincadeira que compensasse aquela de que sua infância havia carecido.

Tudo lhe fora negado quando pequena. Recordava que uma das quimeras de sua infância foi sonhar que seria a criatura mais feliz do mundo se morasse num quarto forrado com papéis de parede.

Havia visto nas vitrines das lojas de ferragens papéis pintados que, em sua reduzida imaginação, pareciam que tornariam sonhadora a vida dos que se rodeavam deles, papéis pintados que eram como transplantar numa casa o

Bosque dos Encantamentos, com suas flores arbitrárias de azuis e retorcidas em fundos listados de ouro, e esse sonho dos sete anos foi tão intenso nela como mais tarde, quando criada, a ideia que formou acerca do prazer que experimentaria se pudesse ter um Rolls-Royce, cujo estofamento de couro era tão precioso em sua imaginação como o foram os impossíveis papéis pintados que tão somente custavam sessenta centavos o rolo.

Havia declinado em tempos idos. Recordava agora, com a cabeça do homem sobre seus joelhos, aqueles fins de tarde de domingo quando subitamente o tempo enfarruscava e a brisa fria empurrava suas patroas do jardim para a sala. A chuva repicava nos vidros, ela se refugiava na cozinha resplandecente e limpa, e através dos quartos chegava a voz das visitas, as senhoras conversavam enquanto as meninas folheavam revistas, detendo-se nas fotografias das cerimônias nupciais, ou tocavam piano.

E ela, sentada diante da mesa, com a ponta do avental retorcendo entre os dedos, o busto ligeiramente inclinado, deixava-se penetrar pelos sons, que lhe eram sempre tristes, embora falassem de coisas alegres. Como uma leprosa, sentia-se isolada da felicidade. A música trazia-lhe uma visão de lugares diferentes, hotéis entre montanhas, e ela jamais seria a recém-casada que desce ao refeitório na companhia de seu encantador esposo, enquanto a louça tilinta e os pássaros revoam em volta das janelas por onde se distingue o cair de uma cascata.

Retorcia lentamente a ponta do avental entre os dedos, a testa inclinada, as pernas cruzadas.

Não teria jamais um esposo como Marcelo,[5] nem estenderia sua mantilha sobre a aveludada varanda de um camarote, enquanto cintilam os diamantes nas orelhas das duquesas e os violinos diante do proscênio chiam suavemente.

Tampouco seria uma senhora, uma dessas jovens senhoras que ela havia servido e cujos esposos mimam docemente à medida que a prenhez avança seus sofridos ventres.

Seu sofrimento crescia docemente como a escuridão no crepúsculo.

— Servir... sempre servir!

Então um rancor se infiltrava em sua angústia, a testa lhe pesava e seus cílios vermelhos caíam, sancionando uma resignação.

[5] NOTA DO AUTOR: Personagem de um romance de Carolina Invernizio.

E na sala, o piano fazia passar os diferentes países por sua atenção sonhadora, e imaginava que a educação dessas senhoritas devia tornar suas almas mais encantadoras e apetecíveis para o desejo do noivo, e sua cabeça pesava como se o seu crânio tivesse se transmutado num capacete de ossos de chumbo.

Tudo o que a rodeava, panelas e fogões e as limpas madeiras das prateleiras da cozinha, e os espelhos do banheiro e as cúpulas vermelhas dos abajures, parecia-lhe representar um valor que colocava para sempre esses utensílios fora de seu alcance, e a passadeira como o tapete, assim como o triciclo das crianças, pareciam-lhe ter sido criados para proporcionar a felicidade a seres de um material diferente do qual ela estava formada.

Os próprios vestidos das meninas, os tecidos leves com que enfeitavam seus preciosos corpos, as rendas e as cintas pareciam-lhe de uma natureza distinta das que ela podia comprar pelo mesmo dinheiro. Essa sensação de conviver provisoriamente com gente situada num mundo dessemelhante ao que ela pertencia destroçava-a a ponto de a desesperança aparecer como um estigma no rosto.

O que ela podia ser, a não ser empregada, sempre empregada! Obscuramente levantava-se de seu coração uma negativa surda, resposta ao fantasma invisível que a importunava. Sua vida era uma resistência erguida contra a domesticidade. Não sabia como escaparia de tal encadeamento de infelicidades, mas não deixava de repetir para si mesma que esse estado era provisório, ignorante, no entanto, do que teria que lhe sobrevir. E continuamente observava os modos das senhoritas e estudava como inclinavam as cabeças, ou como se despediam das amigas nas portas de suas casas, reproduzindo em seguida diante de um espelho os cumprimentos e gestos que recordava. E esses atos que executava na solidão do seu quartinho deixavam-lhe por algumas horas nos lábios e na alma uma sensação de senhoria e delicadeza, e então se recriminava anteriores modos desajeitados, como se esses modos anteriores fossem em detrimento de sua autêntica e atual personalidade de senhorita.

Durante algumas horas sua vida estava inflamada de delicadeza penetrante e branda como a fragrância de um creme perfumado com baunilha, e parecia sentir em sua garganta as melífluas vozes dos "sim" e dos "não" até ter a ilusão de que estava respondendo a uma deliciosa interlocutora que tinha uma pele de raposa azul em volta do pescoço.

Seu quarto de empregada se repovoava de fantasmas insinuantes, sentada numa poltrona forrada de seda cor de crocodilo, recebia suas amigas que vinham despedir-se para ir a "Paris de França" e falavam de noivados. "Sua mãe não lhe permitiria este verão ir passar as férias em X... porque se encontraria com S..., esse indiscreto que a assediava em excesso." Ou cruzava o mar, um mar quieto como os lagos de Palermo, sentada numa cesta de vime como tinha visto nas fotografias dos conveses dos piróscafos de luxo, quando passava pelas ruas para fazer compras no mercado. Teria uma Kodak abandonada em sua saia enquanto um jovem com a boina na mão e inclinado em sua direção lhe falaria com timidez.

Sua alma de criada se inundava de felicidade. Compreendia que aquilo era tão lindo que, se pudesse ter gozado, sua caridade teria sido infinita. E via-se num entardecer de inverno percorrendo uma ruela obscurecida, envolta num casaco de *petit-gris* à procura de uma órfã, filha de um cego. Levava-lhe ajuda, transformava-a em sua filha adotiva, e um dia a órfã fazia sua apresentação na sociedade; seria então uma deliciosa jovem, os ombros descobertos entre penugens de gaze e, sobre a testa limpa, uma onda de cabelo loiro se ajustaria com a delicadeza de seus olhos amendoados.

E de repente uma voz a chamava:

— Hipólita... sirva o chá.

UM CRIME

Erdosain levantou bruscamente a cabeça e Hipólita, como se estivesse pensando nele, disse:

— Você também... você também foi muito desgraçado.

Erdosain segurou a fria mão da mulher e apoiou nela os lábios.

Ela continuou devagar:

— Às vezes esta vida me parece um sonho ruim. Agora que me sinto sua, me aparece outra vez a dor de outros tempos. Sempre, em todos os lugares, sofrimentos.

Em seguida, disse:

— O que será que é preciso fazer para não sofrer?

— É que carregamos o sofrimento em nós. Uma vez cheguei a pensar que flutuava no ar... era uma ideia ridícula; mas o certo é que o inconformismo está dentro da gente.

Calaram-se. Hipólita acariciava seu cabelo com lentidão, de repente a mão se afastou de sua cabeça e Erdosain sentiu que a mulher apertava sua mão contra os lábios.

Erdosain, sentando-se a seu lado, murmurou:

— Me diz, o que é que eu te fiz para que você me faça tão feliz? Não compreende que você faz o céu descer até mim? Nunca havia me sentido tão enormemente desgraçado.

— Ninguém te amou?

— Não sei; mas nunca o amor me foi mostrado em sua terrível paixão. Quando me casei, eu tinha vinte anos e acreditava na espiritualidade do amor.

Refletiu um instante, mas não tardou em se levantar, e depois de apagar a luz, sentou-se no divã junto de Hipólita. Em seguida disse:

— Talvez fosse um infeliz. Quando me casei, não tinha beijado a minha mulher. É verdade que jamais havia sentido a necessidade de fazê-lo, porque eu confundia com pureza o que era a frieza de seus sentidos, e além disso... porque eu acreditava que não se deve beijar uma senhorita.

A outra sorria na escuridão. Agora ele estava sentado na beirada do sofá, com os cotovelos cravados nos joelhos e as faces entre a palma das mãos.

Um relâmpago violeta iluminou o quarto.

Ele prosseguiu com lentidão:

— A senhorita estava no meu conceito como a mais verdadeira expressão de pureza. Além disso... não ria... eu era cheio de pudor... e na noite do dia em que nos casamos, quando ela se despiu com naturalidade em frente do abajur aceso, eu virei a cabeça envergonhado... e depois me deitei sem tirar as calças.

— O senhor fez isso? — na voz da mulher tremia a indignação.

Erdosain começou a rir, excitadíssimo:

— Por que não? — ao mesmo tempo que examinava obliquamente a Coxa, esfregava as mãos. — Fiz isso e muitas coisas mais graves ainda. E as que farei... "Chegaram os tempos", dizia seu esposo. Acho que tem razão. É claro que tais episódios se referem a uma época da minha vida em que eu vivia como um idiota. Estou lhe dizendo isso para que tenha certeza de que se tivesse que me deitar com a senhora, não o faria de calças...

Por um momento Hipólita teve medo. Erdosain não fazia nada mais que observá-la com o rabo do olho, enquanto esfregava as mãos. Precavida, ela acrescentou:

— Vai ver o senhor estava doente. Como eu, quando era empregada. Vive-se entre o céu e a terra...

— Isso, entre o céu e a terra... Exatamente isso. É, eu lembro de quando me chamavam de imbecil.

— Também?...

— Sim, na minha cara... eu ficava olhando para aquele que tinha me injuriado, e enquanto todos meus músculos se relaxavam numa frouxidão imensa, eu me perguntava o que é que eu tinha feito, não sei em que tempo, para suportar tantas humilhações e covardias. Sofri muito... tanto... que mais de uma vez me senti tentado a ir me oferecer como empregado em alguma casa rica... Por acaso podia engolir mais vergonha? Então senti o terror, um medo espantoso de não ter um objetivo nobre na minha vida, um grande sonho, e finalmente agora encontrei... condenei um homem à morte... Fique aí sentada... Amanhã, simplesmente porque eu não me oponho, um homem vai ser assassinado.

— Não é possível!

— Sim, é verdade. O homem da mentira, o homem de que lhe falei antes, precisava de dinheiro para realizar seu projeto. Assim se realizará, porque eu quero que aconteça. Amanhã me entregará um cheque para descontar. Quando eu voltar, será executado.

— Não... não é possível.

— Sim, e se eu não voltar não o assassinariam, porque sem o dinheiro o crime é inútil... são quinze mil pesos... eu posso fugir com eles... a sociedade que vá para o diabo... o homem se salva... Percebe? Tudo depende da minha honradez criminosa.

— Meu Deus!

— Quero que se realize o experimento... A senhora compreende, certas determinações transformam a pessoa num deus. Há muito tempo que estou decidido a me matar. Se antes, quando lhe disse, a senhora tivesse assentido, eu me matava. Se soubesse como me sinto encantador e grande! Não me fale mais do outro... já está resolvido, até me alegra pensar no poço em que me afundo. A senhora percebe?... E qualquer dia... não, não será de dia... qualquer noite, quando estiver farto de tanta farsa e incoerência, irei embora.

Uma ruga bifurcou-se na testa de Hipólita. Não havia dúvida. Aquele homem estava louco. Sua alma aventureira previu acontecimentos futuros, e disse para si mesma: "Com este imbecil é preciso proceder prudentemente". E cruzando os braços sobre o casaco, perguntou, como se duvidasse:

— O senhor teria coragem de se matar?

— Não é o que a senhora está dizendo. Já não há coragem nem covardia. Dentro de mim tenho a sensação de que suicidar-se é como arrancar um molar. Quando penso assim, tudo descansa em mim. É verdade que eu havia pensado em outras viagens e em outras terras, em outra vida. Há algo em mim que deseja tudo de delicado e encantador. Muitas vezes pensei que se... imaginemos esses quinze mil pesos que vou receber amanhã... eu poderia ir às Filipinas... ao Equador para recomeçar minha vida, casar com alguma donzela milionária e delicada... durante as sestas, estaríamos deitados numa rede, sob os coqueiros, enquanto os negros nos ofereceriam laranjas cortadas. E eu olharia tristemente o mar... e sabe?... Esta certeza que me diz que aonde quer que eu vá olharei tristemente o mar... esta certeza de que já nunca mais serei feliz... no começo me enlouqueceu... e agora me resignei.

— Então para que vai fazer o experimento?

— Sabe?... Ainda não cheguei ao fundo de mim mesmo... mas o crime é minha última esperança... e o Astrólogo sabe disso, porque hoje quando lhe perguntei se não temia que eu fugisse, ele me respondeu: "Não, por enquanto, não... O senhor, mais do que ninguém, necessita que isso aconteça para acabar com essa angústia...". A senhora pode ver até onde cheguei.

— Nunca imaginaria tal coisa. E vão matá-lo em Temperley?

— Sim, no entanto... Sei lá! A angústia. A senhora sabe o que é a angústia? Ter a angústia arraigada até os ossos como a sífilis? Veja, faz uns quatro meses: esperava o trem numa estação do interior. Demoraria três quartos de hora para chegar... e então atravessei uma praça que havia em frente. Poucos minutos depois de estar sentado num banco, uma garota... devia ter nove anos, veio se sentar ao meu lado. Começamos a papear... estava com um avental branco... morava numa das casas que havia em frente... Lentamente, sem poder me conter, desviei a conversa para um tema obsceno... mas com prudência... sondando o terreno. Uma curiosidade atroz tinha se apoderado da minha consciência. A criança, hipnotizada pelo seu instinto semidesperto, me escutava tremendo... e eu, devagar, nesse momento devia ter uma cara de criminoso... repare que da guarita dos encarregados de mover os trilhos dois funcionários me olhavam com atenção, revelei-lhe o mistério sexual, incitando-a a que se dedicasse a corromper suas amiguinhas...

Hipólita apertou as têmporas com os dedos.

— Mas o senhor é um monstro!

— Agora cheguei ao final. Minha vida é um horror... Necessito criar para mim complicações espantosas... cometer o pecado. Não me olhe. Possivelmente... veja... as pessoas perderam o sentido da palavra pecado... o pecado não é uma falta... eu cheguei a perceber que o pecado é um ato pelo qual o homem rompe o frágil fio que o mantinha unido a Deus. Deus lhe está negado para sempre. Mesmo que a vida desse homem depois do pecado se tornasse mais pura que a do mais puro santo, não poderia jamais chegar até Deus. Eu vou romper o frágil fio que me unia à caridade divina. Sinto isso. A partir de amanhã serei um monstro sobre a Terra... imagine a senhora uma criança... um feto... um feto que tivesse a virtude de viver fora do seio materno... não cresce jamais... peludo... pequeno... sem unhas, caminha entre os homens sem ser um homem... sua fragilidade horroriza o mundo que o rodeia... mas não há força humana que possa restituí-lo ao ventre perdido. É o que amanhã acontecerá comigo. Eu me afastarei de Deus para sempre. Estarei sozinho sobre a Terra. Minha alma e eu, os dois sozinhos. O infinito pela frente. Sempre sozinhos, noite e dia... e sempre um sol amarelo. Percebe? Cresce o infinito... lá em cima um sol amarelo, e a alma que se afastou da caridade divina anda sozinha e cega sob o sol amarelo.

Um golpe surdo estremeceu o chão e, de repente, aconteceu algo extraordinário. Erdosain calou-se, espantado. Hipólita estava ajoelhada aos seus pés... Ela segurou sua mão e cobriu-a de beijos. Na escuridão, a mulher exclamou:

— Deixa... me deixa beijar essas pobres mãos. Você é o homem mais infeliz da Terra.

— Levante-se, Hipólita.

— Quanto você sofreu!

— Levante-se... por favor...

— Não, quero beijar seus pés — ele sentiu que os braços dela apertavam suas pernas. — Você é o homem mais desgraçado da Terra. Quanto você sofreu, meu Deus! Como você é grande... como sua alma é grande![6] — Erdosain a levantou com infinita doçura. Sentia-se enternecido por uma piedade infinita, atraiu-a sobre seu peito, afagou-lhe o cabelo na testa, e disse:

— Se soubesse agora como vai ser fácil morrer. Como um jogo.

— Que alma a sua!...

— Mas, você está com febre?...

— Pobre rapaz!

— Por quê? Se agora somos como deuses... Sente-se ao meu lado. Você está bem assim? Olha, irmãzinha, tudo o que sofri foi pago com suas palavras. Viveremos mais um tempo...

— Sim, como namorados...

— Só no grande dia você será minha esposa.

— Eu te amo tanto!... Que alma a sua!

— E depois partiremos.

E já não falaram mais. A cabeça de Hipólita estava caída sobre o peito dele. Faltava pouco para amanhecer. Então Erdosain dobrou esse corpo fatigado sobre o sofá... ela sorriu, extenuada; em seguida, Remo sentou-se sobre o tapete, apoiou a cabeça na beira do sofá, e assim, encolhido, adormeceu.

SENSAÇÃO DO SUBCONSCIENTE

Semierguido num sofá, com os braços cruzados e a cartola caída sobre a testa, esta noite o Astrólogo meditava suas preocupações, na escuridão do escritório. A chuva batia nos vidros da janela, mas não a escutava, ensimesmado em numerosos projetos. Além disso, ocorria-lhe algo estranho.

A proximidade do crime a cometer acelerava, no espaço de tempo normal, outro tempo particular. Recebia assim a sensação de existir sensibilizado em dois tempos. Um, natural a todos os estados da vida normal, outro, fu-

[6] NOTA DO COMENTADOR: *Mais tarde, Hipólita diria ao Astrólogo: "Ajoelhei-me diante de Erdosain, no momento em que me ocorreu a ideia de extorquir o senhor, aproveitando a confissão do projeto do homicídio que ele me fez".*

gacíssimo e pesado nas batidas de seu coração, escapando entre seus dedos travados pela meditação como a água de um cesto.

E o Astrólogo, retido dentro do tempo do relógio, sentia deslizar em seu cérebro o outro tempo rapidíssimo e interminável que, como um filme cinematográfico, ao deslizar vertiginosamente, feria sua sensibilidade com as imagens que imprimia, de um modo impreciso e fatigante, já que antes de perceber com clareza uma ideia, esta havia desaparecido para ser substituída por outra. Tanto que, quando olhava o relógio acendendo um fósforo, comprovava que o tempo transcorrido era de minutos, enquanto em seu entendimento esses minutos mecânicos, acelerados por sua ansiedade, tinham outra longitude que nenhum relógio podia medir.

Sensação que o retinha na escuridão, na expectativa. Compreendia que qualquer erro cometido em tal estado lhe poderia ser fatal mais tarde.

O assassinato do homem Barsut não lhe trazia maiores preocupações, e sim as precauções que devia tomar para que esse fato não adquirisse importância indevida. E embora pretendesse preparar um álibi, isso era dificultoso. Tinha a sensação de que aquele que assim refletia nas trevas não era ele, e sim que estava contemplando seu duplo, um duplo forjado de emoção e que tinha sua aparência exata, com a cara romboidal, braços cruzados e a cartola caída sobre a testa. No entanto, não conseguia perceber de que natureza eram os pensamentos desse duplo tão intimamente ligado a ele e tão distante de sua compreensão. Porque julgava que seu sentimento de existir era, naqueles instantes, mais efetivo do que a existência de seu corpo. Mais tarde, explicando tal fenômeno, disse que era a consciência da diferente velocidade do tempo que duravam suas emoções, dentro do outro tempo mecânico, como aqueles que dizem "aquele minuto me pareceu um século".

Impossibilidade de pensar que não deixava de ser importante, já que se tratava de tirar a vida de um homem, paralisar a circulação de seus cinco litros de sangue, esfriar todas suas células, apagá-lo da vida como uma mancha de um papel branco eliminando qualquer rastro na superfície. Como tão grave problema não se afastava do Astrólogo, este se sentia dentro do tempo mecânico do relógio, o homem físico, enquanto na lenta velocidade do outro tempo que nenhum relógio podia controlar se localizava seu duplo, pensativo, enigmático, autenticamente misterioso, preparando talvez álibis que em seguida surpreenderiam o homem inteligente.

A certeza de ter se transformado, pela proximidade do crime, num duplo mecanismo com duas noções de tempo tão diferentes e duas inércias tão dessemelhantes refestelava-o sombrio na escuridão.

Uma fadiga terrível aniquilava sua musculatura, seus membros rijos, a conjuntura de seus ossos.

A chuva fazia funcionar, nas acéquias, a breve engrenagem das rãs, mas ele, homem de ação, abrandado pela inquietude como se lhe tivessem amolecido demais os ossos e não pudesse pôr-se de pé; "eu, homem de ação — dizia para si mesmo —, permaneço aqui, estou assim dentro do meu prazo de tempo mecânico, palpitando com outro tempo que não é meu tempo e que me relaxa para a precaução. Porque é indubitável que matar um homem é o mesmo que degolar um cordeiro, mas não o é para os outros, e embora estejam distantes e minha conduta seja um mistério para eles, esse tempo anormal aproxima-os de mim, e eu quase não posso me mover, como se eles estivessem ali, na sombra, espiando-me. Deve ser o tempo de nervosismo o que me inutiliza, ou o Astrólogo subconsciente que reserva suas ideias e me deixa espremido como uma laranja para conceber pensamentos que agora me fazem falta. No entanto, morto Barsut, a vida continuará como se nada tivesse acontecido... e de fato nada terá acontecido se isso não for descoberto".

Acendeu novamente um fósforo. O quarto ficou flechado de vértices de sombras movediças. Não tinha passado um minuto. Seus pensamentos eram simultâneos e continham no nada do tempo fatos que para estarem presentes no tempo que os reunia precisariam, em outras circunstâncias, de meses e anos. Assim tinha nascido havia quarenta e três anos e sete dias, e esse passado se aniquilava continuamente no presente, presente tão fugaz que sempre era o Astrólogo do minuto posterior, no tempo de minuto ou segundo vindouro. Agora sua vida focalizada num fato que ainda não existia, mas que se consumaria dentro de algumas horas, estendia-se dentro do tempo mecânico como um arco, cuja violência contida dava ao tempo do relógio a tensão extraordinária desse outro tempo de inquietude.

E embora muitas vezes tivesse dito para si que se tivesse oportunidade de poder assassinar alguém não desperdiçaria a ocasião, voltou a deter suas preocupações naqueles tempos de mistério. Em seguida, saltou dali para a imaginação de uma ditadura, que se sustentaria mediante o terror imposto por numerosas execuções, e o meio de anular essa repugnante impressão momentânea era representar os fuzilados como homens horizontais. Efetivamente, imaginava no centro da planície o pequeno corpo de um homem estirado e, ao comparar a longitude do morto com o dos milhares de quilômetros que media a terra por ele tiranizada, apoderava-se da certeza de que a vida de um homem não tinha nenhum valor.

O outro apodreceria sob a terra, enquanto ele, eliminado o obstáculo humano cuja longitude era a milionésima parte da sua terra, avançaria rumo a todas as conquistas.

Em seguida, pensava em Lênin, que, esfregando as mãos, repetia aos delegados dos Sovietes:

— É uma loucura. Como podemos fazer a revolução sem fuzilar ninguém? — E isso regozijava o coração do Astrólogo. Estabeleceria tal princípio na sociedade. Os futuros patriarcas de raças seriam educados com um inexorável critério homicida; e novamente alargavam-se suas esperanças. Em seguida reconhecia que todo inovador devia lutar com ideias antigas, estampadas pelo costume em si mesmo, e que todas suas reflexões atuais eram a consequência de uma contradição entre princípios a serem sancionados e aqueles estabelecidos.

O tempo corria entre seus dedos travados pela reflexão.

O assassino de hoje seria o conquistador de amanhã, mas enquanto isso suportava a rude malevolência do presente acumulado com ontens. Levantou-se encolerizado. Ainda chovia. Saiu até a escadaria, onde se deteve, esquadrinhando a escuridão silvestre, estremecida pela água que caía espessa e lenta. As trevas ali pareciam fazer parte da existência de um monstro que arfava pesadamente na escuridão. A terra molhada havia se tornado ocre... E ele era um homem firme na noite, um animador de acontecimentos grandiosos e, no entanto, nenhum fantasma se levantava da espessura para sancionar sua atitude. Agora se perguntava se os homens de outras idades haviam sofrido suas indecisões, ou se marchavam ao êxito de seus fins, satisfeitos de que a Morte desse uma espessura de couraça a suas determinações. Mas a morte tinha importância? Dizia para si mesmo que, como ente filosófico, a única coisa que podia lhe interessar era a espécie, não o indivíduo, mas os que o assediavam com escrúpulos eram seus sentimentos, que, contra sua vontade, desdobravam o tempo que necessitava em dois tempos estranhos.

Um relâmpago interpôs distâncias azuis entre os blocos das montanhas de nuvens.

Molhado e com a cabeleira revolta, deteve-se num lado da escadaria o Homem que viu a Parteira.

— Ah! É o senhor — disse o Astrólogo.

— Sim; queria lhe perguntar o que é que o senhor pensa desta interpretação do versículo que diz: "O céu de Deus". Isso significa claramente que há outros céus que não são de Deus...

— De quem, então?

— Quero dizer que pode ser que haja céus nos quais Deus não esteja. Porque o versículo acrescenta: "E descerá a nova Jerusalém". A nova Jerusalém? Será a nova Igreja?

O Astrólogo meditou um instante. O assunto não lhe interessava, mas sabia que para manter seu prestígio perante o outro tinha que lhe dar uma resposta, e respondeu:

— Nós, os iluminados, sabemos secretamente que a nova Jerusalém é a nova Igreja. Por isso Swedenborg diz: "Posto que o Senhor não pode manifestar-se em pessoa, e tendo anunciado que virá e estabelecerá uma Nova Igreja, sucede que o fará por meio de um homem, que não só possa receber a doutrina desta Igreja, mas também publicá-la através da imprensa...", Mas por que o senhor, independentemente de outra Escritura, chega a admitir a existência de vários céus?

Bromberg, amparando-se no pórtico, olhou a arfante escuridão estremecida pela chuva e, em seguida, respondeu:

— Porque os céus são sentidos como o amor.

O Astrólogo olhou surpreendido para o judeu, e este continuou:

— É como o amor. Como o senhor pode negar o amor se o amor está no senhor e o senhor sente que os anjos tornam mais forte seu amor? O mesmo acontece com os quatro céus. Deve-se admitir que todas as palavras da Bíblia são de mistério, porque se assim não fosse o livro seria absurdo. Na noite passada, eu lia entristecido o Apocalipse. Pensava que tinha que assassinar o Gregorio, e dizia para mim mesmo se é permitido verter sangue humano.

— Quando se estrangula não se verte sangue — retrucou o Astrólogo.

— E quando cheguei na parte do "céu de Deus" compreendi o motivo da tristeza dos homens. O céu de Deus lhes havia sido negado pela Igreja tenebrosa... e por isso os homens pecavam tão fortemente.

Nas trevas, a voz infantil de Bromberg soava tão tristemente como se ele se lamentasse de que o tivessem excluído do verdadeiro céu. O Astrólogo arguiu:

— O homem alado que fala comigo em sonhos me disse que o fim da Igreja tenebrosa está próximo...

— Assim tem que ser... porque o inferno cresce dia a dia. São tão poucos os que se salvam que o céu, perto do inferno, é menor do que um grão de areia junto do oceano. Ano após ano cresce o inferno, e a Igreja tenebrosa, que devia salvar o homem, engorda dia a dia o inferno, e o inferno triste cresce, cresce, sem que haja uma possibilidade de torná-lo menor. E os anjos olham a Igreja tenebrosa com medo e o inferno vermelho inchado como o ventre de um hidrópico.

O Astrólogo replicou, adotando para falar um tom altissonante:

— Por isso o homem alado me disse: "Vá, santo varão, edificar os homens e anunciar a boa nova. E extermina os anticristos e revela teus segredos e os segredos da nova Jerusalém a Bromberg, o judeu" — e de repente o Astrólogo, pegando seu companheiro por um braço, disse-lhe: —Você não se lembra quando teu espírito conversava com os anjos e lhes servia o pão branco na margem dos caminhos, e os fazia sentar à porta de uma cabana e lavava seus pés?

— Não me lembro.

— Pois devia se lembrar. O que dirá o Senhor quando souber disso? Como eu responderei sobre sua alma perante o Anjo da Nova Igreja? Vai me dizer: o que foi feito desse filho querido, meu piedoso Alfon? E o que eu lhe direi? Que você é um matuto. Que você se esqueceu dos tempos em que realizou uma existência angélica e que passa o dia todo num canto peidando como uma mula.

Gravemente zangado, Bromberg objetou:

— Eu não peido.

— Peida, e bem ruidosamente... mas não tem importância... o Anjo das Igrejas sabe que teu espírito arde na devoção sincera, e que você é inimigo do Rei da Babilônia, do tenebroso papa, e por isso está eleito para ser o amigo do homem que, com mandato do Senhor, estabelecerá a Nova Igreja sobre a Terra.

A chuva soava quedamente nas folhas das figueiras, e toda escuridão acre e branda estremecia na noite seu úmido fedor vegetal. Bromberg pregou gravemente:

— E o papa, o próprio papa, espantado, sairá para a rua descalço, e todos se afastarão dele com terror e pressa, e pelos caminhos as cercas se encherão de flores quando o santo Cordeiro passar.

— É assim mesmo — continuou o Astrólogo. — E no céu entreaberto será dado ver todos os pecadores arrependidos, as douradas portas da nova Jerusalém. Porque a caridade de Deus é tão imensa, querido Alfon, que nenhum homem poderia entrar diretamente em contato com ela sem cair por terra com os ossos esponjosos.

— Por isso eu darei aos homens a minha interpretação do Apocalipse, e em seguida irei para a montanha para fazer penitência e rogar por eles.

— Isso mesmo, Alfon, mas agora vá dormir porque tenho que meditar, e é a hora em que o homem alado vem falar no meu ouvido. Você também tem que dormir porque senão amanhã não terá força para estrangular o réprobo...

— E o Rei da Babilônia.

— Isso.

Lento, o Homem que viu a Parteira separou-se da escadaria. O Astrólogo entrou na casa e, subindo por uma escada que estava num canto do vestíbulo, enfiou-se num quarto extremamente comprido, atravessado no alto por vigas que sustentavam as esquadrias do teto, que ali estendia sua oblíqua asa.

Nas paredes descascadas não havia nenhuma gravura. Num canto, estavam os baús de Gregorio Barsut e, sob uma claraboia, uma cama de madeira pintada de vermelho. Uma manta negra formava uma mixórdia com os lençóis brancos. O Astrólogo sentou-se pensativamente na beira do leito. Seu capote entreabriu-se, deixando ver desnudo o peito peludo. Abriu a ponta dos dedos em forquilha sobre seus bigodes de foca e, franzindo o cenho, ficou contemplando um baú no canto.

Queria fazer seu pensamento saltar para uma novidade exterior que, rompendo o monorritmo de suas sensações, devolvesse a ele a presença de ânimo que, anteriormente à determinação de assassinar Barsut, havia nele.

— São vinte mil pesos — pensou —, vinte mil pesos que servirão para instalar os prostíbulos e a colônia... a colônia...

No entanto, não via com clareza. As ideias lhe escapavam como sombras, seus pensamentos dissolvidos pelo sobressalto permanente tornavam estéril toda concentração. De repente, deu uma palmada na testa e, jubiloso, passou ao desvão imediato, arrastando um caixote, de cuja tampa mal retida pelos aros se soltava espesso pó.

Sem tomar cuidado, pelos punhos do capote que se enchiam de terra branca, destapou o caixote. Misturavam-se ali soldados de chumbo com bonecos de madeira, e aquilo era um amontoado de palhaços, generaizinhos, clowns, princesas e estranhos monstros gordos com narizes avariados e boca de sapo.

Pegou um pedaço de corda e, dirigindo-se ao canto, amarrou esta a dois pregos, unindo assim o ângulo que formavam as duas paredes com improvisada bissetriz. Feito isto, pegou vários fantoches do caixote, jogando-os sobre a cama. Com pedaços de barbante, amarrou a garganta de cada marionete, e estava tão absorto no trabalho que não se apercebeu que o vento empurrava pelo postigo aberto a água da chuva, que havia se intensificado.

Trabalhava entusiasmado. Quando encoleirou a garganta dos bonecos com barbantes que recortava do maior para o menor, levou-os até o canto, amarrando-os na corda. Terminada sua obra, ficou contemplando-a. Os cinco fantoches enforcados moviam suas sombras de capuz na parede rosada. O primeiro, um pierrô sem as calças largas, mas com uma blusa xadrez, branca e preta; o segundo, um ídolo de chocolate e lábios vermelhões, cujo crânio de melancia estava na altura dos pés do pierrô; o terceiro, mais abaixo ainda, era um pierrô automático, com um prato de bronze cravado no estômago e cara de macaco; o quarto era um marinheiro de massa de papelão azul; e o quinto um negro desnarigado mostrando uma chaga de gesso pelo traço branco do colarinho. Satisfeito, o Astrólogo contemplou sua obra. Estava de costas para a lâmpada, e sua silhueta negra chegava até o teto. Falou fortemente:

— Você, pierrô, é o Erdosain; você, gordo, é o Buscador de Ouro; você, clown, é o Rufião; e você, negro, é o Alfon.

Estamos de acordo.

Terminada sua arenga, afastou o baú de Barsut da parede e, colocando-o na frente dos bonecos, sentou-se diante deles. E assim começou um diálogo silencioso, cujas perguntas partiam dele, recebendo em seu interior a resposta quando fixava o olhar no fantoche interrogado.

Seu pensamento adquiriu uma clareza surpreendente. Necessitava expressar suas ideias num sistema telegráfico, vibrante, interrompido, como se todo ele tivesse que compassar o ritmo do pensamento com uma misteriosa trepidação de entusiasmo.

Pensava:

— É preciso instalar fábricas de gases asfixiantes. Conseguir químico. Células, em vez de caminhões. Telhados maciços. Colônia da cordilheira, disparate. Ou não. Sim. Não. Também margem Paraná uma fábrica. Automóveis blindagem cromo aço níquel. Gases asfixiantes importante. Na Cordilheira e no Chaco estourar revolução. Onde haja prostíbulos, matar donos. Bandos assassinos em aeroplanos. Tudo factível. Cada célula radiotelegrafia. Código e onda mutável sincronicamente. Corrente elétrica com queda-d'água. Turbinas suecas. Erdosain tem razão. Como a vida é grande! Quem sou eu? Fábrica de bacilos bubônica e tifo exantemático. Instalar academia estudos comparativos revolução francesa e russa. Também escola de propaganda revolucionária. Cinematógrafo elemento importante. Atenção. Ver cinematógrafo. Erdosain que estude ramo. Cinematógrafo aplicado à propaganda revolucionária. É isso.

Agora o ritmo do pensamento se moderava. Dizia para si mesmo:

— Como colocar em cada consciência o entusiasmo revolucionário que há na minha? Isso, isso, isso. Com que mentira ou verdade? Como é rápido o tempo que passa! E que triste! Por isso é verdade. Há tanta tristeza em mim que se eles a conhecessem se assustariam. E eu sozinho sustentando tudo.

Encolheu-se no sofá. Tinha frio. Nas têmporas, as veias batiam fortemente.

— O tempo que escapa. Isso. Isso. E todos que se deixam cair como sacos. Ninguém que queira voar. Como convencer esses burros que eles têm que de voar? E, no entanto, a vida é outra. Outra como eles nem sequer a concebem. A alma como um oceano se agitando dentro de setenta quilos de carne. E a mesma carne que quer voar. Tudo em nós está desejando subir até as nuvens, tornar reais os países das nuvens... mas como?... Sempre aparece este "como" e eu... eu aqui, sofrendo por eles, amando-os como se os tivesse parido, porque eu amo esses homens... amo a todos. Estão sobre a terra à toa, quando deveriam estar de outro modo. E, no entanto, eu os amo. Estou sentindo agora. Amo a humanidade. Amo a todos como se estivessem presos ao meu coração com um fino fio. E por esse fio levam meu sangue, minha vida e, no entanto, apesar de tudo, há tanta vida em mim que quisera que fossem muitos milhões mais para amá-los mais ainda e lhes presentear com minha vida. Sim, presenteá-la como um cigarro. Agora entendo o Cristo. Quanto devia gostar da humanidade! E, no entanto, sou feio. Minha enorme cara larga é feia. E, no entanto, eu deveria ser lindo, lindo como um deus. Mas a minha orelha é como um repolho, e o meu nariz como um tremendo osso fraturado por um soco. Mas que importância tem isso. Sou homem e basta. E necessito conquistar. É tudo. E não daria um só dos meus pensamentos em troca do amor da mais linda mulher.

De repente umas palavras anteriores cruzam sua memória, e o Astrólogo diz para si mesmo:

— Por que não?... Podemos fabricar canhões, como diz o Erdosain. O procedimento é fácil. Além disso, não é necessário que tenham uma resistência para mil descargas. Uma revolução que durasse esse tempo seria um fracasso.

As palavras calam nele. Na escuridão, abre-se para o interior de seu crânio um beco sombrio, com vigas que cruzam o espaço unindo os alpendres, enquanto entre uma neblina de pó de carvão os altos-fornos, com seus equipamentos de refrigeração que fingem couraças monstruosas, ocupam o espaço. Nuvens de fogo escapam dos engolidores blindados, e mais adiante a selva se estende espessa e impenetrável.

O Astrólogo sente sua personalidade recobrada, a sensação do tempo estranho havia lhe arrebatado.

Pensa, pensa que é possível fabricar aço niquelado e construir canhões de tubos conectados. Por que não? Seu pensamento desliza agora sobre os obstáculos com flexibilidade. Então, com o dinheiro fornecido pelos prostíbulos, comprariam, nos diversos pontos da República, terrenos a um preço insignificante. Ali os membros da loja colocariam as bases de cimento armado para instalar as peças de artilharia, simulando construções de galpões para conservar cereais.

Exalta-lhe a possibilidade de criar um exército revolucionário dentro do país, que se sublevaria mediante um sinal radiotelefônico. Por que não? Aço, cromo, níquel. Como um sortilégio, a palavra fende sua imaginação. Aço, cromo, níquel. Cada chefe de célula estaria a cargo de uma bateria. O que é necessário, em resumo? Que os canhões disparem quinhentos, quatrocentos projéteis. E os automóveis com metralhadoras. Por que não? Cada dez homens uma metralhadora, um automóvel, um canhão. Por que não ensaiar?

Lentamente, no fundo da negra noite, um gigantesco ovo de aço de um vermelho-branco, entre duas colunas, dobra lentamente sua ponta em direção a uma cúpula. É o conversor de Bessemer acionado por um pistão hidráulico. Uma torrente de faíscas e chamas ardentes escapa da ponta do ovo de aço. É o ferro que se transforma em aço, alçado na base por um jorro de ar de centenas de atmosferas de pressão. Aço, cromo, níquel. Por que não ensaiar? Seu pensamento se fixa em cem detalhes. Não faz muito, a voz interior lhe perguntou:

— Por que motivo a felicidade humana ocupa tão pouco espaço?

Essa verdade lhe entristece a vida. O mundo devia ser de uns poucos. E esses poucos caminhar com passos de gigantes.

É necessário criar a complicação. E ver claro. Primeiro matar Barsut, depois instalar o prostíbulo, a colônia na montanha... mas como fazer desaparecer o cadáver? Não é estúpido isso de que ele, o homem que acha fácil construir um canhão e fabricar aço, cromo, níquel, tenha tantas dúvidas para fazer desaparecer um cadáver? É verdade que não devia pensar... será queimado... quinhentos graus são suficientes para destruir um cadáver contido num recipiente. Quinhentos graus.

O tempo e o cansaço correm por sua mente. Não gostaria de pensar, e de repente a voz, a voz independente de sua boca e de sua vontade, sussurra no seu interior para distraí-lo um pouco:

— O movimento revolucionário estourará na mesma hora em todos os vilarejos da República. Assaltaremos os quartéis. Começaremos por fuzilar todos os que possam tumultuar um pouco. Na capital, serão lançados, dias antes, alguns quilos de tifo exantemático e de peste bubônica. Por meio de aeroplanos e à noite. Cada célula próxima à capital cortará os trilhos da ferrovia. Não deixaremos entrar nem sair trens. Dominada a cabeça, suprimido o telégrafo, fuzilados os chefes, o poder é nosso. Tudo isso é uma loucura possível. E sempre se vive numa atmosfera de sonho e como que de sonambulismo quando se está a caminho de realizar as coisas. No entanto, vai-se até elas com uma lentidão tão rápida que tudo é surpreendente quando se conseguiu. Para isso é necessário somente vontade e dinheiro... Podemos organizar à parte das células uma quadrilha de assassinos e assaltantes. De quantos aeroplanos disporá o Exército? Mas cortados os meios de comunicação, assaltados os quartéis, fuzilados os chefes, quem movimenta esse mecanismo? Este é um país de bestas. É preciso fuzilar. É o indispensável. Só semeando o terror nos respeitarão. O homem é covarde assim. Uma metralhadora... Como vão se organizar as forças que devem nos combater? Suprimido o telégrafo, o telefone, cortados os trilhos... Dez homens podem atemorizar uma população de dez mil pessoas. Basta que tenham uma metralhadora. São onze milhões de habitantes. O Norte, com os ervais, responderia a nós. Tucumán e Santiago del Estero com os engenhos... San Juan, com os meio comunistas... Só temos o Exército pela frente. Os quartéis podem ser assaltados à noite. Sequestrado o paiol de armas, fuzilados os chefes e enforcados os sargentos, com dez homens podemos nos apoderar de um quartel de mil soldados desde que tenhamos uma metralhadora. É tão fácil isso. E as bombas de mão, onde deixo as bombas de mão? Só surpresa simultânea em todo o país, dez homens por vilarejo e a Argentina é nossa. Os soldados são jovens e nos seguirão. Promoveremos os cabos a oficiais e teremos o mais inverossímil exército vermelho que a América tenha conhecido. Por que não? O que é o assalto ao banco de San Martín, o assalto do hospital Rawson, o assalto da agência Martelli em Montevidéu? Três jornaleiros audazes e acabou-se a cidade.

Um rancor surdo faz suas veias baterem apressadamente. O sangue corre em tumulto por seu corpo robusto e tenso numa posição de assalto. Sente-se mais forte do que nunca, a força de quem pode fazer fuzilar.

Oscilava a luz elétrica sob as sonoras descargas da tempestade, mas o Astrólogo, sentado de costas para a cama, sobre o baú, com as pernas cruzadas, o queixo cravado na palma da mão, e com o cotovelo apoiado no joelho, não tirava os olhos das cinco marionetes cujas sombras andrajosas tremiam na parede rosada.

Atrás dele, a chuva que entrava pelo basculante fazia uma poça no piso, as perguntas e respostas cruzavam-se em silêncio, às vezes uma ruga deixava a testa do Astrólogo carrancuda, em seguida seus olhos imóveis, no seu rosto romboidal, assentiam com um piscar lento a uma resposta de acordo com seus desejos, e assim permaneceu até o amanhecer, hora em que, levantando-se do baú, ironicamente deu as costas para os cinco bonecos que permaneceram na solidão do quartinho, bamboleando sob a bandeirola, como cinco enforcados.

Refletiu um instante, em seguida desceu as escadas apressadamente, deixou o portal e, a grandes passos, dirigiu-se por entre as trevas para a cocheira onde Barsut se encontrava.

Já não chovia. As nuvens já tinham se fendido, deixando ver numa clareira celeste um pedaço amarelo de lua.

A REVELAÇÃO

Entrementes ocorriam esses acontecimentos, no Hospício das Mercedes, Ergueta entrava no que ele mais tarde chamaria de "o conhecimento de Deus". Assim foi.

Despertou ao amanhecer, na sala. Um paralelepípedo de lua punha um retângulo azul no caiado da parede em frente à sua cama. Através das grades da janela aberta, via-se o céu enquadrado pelo caixilho, um céu poroso e seco de azul como gesso tingido de metileno. No retículo dos ferros tremiam os fios de água de uma estrela.

Ergueta coçou conscienciosamente o nariz, embora não sentisse maiores preocupações. Compreendia que se encontrava na casa dos loucos, mas esse "era um assunto que não lhe concernia".

Preocupava-o se tivessem encalabouçado seu espírito, mas o que na realidade estava encarcerado no manicômio era seu corpo, seu corpo que pesava noventa quilos e que agora, com certo remorso inexplicável, lembrava que havia rodado pelos lupanares. E sem poder evitar, revisava como um espetáculo oprobrioso a vida sensual com que havia se deleitado. Mas o que tinha a ver seu espírito com tal carnaça furiosa?

Essa era uma realidade tão evidente para seu entendimento que se espantou de que os médicos ainda não tivessem reparado em tal diferença.

Ergueta se sentiu maravilhado com sua descoberta. Ele já não era um homem, e sim um espírito, "sensação pura de alma", com ribeiras nitidamente recortadas dentro da carniceira armadura de seu físico, como as nuvens nos espaços infinitos.

Estava ligeiramente alegre. Já em noites anteriores teve a certeza de que podia se separar de seu corpo, deixá-lo abandonado como a uma roupa. Ao descobri-la, essa súbita segurança proporcionou-lhe um leve medo. Até em determinados momentos teve na epiderme a sensação de que só se tocava com as bordas de sua alma, de forma que o equilíbrio de seu corpo próximo a cair, e o da sua pele, causava-lhe náuseas. Era como se descesse num elevador a extrema velocidade.

Além disso, tinha medo de ter vontade de abandonar seu corpo, pois se o destruíssem, como poderia entrar nele? O enfermeiro tinha cara de pilantra, e embora ele tivesse lhe falado de umas jogadas para a próxima "reunião", não se sentia de todo seguro. Mas, passada essa primeira impressão, comprazia-se em acreditar que era um menino frágil, o que não o impedia de rir, da sua cama, da comédia com que tratava de tranquilizar seus noventa quilos, sem contar que ele podia ir aonde quisesse... mas não... não era questão para brincar. Sua bondade não podia admitir isso. E que encantador que era sentir-se assim cheio de caridade! Sua misericórdia alargava-se sobre o mundo, como uma nuvem sobre os telhados da cidade.

Seu corpo ficava cada vez mais abaixo.

Agora o via como no fundo de uma gaveta, o sanatório entre os brancos cubos das casas era outro cubo, as ruas azulejavam entre lençóis de sombra, as luzes verdes dos semáforos do FCDFS[7] brilharam debilmente, e o espaço entrou nele como o oceano numa esponja, enquanto o tempo deixava de existir.

As alturas caíam através de sua delícia. Ergueta sentia quietude, estancamento de bondade para si próprio, pela vontade de uma força exterior. Assim gozaria o lago seco com a chuva que o céu lhe enviava.

Da terra para a qual se voltava sua caridade, via os arredondados bordes esverdeados lambidos pelo éter azul. E como não era natural permanecer silencioso, só atinava a dizer:

— Obrigado... obrigado, meu Senhor.

Não experimentava curiosidade alguma. Sua humildade se fortalecia no acatamento.

Na limpidez celeste vislumbrou de repente o escalonamento de um penhasco. Uma luz de ouro banhava a pedraria apesar da noite, e o azul na distância caía em profundos barrancos de colinas douradas. Ergueta, com seu corpo restituído, avançou a passos prudentes, tesa a pupila feroz em seu perfil de gavião.

[7] Ferrocarril Domingo Faustino Sarmiento. (N. T.)

Naturalmente, não se sentia tranquilo porque seu corpo havia pecado inúmeras vezes, e porque compreendia que seu rosto, apesar da atual expressão grave, tinha as riscas enérgicas e a ferocidade dos meliantes, que, quando ele era mocinho, imitava no subúrbio e com as patotas.

Mas seu espírito estava contrito, e talvez isso fosse suficiente, o que não o impedia de dizer para si mesmo:

— O que dirá o Senhor da minha "pinta"? Como posso me apresentar diante dele? — E ao olhar maquinalmente as botinas, comprovou que não estavam engraxadas, o que aumentou sua confusão. — O que dirá o Senhor da minha "pinta" e dessa cara de turfista e de cafetão? Perguntará sobre meus pecados... vai se lembrar de todas as besteiras que eu fiz... e o que eu vou responder para ele?... que não sabia, mas como vou lhe dizer isso, se ele deixou testemunho de ser em todos seus profetas?

Novamente voltou a examinar as botinas, sujas e escalavradas.

— E me dirá: "Você até parece um safado... um vagabundo vergonhoso, e olha que você foi à universidade... Você jogou nos 'cavalos' o que poderia ser consolo do órfão e da viúva... e enlameou em orgias a alma imortal que eu te dei, e arrastou teu anjo da guarda pelos lupanares e ele chorava atrás de você, enquanto a tua bocarra carniceira se enchia de abominações...". E o pior é que eu não vou poder negar isso... Como vou negar o pecado? Que enrascada, meu Deus!

O céu era, sobre sua cabeça, uma cúpula de gesso azul. Giravam na elíptica remotos planetas como laranjas, e Ergueta olhou humildemente o pedregal dourado.

De repente uma grande perturbação desagradou sua modéstia. Levantou a cabeça e à sua esquerda, detido a dez passos, viu o Filho do Homem, nosso senhor Jesus Cristo.

O Nazareno, coberto com uma túnica celeste, voltava para ele seu perfil extenuado, em que reluzia o amendoado olho sereno.

Ergueta sofreu um grande desconsolo, não podia ajoelhar-se, "porque um bacana conserva sempre a linha" e não se ajoelha diante de um carpinteiro judeu, mas sentiu que um soluço retorcia-lhe a alma e, em silêncio, estendeu os braços unidos pelos dedos em direção ao deus silencioso.

Sentia que toda sua caradura se impregnava de devoção para com ele.

Assim calado, olhava para Jesus detido no penhasco. Os olhos de Ergueta se encheram de lágrimas. Lamentava que não houvesse ali alguém com quem bater-se para demonstrar ao Senhor quanto o amava, e o silêncio lhe pareceu tão insuportável que, vencendo o terrível aniquilamento, humildemente suplicou:

— Acredite em mim... me dá não sei o quê lhe dizer que o amo muito. Eu gostaria de ser diferente, mas não posso.

Jesus o olhava.

Ergueta deu-lhe as costas, caminhou três passos, em seguida, virando-se, deteve-se.

— Cometi todos os pecados e muitas bestei... disparates... gostaria de me arrepender e não posso... gostaria de ajoelhar-me... verdade, beijar-lhe os pés, o senhor que foi crucificado por nós... Ah! Se o senhor soubesse todas as coisas que eu quis lhe dizer e que me escapam... e no entanto o amo. Será que porque estamos de homem para homem?

Jesus o olhava.

Ergueta calou um instante, em seguida, ruborizado, murmurou timidamente:

— O senhor sofreu muito na cruz?

Um novo sorriso agraciou o rosto de Jesus.

— Oh! Como o senhor é bom — exclamou Ergueta, alucinado. — Como é bom! O senhor se dignou a sorrir para mim, pecador... O senhor percebe? Sorriu. A seu lado, acredite, eu me sinto um garoto, um "fedelho". Gostaria de adorá-lo por toda vida, ser seu guarda-costas. Agora não pecarei mais, por toda a vida vou pensar no senhor, e pobre daquele que duvidar do senhor... eu lhe arrebento a alma...

Jesus o olhava.

Então Ergueta, querendo oferecer o melhor de si mesmo, disse:

— Eu me ajoelho perante o senhor. — Avançou uns passos e chegando diante de Jesus inclinou a cabeça, apoiou um joelho no pedregal dourado, ia prosterna-se quando Jesus avançou sua mão perfurada, apoiou-a em seu ombro, e disse:

— Venha. Siga-me sempre e não peques mais, porque tua alma é encantadora como a dos anjos que louvam ao Senhor.

Quis falar, mas já o vazio e o silêncio rodeavam-no vertiginosamente. Ergueta compreendeu que entrara no conhecimento de Deus. Isso era bem claro, porque ao virar-se para umas vozes que soavam na sala escura, um louco mudo de nascença exclamou, olhando-o com estranheza:

— Parece que você vem do céu.

Ergueta olhou-o, assustado.

— Sim, porque como os santos, você tem uma roda de luz na cabeça.

Ergueta, suavemente atemorizado, apoiou-se na parede.

Um louco zarolho, que até então permanecia calado, exclamou:

— Milagres... você faz milagres. Ao mudo, devolveu a fala.

A conversa despertou um terceiro possuído, que passava os dias matando piolhos imaginários entre seus calosos dedos consumidos, e o barbudo, virando sua cara pálida, disse:

— Você veio para ressuscitar os mortos...

— E para dar vista aos cegos — interrompeu o mudo. — E também aos zarolhos — assegurou o louco a quem faltava um olho —, porque agora vejo deste lado.

O mudo, sustentando seu busto com os dois braços apoiados no colchão, continuou:

— Mas você não é você, e sim Deus, que está em seu corpo.

Ergueta, aniquilado, asseverou:

— É verdade, irmãos... não sou eu... e sim Deus que está em mim... Como poderia eu, miserável bordeleiro, fazer milagres?

Então, o matador de piolhos, sentando-se na beira da cama e sacudindo seus pés desnudos, insinuou:

— Por que você não faz outro milagre?

— Eu não vim para isso, e sim para pregar o verbo do Deus Vivo.

O matador de piolhos recolheu um pé sobre seu joelho e, malevolamente, insistiu:

— Você devia fazer um milagre.

O mudo colocou seu travesseiro no chão da sala e, sentando-se em cima dele, disse:

— Eu não falo mais.

Ergueta apertou as têmporas, aturdido com o que via. O zarolho mediou amavelmente:

— Sim, você devia ressuscitar esse morto.

— Mas não há nenhum morto aqui!

O zarolho avançou, coxeando até Ergueta, pegou-o por um braço e, quase o arrastando, levou-o até uma cama em frente, onde jazia imóvel um homenzinho de cabeça redonda e nariz enorme.

O mudo se aproximou, apertando os lábios.

— Você não vê que ele está morto?

— Morreu esta tarde — resmungou o zarolho.

— Digo a vocês que esse homem não está morto — exclamou irritado Ergueta, convencido de que os outros estavam gozando dele, mas o matador de piolhos pulou do seu leito, aproximou-se da outra cama, inclinou-se sobre o homenzinho de cabeça redonda e de tal forma empurrou o corpo imóvel que este, ao cair, ressoou opacamente no piso da sala, ficando entre as duas camas com as pernas para cima, semelhante à forquilha de uma árvore recém-podada.

— Viu como está morto?

Os quatro loucos permaneciam consternados em torno da forquilha, emoldurados pelo celeste retângulo da lua, com os camisolões estufados pelo vento.

— Viu como está morto? — repetiu o barbudo.

— Faça um milagre — suplicou o zarolho.— Como vamos acreditar Nele se você não faz um milagre? O que te custa fazer?

O mudo, inclinando repentinamente a cabeça, fazia sinais de aquiescência para Ergueta.

Gravemente, inclinou-se sobre o cadáver, ia pronunciar as palavras de Vida, mas subitamente as paredes da sala giraram os planos do cubo diante de seus olhos, um vento escuro uivou em suas orelhas e outra vez teve tempo de ver os três loucos emoldurados pelo celeste retângulo da lua, com os camisolões estufados pelo vento, enquanto ele resvalava por uma tangente que cortava o girante turbilhão de trevas, na inconsciência.

Erdosain permaneceu aos pés da Coxa talvez uma hora. As emoções anteriores se dissolviam em sua atual modorra. Sentia-se estranho a tudo o que ocorrera no transcurso do dia. A angústia e a malevolência se endureciam em seu peito como a lama sob o sol. Permanecia, no entanto, imóvel, submetido ao poder da sonolência escura que se soltava de seu cansaço. Mas sua testa se enrugava. E através da névoa e da escuridão crescia seu outro desespero, o temor sem esperança de se ver perdido como um fantasma à beira de um dique de granito. As águas cinzentas traçavam franjas de diferentes alturas que corriam em direção oposta. Chalupas de ferro levavam difusas pessoas para remotos empórios. Havia ali, além disso, uma mulher emperiquitada como uma cocotte, com uma gargantilha de diamantes e que apoiava os cotovelos na mesa de uma taverna e apertava a face entre os dedos cheios de joias. E enquanto ela falava, Erdosain coçava a ponta do nariz. Mas como essa atitude não era explicável, Erdosain lembrou que haviam aparecido quatro mocinhas com o vestido até os joelhos e o cabelo amarelo desgrenhado em volta de suas caras equinas. E as quatro mocinhas, ao passar a seu lado, estenderam um pratinho. Foi então quando Erdosain se perguntou: "É possível que possam se alimentar fazendo só isso?". Então a estrela, a cocotte, que sob o queixo tinha uma papada de brilhantes, respondeu-lhe que sim, que as quatro mocinhas viviam pedindo esmolas, e começou a falar de um príncipe russo, com sua voz mais feminina, cujo gênero de vida, embora ela tratasse de melhorá-lo, não condizia com o que levavam as quatro mocinhas. E só então Erdosain pôde entender satisfatoriamente por que razão coçava a ponta do nariz enquanto a bela falava.

Mas sua tristeza aumentou quando viu a silenciosa gente virar a cabeça, subir nos vagões de um longo comboio que tinha todas as persianas baixadas. Ninguém perguntava por itinerários nem estações. A vinte passos dali, um deserto de poeira estendia seus confins escuros. Não se divisava a locomotiva, mas sim escutou o doloroso ranger das correntes ao se soltarem os freios. Podia correr, o trem deslizava devagar, alcançá-lo, subir pela escadinha e ficar um instante na plataforma do último vagão, vendo como o comboio adquiria velocidade. Erdosain estava ainda a tempo de afastar-se dessa solidão cinza sem cidades escuras... mas imobilizado por sua enorme angústia, ficou ali olhando, com um soluço retido na garganta, o último vagão com as janelinhas rigorosamente fechadas.

Quando o viu entrar na curva dos trilhos que cobria a muralha de névoa, compreendeu que ficara só para sempre no deserto de cinza, que o trem jamais retornaria, que sempre continuaria deslizando taciturno, com todas as persianas de seus vagões estritamente fechadas.

Lentamente, retirou o rosto dos joelhos de Hipólita. Havia parado de chover. Suas pernas estavam geladas, as articulações doíam. Olhou um instante o rosto da mulher adormecida, esfumado na claridade azulada que entrava pelos vidros e, com extraordinária precaução, pôs-se de pé. As quatro mocinhas de rosto equino e cabelo amarelo encrespado ainda estavam nele. Pensou:

"Eu devia me matar... — mas ao observar o cabelo vermelho da mulher adormecida, suas ideias tomaram outro rumo mais pesado: — Deve ser cruel. E eu poderia matá-la, no entanto — apertou o cabo do revólver no bolso. — Bastaria um tiro no crânio. A bala é de aço e só faria um buraquinho. Isso sim, os olhos saltariam das órbitas e talvez o nariz jorrasse sangue. Pobre alma! E deve ter sofrido muito. Mas deve ser cruel."

Uma malevolência cautelosa o inclinou sobre ela. À medida que olhava para a adormecida, seus olhos adquiriam uma firmeza de alienado, enquanto com a mão no bolso levantava o percussor, apertando o gatilho. Um trovão retumbou ao longe, e essa estranha incoerência que envolvia seu cérebro como um véu se afastou dele; então, com inúmeras precauções, pegou seu sobretudo de gabardina, fechou os postigos evitando que as dobradiças rangessem, e saiu.

Ao descer as escadas reconheceu, com alegria, que tinha fome.

Dirigiu-se a uma das tantas churrascarias que há junto ao mercado Spineto e, apressadamente, percorreu algumas quadras.

A lua rodava sobre a violácea crista de uma nuvem, as calçadas em alguns trechos, sob a luz lunar, dir-se-iam cobertas de placas de zinco, as poças cintilavam profundidades de prata morta, e a água corria com torvelinhado zumbido, lambendo os meios-fios de granito. O passeio estava tão molhado que os paralelepípedos pareciam soldados por recente fundição de estanho.

Erdosain entrava e saía das sombras celestes que obliquamente cortavam as fachadas. O cheiro a molhado comunicava à solidão matutina certa desolação marítima.

Indubitavelmente, não estava regulando bem. Ainda o preocupavam as quatro mocinhas de cara equina e o mar sinistro com suas ondas de ferro. O pesado fedor de óleo queimado que vomitava a porta amarela de uma leiteria lhe causou náuseas, e então, mudando de ideia, dirigiu-se a um prostíbulo que lembrou que havia na rua Paso, mas quando chegou, a porta já estava fechada e, desconcertado, tiritando de frio, a boca com sabor de sulfato de cobre, entrou num café onde acabavam de levantar as portas de aço. Depois de longa espera, serviram-lhe o chá que havia pedido.

Pensou na mulher adormecida. Entrecerrou os olhos e, apoiando a cabeça na parede, entregou-se com mais desconsolo aos seus sofrimentos.

Não sofria por ele, o homem inscrito com um nome no registro civil, mas sua consciência, afastando-se do corpo, olhava-o como o corpo de um estranho, e se dizia:

— Quem terá piedade do homem?

E essas palavras, que conseguia reunir seu pensamento, perturbavam-no, enchendo-o de dolorosa ternura por invisíveis próximos.

— Cair... cair sempre mais baixo. E, no entanto, outros homens são felizes, encontram o amor, mas todos sofrem. O que acontece é que uns percebem e outros não. Alguns o atribuem ao que não têm. Mas que sonho estúpido esse. No entanto, a cara dela era linda. O que tinha de lógica era o que dizia respeito ao príncipe aventureiro. Ah! Poder dormir no fundo do mar, num quarto de chumbo com vidros grossos. Dormir anos e anos enquanto a areia se amontoa, e dormir. Por isso o Astrólogo tem razão. Dia virá em que as pessoas farão a revolução, porque lhes falta um Deus. Os homens declararão uma greve até que Deus não se faça presente.

Um amargo cheiro de cianureto chegou até ele; e percebendo através das pálpebras a leitosa claridade da manhã, sentiu-se diluído como se se achasse no fundo do mar e a areia subisse indefinidamente sobre sua choça de chumbo. Alguém tocou nas suas costas.

Abriu os olhos ao mesmo tempo em que o garçom do café lhe dizia:

— Aqui não se pode dormir.

Ia replicar, mas o criado se afastou para ir acordar um outro que dormia. Este era um homem gordo, que deixara cair a calva cabeça sobre os braços cruzados em cima do tampo da mesa.

Mas o adormecido não respondia aos chamados do garçom, e então, espantado, aproximou-se o dono, um homem que tinha bigodes tão enormes como guidom de bicicleta, e de tal forma sacudiu seu freguês que este ficou dobrado sobre a cadeira, sem cair porque o canto da mesa o segurava.

Erdosain se levantou espantado, enquanto dono e garçom, olhando-se, observavam de viés o singular cliente.

O adormecido permaneceu em posição absurda. A cabeça caída sobre um ombro deixava ver sua cara achatada, mordida de varíola com os círculos negros de uns óculos embaçados. Um fio de baba avermelhada manchava sua gravata verde, escapando por entre os lábios azulados. O cotovelo do desconhecido apertava na mesa uma folha de papel escrito. Compreenderam que estava morto. Chamaram a polícia mas Erdosain não se mexia dali, curioso com o espetáculo do sinistro suicida dos óculos negros, cuja pele se cobria lentamente de manchas azuis. E o cheiro de amêndoas amargas que estava imóvel no ar parecia escapar por entre as mandíbulas abertas.

Chegou um auxiliar de polícia, depois um sargento, mais tarde dois vigilantes e um oficial inspetor, e dita gente zanzava em torno do morto, como se este fosse uma rês. De repente o auxiliar, dirigindo-se ao oficial inspetor, disse:

— Não sabe quem é?

O sargento tirou do bolso do cadáver a conta de um hotel, várias moedas, um revólver, três cartas lacradas.

— Então esse é o tal que matou a moça da rua Talcahuano?

Tiraram os óculos do morto, e agora viam-se seus olhos, as pupilas envesgando, a córnea virada para cima, as pálpebras tingidas de vermelho como se tivesse chorado lágrimas de sangue.

— Eu não estava dizendo? — continuou o auxiliar. — Aqui está a carteira de identidade.

— Ele ia para Ushuaia para toda a vida.

Então Erdosain, ao escutar essas palavras, lembrou como se fizesse muito tempo que tivesse lido sobre aquilo. (E, no entanto, não era assim. Tinha ficado sabendo num jornal na manhã anterior.) O morto era um vigarista. Abandonou a esposa e cinco filhos para viver em concubinato com outra mulher da qual tinha três filhos, mas fazia duas noites, talvez farto da teúda e manteúda, apresentou-se num hotel da rua Talcahuano na companhia de uma jovenzinha de dezessete anos, sua nova amante. E às três da madrugada tapou suavemente a cabeça dela com um travesseiro, disparando-lhe um tiro no ouvido. Ninguém no hotel escutou nada. Às oito da manhã, o assassino se vestiu, deixou a porta entreaberta, e chamando a camareira, lhe disse para não acordar a senhora até as dez, porque estava muito cansada. Em seguida saiu, e a morta só foi descoberta ao meio-dia.

Mas o que impressionou extraordinariamente Erdosain foi pensar que o assassino estivera cinco horas em companhia da morta, cinco horas junto ao cadáver da jovenzinha na solidão da noite... e que devia tê-la querido muito.

Mas ele não pensara o mesmo horas antes diante da mulher de cabelo vermelho? Era aquilo uma reminiscência inconsciente ou o suicida ali encurvado?...

Chegou o carro da Assistência Pública e o morto foi carregado.

Depois o interrogaram. Erdosain manifestou o pouco que sabia como testemunha, e saiu intrigado para a rua. Uma pergunta inconcreta e dolorosa estava no fundo de sua consciência.

Lembrava agora que o cadáver tinha a boca das calças enlameada, a camisa suja e úmida e, apesar disso, como havia chegado a fazer-se querer pela jovenzinha que matou? Existia então o amor? Apesar de suas duas mulheres e de seus oito filhos dispersos e de sua vida crapulosa de ladrão e vigarista, o assassino amava. E o imaginou na noite fosca, ali, nesse hotel frequentado por prostitutas e indivíduos de profissão indefinida, num quarto de papel de parede despedaçado, olhando sobre o travesseiro empapado de sangue a cerácea carinha da moça já fria. Cinco horas sombrias contemplando a morta, que antes o apertava entre os braços desnudos. Pensando assim, chegou até a Plaza Once, dolorosamente estupefato.

Eram cinco da manhã. Entrou na estação de trem, olhou em volta, e como tinha sono, refugiou-se num canto da sala de espera.

Às oito, despertou-o de seu profundo sono o ruído que um passageiro fez com as malas. Com os punhos, esfregou com força as pálpebras doloridas. Num céu sem nuvens, brilhava o sol.

Saiu, subindo num ônibus que se dirigia para Constitución.

O Astrólogo o esperava na estação de Temperley.

Sua robusta figura encapotada, com a cartola caída sobre os olhos e os bigodões caídos à la gaulês, foi distinguida imediatamente por Erdosain.

— Está muito pálido — disse o Astrólogo.

— Estou pálido?

— Amarelo.

— Dormi mal... e para piorar, vi um suicídio esta manhã...

— Bom, aqui está o cheque.

Erdosain o examinou. Era de quinze mil trezentos e setenta e três pesos; ao portador, mas com a data atrasada em dois dias.

— Por que atrasou a data?

— Inspirará mais confiança. O empregado de banco sabe que se esse cheque tivesse se perdido, na hora que o senhor se apresentasse para descontá-lo já haveria ordem de sequestro.

— Protestou?...

— Não... sorria. Esse homem pensa em nos meter na prisão... ah!... antes de ir ao banco, vá a um barbeiro e faça a barba...

— E o outro está avisado?

— Não, quando for o momento nós o acordaremos.

Faltavam poucos minutos para a chegada do trem. Erdosain olhou sorrindo para o Astrólogo e disse:

— O que o senhor faria se eu fugisse?

O outro, com os dedos em forquilha, cofiou os bigodes, e em seguida:

— Isso é tão impossível como que o trem que vem aqui não pare aqui.

— Mas admitamos por um momento.

— Não posso. Se por um momento admitisse isso, não seria o senhor quem iria descontar o cheque... Ah!... Quem foi que se suicidou esta manhã?

— Um assassino. Curioso. Matou uma mocinha que não queria ir morar com ele.

— Forças perdidas.

— E o senhor seria capaz de se matar?

— Não... O senhor compreende que estou destinado a um fim mais alto.

Erdosain lançou uma pergunta estranha:

— Diga-me, o senhor acredita que as ruivas são cruéis?

— Nem tanto... mas meio assexuadas; daí que essa frieza com que examinam as coisas cause uma impressão azeda. O Rufião Melancólico estava me contando que em sua longa carreira de cafifa havia conhecido pouquíssimas prostitutas de cabelo vermelho... Já sabe. Não se esqueça de fazer a barba. Vá ao banco às onze, não antes. O senhor almoça comigo hoje, não?

— Almoço sim, até logo.

Atrás de Erdosain subiu o Major, que fez um amistoso sinal para o Astrólogo. Erdosain não o viu.

E já afundado em sua poltrona, Erdosain pensou:

— É um homem extraordinário. Como diabos sabe que eu não o enganarei? Se acertar nas outras coisas como nesta, triunfará — e vencido pelo balanço do trem, adormeceu outra vez.

Atrás dele estava o Major. E já no banco, com o coração batendo fortemente, aproximou-se do guichê quando o caixa o chamou:

— Quer em notas maiores ou trocado?

— Notas maiores.

— Assine.

Erdosain assinou no verso do cheque. Achou que lhe pediriam a carteira de identidade, mas o empregado, impassível, com seus braços protegidos por braçadeiras de lustrina, contou dez notas de mil pesos, cinco de quinhentos e o resto em moeda menor. E embora Erdosain desejasse fugir de medo, escrupulosamente recontou o dinheiro, colocou-o em sua carteira, enfiou esta no bolso de sua calça, segurando-a fortemente, e saiu para a rua.

Entre blocos de nuvens brancas, aparecia, como metal recém-lavado, um caracol de céu. Erdosain se sentiu feliz. Pensou que em outros climas e sob um espaço sempre azul como o que olhava deviam existir mulheres singulares, de cabeleiras luxuosas e rostos lisos, com grandes olhos amendoados, sombreados na escuridão dos longos cílios. E que o ar sempre perfumado sairia das grutas da manhã em direção às esquinas das cidades, escalonadas sobre os gramados dos jardins, sobrepujando com suas esféricas torres as empenachadas cristas dos parques e terraços.

E o rosto romboidal do Astrólogo, com as pontas dos bigodes caídas ao longo das comissuras dos lábios, e sua cartola de motorista de praça, entusiasmou-o; em seguida pensou que, unido à sociedade, poderia continuar seus ensaios de eletrotécnica, e agora atravessava as ruas feito um imperador decadente, sem reparar que sua excelência seduzia as passadeiras que passavam com a cesta sob o braço, e emocionava as costureiras que regressavam das lojas com pesados pacotes.

Inventaria o Raio da Morte, um sinistro relâmpago violeta cujos milhões de amperes fundiriam o aço dos *dreadnoughts*, como um forno funde um pedaço de cera, e faria saltar pelos ares as cidades de concreto, como se as sublevassem vulcões de trinitrotolueno. Via-se convertido em Dono do Universo. Com um bilhete categórico convocava os Embaixadores das Potências. Encontrava-se num desmesurado salão de paredes envidraçadas, cujo centro era ocupado por uma mesa redonda. Ao redor, afundados nas poltronas, estavam os velhos diplomáticos, cabeças calvas, semblantes plúmbeos, olhares duros e furtivos. Alguns batiam com o lápis no vidro da mesa, outros fumavam silenciosos, e um gigantesco negro de libré verde mantinha-se imóvel junto ao veludo vermelho dos cortinões que cobriam a entrada.

E ele! Erdosain, Augusto Remo Erdosain, o ex-ladrão, o ex-cobrador, levantava-se. Seu busto modelado por um negro paletó transpassado se refletia no vidro da mesa com os quatro dedos da mão direita calçados no bolso, e na esquerda alguns papéis. Já de pé, examinava com olhos glaciais o impassível rosto dos Embaixadores. Uma palidez terrível o imobilizava com seu frio delicioso. Heróis de todas as épocas sobreviviam nele. Ulisses, Demétrio, Aníbal, Loyola, Napoleão, Lênin, Mussolini, cruzavam diante de seus olhos como grandes rodas ardentes, e se perdiam num declive da terra solitária sob um crepúsculo que já não era terrestre.

Suas palavras caíam em sons breves, com choques sólidos de aço. E seduzido pela teatralidade do espetáculo, contemplava-se num espelho imaginário, estremecido e irado.

Impunha condições.

Os Estados deviam lhe entregar suas frotas de guerra, milhares de canhões e feixes de fuzis. Depois, de cada raça se selecionariam algumas centenas de homens, seriam isolados numa ilha, e o resto da humanidade era destruído. O Raio mandava pelos ares as cidades, esterilizava campos, transformava em cinzas as raças e os bosques. Perder-se-ia para sempre a lembrança de qualquer ciência, de qualquer arte e beleza. Uma aristocracia de cínicos, bandoleiros hipersaturados de civilização e ceticismo, apoderava-se do poder, com ele no comando. E como o homem para ser feliz necessita apoiar suas esperanças numa mentira metafísica, eles robusteceriam o clero, instaurariam uma inquisição para cercear qualquer heresia que solapasse os alicerces do dogma ou a unidade de crença que seria a absoluta unidade da felicidade humana, e o homem, restituído ao primitivo estado de sociedade, dedicar-se-ia às tarefas agrícolas como nos tempos dos faraós. A mentira metafísica devolveria ao homem a felicidade que o conhecimento havia lhe secado em germe dentro do coração. Suas palavras caíam com sons curtos e secos, como os choques de cubos de aço. E dizia aos Embaixadores:

— A cidade de nós, os Reis, será de mármore branco e estará à beira-mar. Terá um diâmetro de sete léguas e cúpulas de cobre rosa, lagos e bosques. Ali viverão os santos de ofício, os patriarcas trapaceiros, os magos fraudulentos, as deusas apócrifas. Toda ciência será magia. Os médicos irão pelos caminhos disfarçados de anjos, e quando os homens se multiplicarem demais, por castigo a seus crimes, luminosos dragões voadores derramarão pelos ares vibriões de cólera asiática.

"O homem viverá em plena etapa de milagre, e será milionário de fé. Durante as noites, projetaremos nas nuvens, com poderosos refletores, a 'entrada do Justo no Céu'. Vocês imaginam? Subitamente, por sobre as montanhas surge um raio verde e lilás, e as nuvens se cobrem de um Jardim onde o ar branco flutua como flocos de neve. Um anjo de asas cor-de-rosa atravessa os canteiros, para diante da cerca do Paraíso, e com os braços abertos recebe o 'Justo', um homem do povo, com chapéu amassado, barba comprida e bengala. Vocês compreendem, pilantras, profissionais, cínicos e exímios? Compreendem? O anjo de asas cor-de-rosa recebe o homem que na terra sua e sofre. Percebem como a minha ideia é genial, que maravilhoso é o milagre fácil? E as multidões adorarão Deus de joelhos, e o céu não existirá unicamente para nós, bandoleiros tristes que temos o poder, a ciência e a verdade inútil."

Tremia ao falar.

— Seremos como deuses. Doaremos aos homens milagres estupendos, deliciosas belezas, divinas mentiras, daremos a eles a convicção de um futuro tão extraordinário que todas as promessas dos sacerdotes serão pálidas ante a realidade do prodígio apócrifo. E então, eles serão felizes... Compreendem, imbecis?

Com um encontrão, um carregador o atirou contra um muro. Erdosain deteve-se, espantado, apertou o dinheiro convulsivamente em seu bolso, e excitado, ferozmente alegre como um tigrezinho solto num bosque de tijolo, cuspiu na fachada de uma casa de modas, dizendo:

— Você será nossa, cidade.

Atrás dele, caminhava o Major.

A PISCADELA

Em Temperley, o Astrólogo estava à sua espera. Um sorriso cheio de bondade iluminava seu rosto. Erdosain quase correu ao seu encontro, mas o outro, segurando-o pelos braços, deteve-o um instante, olhando-o nos olhos, em seguida, tratando-o por você, coisa que nunca tinha feito, disse-lhe:

— Você está contente?

Erdosain ruborizou. Naquele instante um duplo mistério ficou revelado em sua consciência. Aquele homem não mentia, e sentiu-se tão amigo dele que agora teria gostado de conversar indefinidamente, narrar-lhe os pormenores mais íntimos de sua vida desgraçada, e só atinou dizer:

— Sim, estou muito contente.

O Astrólogo se deteve um momento na plataforma da estação. Agora o tratava de senhor, como de costume.

— Sabe? Muitos de nós levamos um super-homem em nosso interior. O super-homem é a vontade em seu máximo rendimento, sobrepondo-se a todas as normas morais e executando os atos mais terríveis, como um gênero de alegria ingênua... algo assim como o inocente jogo da crueldade.

— Sim, e a gente já não sente medo nem angústia, é como se a gente andasse caminhando sobre as nuvens.

— Claro, o ideal seria despertar em muitos homens essa ferocidade jovial e ingênua. A nós cabe inaugurar a era do Monstro Inocente. Tudo se fará, sem dúvida alguma. É questão de tempo e audácia, mas quando perceberem que seus espíritos estão afundando na latrina desta civilização, antes de se afogar vão desviar o caminho. O que há é que o homem não reparou que está doente de covardia e de cristianismo.

— Mas o senhor não queria cristianizar a humanidade?

— Não, as massas... mas se esse projeto fracassar, tomaremos um caminho contrário. Nós ainda não assentamos princípio algum, e o prático será açambarcar os princípios mais opostos. Como numa farmácia, teremos as mentiras perfeitas e diversas, rotuladas para as enfermidades mais fantásticas do entendimento e da alma.

— Sabe que o senhor me parece o louco da usina, como lhe dizia ontem o Barsut?

— O que chamamos loucura é a falta de costume do pensamento dos outros. Veja, se esse carregador lhe confessasse as ideias que passam pela cabeça dele, o senhor o trancaria num manicômio. Naturalmente, deve haver poucos como nós... o essencial é que de nossos atos recolhamos vitalidade e energia. Ali está a salvação.

— E o Barsut?

— Nem suspeita o que o espera.

— E como o eliminará?

— Bromberg o estrangulará... Não sei, é uma questão que não me diz respeito.

Sob o sol, evitando as poças, encaminhavam-se para a morada. E Erdosain dizia para si mesmo:

— E a cidade de nós, os Reis, será de mármore branco e estará à beira-mar... e seremos como deuses. — E olhando-o com os olhos resplandecentes, disse a seu companheiro: — O senhor sabe que algum dia nós seremos como deuses?

— É o que essa gente besta não compreende. Assassinaram-lhes os deuses. Mas dia virá em que, sob o sol, correrão pelos caminhos, gritando: "Amamos Deus, precisamos de Deus". Que bárbaros! Eu não entendo como puderam assassinar Deus. Mas nós os ressuscitaremos... inventaremos uns deuses encantadores... supercivilizados... e a vida será então outra coisa!

— E se tudo fracassasse?

— Não importa... virá outro... virá outro que me substituirá. Assim tem que acontecer. A única coisa que devemos desejar é que a ideia germine nas imaginações... o dia que estiver em muitas almas, acontecerão coisas encantadoras.

Erdosain espantava-se com sua serenidade.

Já não temia nada, e novamente lembrou do salão dos embaixadores, e seu olhar malévolo se recolheu na turbação dos anciãos diplomáticos, cabeças calvas, semblantes plúmbeos, olhares duros e furtivos, e então, sem poder se conter, exclamou:

— Quanta "frescura" para retorcer o pescoço dessa besta!

O outro o olhou, surpreso.

— Está nervoso ou é que se aborrece sozinho, como os elefantes?

— Não, essa carga de escrúpulo antigo acaba comigo.

— Assim são os mocinhos — retrucou o Astrólogo. — Sua vida é parecida com a de um gato com a porta entreaberta.

— Assisto à execução?

— Lhe interessa?

— Muito.

Mas ao atravessar a porta da chácara, uma náusea revolveu-lhe o estômago e sentiu na garganta o reflexo gástrico de um vômito. Mal podia se manter de pé. Em seus olhos as formas estavam veladas por uma neblina leitosa. Das articulações pendiam-lhe os braços com peso de membros de bronze. Caminhava sem consciência da distância; pareceu-lhe que o ar se vitrificava, o solo ondulava sob a planta dos pés, de vez em quando a vertical das árvores convertia-se num zigue-zague dentro de seus olhos. Respirava com fadiga, tinha a língua ressecada e inutilmente tratava de umedecer os lábios apergaminhados e a goela ardente, e só uma vontade de vergonha o mantinha de pé.

Quando entreabriu os olhos, descia pela escadinha da cocheira em companhia de Bromberg.

O Homem que viu a Parteira marchava como que atordoado, com a desgrenhada cabeleira alvoroçada. Tinha as calças desnecessariamente sustentadas pelo suspensório, e um pedaço de camisa branca como a ponta de um lenço escapava de sua braguilha. E tapava a boca com os punhos, lançando enormes bocejos. Mas seu olhar sonolento, perdedor, parecia alheio à sua atitude de homem bronco. Eram encantadores os seus olhos, sérios e incoerentes como os das grandes bestas entre as pálpebras pestanhudas que sombreavam suas olheiras num redondo e fino rosto de donzela. Erdosain o olhou, mas o outro pareceu não vê-lo, submerso em sua magnífica incoerência. Em seguida olhou embevecido para o Astrólogo, este lhe fez um sinal com a cabeça e, depois de abrir o cadeado, entraram os três no Estábulo.

Barsut se levantou de um salto: ia falar. Bromberg descreveu uma curva no ar e um choque de crânios contra as tábuas retumbou na cocheira. Na poeira, o sol alongava um losango amarelo. Da massa disforme desprendiam-se roncos surdos. Erdosain seguia a luta com curiosidade cruel e, de repente, da cintura de Bromberg, que colocava todo seu peso sobre Barsut, com os dois enormes braços tensos na sujeição de um pescoço contra o chão, a calça se soltou, ficando com as nádegas brancas de fora e a camisa sobre os rins.

E o surdo ronco deixou de existir. Houve um instante de silêncio, enquanto o assassino, seminu, imóvel, oprimia mais fortemente a garganta do morto.

Erdosain olhava, nada mais.

O Astrólogo aguardava com o relógio na mão. Assim estiveram dois minutos, que em Erdosain não tiveram longitude.

— Basta, já está bom.

Desengonçado, com o cabelo grudado na testa, Bromberg virou-se, e sem fixar em ninguém seu olhar incoerente, pegou ruborizado a ponta de sua calça, abotoando-a apressadamente.

O assassino tinha saído da cocheira. Erdosain o seguiu, e o Astrólogo, que era o último, virou-se para olhar o estrangulado.

Este permanecia no chão, com a cabeça virada para o teto, as mandíbulas distendidas e a língua grudada no vértice dos lábios torcidos numa comissura que descobria os dentes.

Nessa circunstância, ocorreu um fato estranho, do qual Erdosain não se deu conta. O Astrólogo, detendo-se sob o dintel da cocheira, virou o rosto para o morto, então Barsut, levantando os ombros até as orelhas, esticou o pescoço e, olhando para o Astrólogo, deu uma piscadela.[8] Este tocou a aba do chapéu com o indicador e saiu para se reunir com Erdosain, que, sem poder se conter, exclamou:

— E isso é tudo?

O Astrólogo ergueu para ele um olhar debochado.

— Mas o senhor achava que "isso" é como no teatro?

— E como vai fazê-lo desaparecer?

— Dissolvendo-o em ácido nítrico. Tenho três garrafões. Mas, falando de tudo um pouco, tem notícias da rosa de cobre?

— Sim, saiu o melhor possível. Os Espila estão contentíssimos. Ontem à noite, precisamente, vi uma amostra muito boa.

— Bom, vamos almoçar... que nós bem que merecemos.

Mas quando iam entrar na sala de jantar, o Astrólogo disse:

— Como... não vamos lavar as mãos?

Erdosain o olhou surpreso e, instintivamente, levantou as mãos até onde cruzavam as lapelas do seu paletó para olhá-las. Então, apressadamente, em

[8] NOTA DO COMENTADOR: *A simulação do assassinato de Barsut foi decidida pelo Astrólogo, na última hora, e depois de um longo colóquio com ele.*

silêncio, encaminharam-se até o banheiro, despojando-se dos paletós, abriram as torneiras. Erdosain pegou um pedaço de sabão e, conscienciosamente, com as mangas arregaçadas até os cotovelos, esfregou-se com ele. Em seguida, pôs os braços sob o jato d'água e se secou vigorosamente na toalha. Mas antes de sair, o Astrólogo efetuou um ato estranho.

Pegando a toalha, jogou-a no fundo da banheira, pegou um frasco de álcool, vertendo seu conteúdo sobre ela, em seguida acendeu um fósforo, e durante um minuto os dois semblantes no quarto escuro foram iluminados pelas azuladas chamas do inflamável que consumia o tecido. Depois, como resto ficou ali um enegrecido depósito de cinzas: o Astrólogo abriu uma torneira, novamente a água corria arrastando a ligeira carbonização, e então ambos saíram para a sala de jantar.

Um sorriso irônico saltitava no rosto de Erdosain.

— Então fez como Pilatos, hein?

— Tem razão, e inconscientemente.

Na sala de jantar sombria, as entreabertas persianas deixavam ver o jardim. Tenros caules de madressilva subiam até as madeiras do batente. Insetos transparentes resvalavam no ar junto ao limoeiro, e as paredes brancas se refletiam na loira opacidade do piso encerado. As franjas da toalha caíam em torno dos pés quadrados da mesa. Num vaso etrusco, um buquê de cravos esparramava sua apimentada fragrância, e os talheres prateados brilhavam sobre o linho e na louça; as sombras se enroscavam como rolos na vítrea convexidade das taças, ou se estendiam em franjas triangulares sobre os pratos. Numa travessa ovalada havia uma maionese de lagostins.

O Astrólogo serviu vinho. Comiam em silêncio. Em seguida, o Astrólogo trouxe caldo amarelo de gema de ovos, uma bandeja de aspargos nadando em azeite, salada de alcachofras e, mais tarde, peixe. Como sobremesa, teve ricota polvilhada de canela e fruta.

Depois serviu café, e Erdosain lhe entregou o dinheiro. O Astrólogo o recontou:

— De quanto o senhor precisa?

— Dois mil.

— Aqui tem três mil e quinhentos. Faça vários ternos. O senhor é um bom moço e é conveniente que ande elegante.

— Muito obrigado... mas ouça... estou morto de sono. Vou dormir um pouco. Pode me acordar às cinco?

— Como não, venha. — E o Astrólogo o acompanhou até seu dormitório. Erdosain tirou as botinas, já extenuado, atirou o paletó no espaldar da cama. Um ardor enorme queimava suas pálpebras, seu peito se cobriu de um suor espesso e não pensou mais.

Acordou quando já estava escuro, com o barulho do Astrólogo que abria uma persiana. Virou-se sobressaltado, enquanto o outro lhe dizia:

— Até que enfim! Faz vinte e oito horas que está dormindo. — Mas como expressasse dúvida, o Astrólogo passou para ele os jornais do dia e, certamente, tinham passado dois dias.

Erdosain pulou da cama pensando em Hipólita.

— É preciso que eu vá embora.

— O senhor dormia que parecia um morto. Nunca vi ninguém dormir assim, com tal cansaço, até se esquecendo das necessidades naturais... mas, a propósito, de onde o senhor tirou essa história do suicida do café? Vi os jornais de ontem à noite e desta manhã. Nenhum traz essa notícia. O senhor deve ter sonhado.

— No entanto, eu posso mostrar-lhe o café.

— Pois sonhou no café, então.

— Pode ser... não tem importância... e aquilo?...

— Feito.

— Tudo?

— Tudo.

— E o ácido?

— Despejaremos no esgoto.

— Então.... já?...

— É como se nunca tivesse existido.

Ao despedir-se do Astrólogo, este lhe disse:

— Venha na quarta-feira às cinco. À noite teremos reunião. Não se esqueça de comprar um terno de confecção enquanto os outros não ficam prontos. Não falte, que estarão o Buscador de Ouro, o Rufião e outros. Trocaremos ideias, e lembre-se de que tenho muito interesse na questão dos gases asfixiantes. Faça um projeto para a fábrica reduzida de cloro e fosgeno. Ah, e veja se pode averiguar que diabo é o gás mostarda. Destrói qualquer substância que não esteja protegida por um impermeável ensopado em óleo.

— O fosgeno é oxicloruro de carbono.

— Não perca tempo, Erdosain. Uma fábrica pequena. Que pode servir de escola de química revolucionária. Lembre que nossas atividades podem se dividir em três partes. O Buscador de Ouro estará encarregado do relacionado com a colônia, o senhor com as indústrias, Haffner com os prostíbulos. Agora que temos dinheiro não se pode perder tempo. É necessário que trabalhe. O que o senhor me diz se organizarmos uma usina que chegue a ser na Argentina o que foi a Krupp na Alemanha? É preciso ter confiança. Do nosso pessoal podem sair muitas surpresas. Somos descobridores que não sabem, a não ser em conjunto, para onde vão.[9] E mesmo assim, sabe-se lá...!

Erdosain fixou por um segundo os olhos no semblante romboidal do outro, em seguida, sorrindo debochadamente, disse:

— Sabe que o senhor se parece com Lênin?

E antes que o Astrólogo pudesse lhe responder, saiu.

9 NOTA DO AUTOR: A ação dos personagens deste romance continuará em outro volume intitulado *Os lança-chamas*.

DO MESMO AUTOR NESTA EDITORA

ÁGUAS-FORTES PORTENHAS SEGUIDAS DE ÁGUAS-FORTES CARIOCAS

O BRINQUEDO RAIVOSO

AS FERAS

OS SETE LOUCOS

OS LANÇA-CHAMAS

VIAGEM TERRÍVEL

Este livro foi composto em *Minion* e *Gotham* pela *Iluminuras* e terminou de ser impresso em 2020 nas oficinas da *Meta Brasil Gráfica*, em São Paulo, SP, sobre papel off-white 80 gramas.